LES CENT
Nouvelles
NOUVELLES

ÉDITION ILLUSTRÉE DE 300 DESSINS DE

A. ROBIDA

PARIS

À LA LIBRAIRIE ILLUSTRÉE

7, RUE DU CROISSANT, 7

LES
CENT NOUVELLES
NOUVELLES

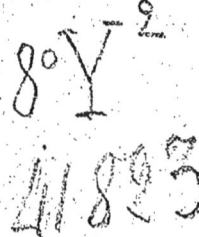

LES

CENT NOUVELLES

NOUVELLES

Monseigneur se marya à une très belle, bonne et riche dame.
(Nouvelle X.)

LES
CENT NOUVELLES
NOUVELLES

ÉDITION REVUE SUR LES TEXTES ORIGINAUX
ET ILLUSTRÉE DE PLUS DE 300 DESSINS
PAR A. ROBIDA

TOME PREMIER

PARIS
A LA LIBRAIRIE ILLUSTRÉE
7, RUE DU CROISSANT, 7

INTRODUCTION

Entre Nivelle et Gemblours, à six lieues environ de Bruxelles, s'élevait au xv° siècle, sur un îlot de la Dyle, le château fort de Genappe. Entouré d'eau, flanqué de tours et de meurtrières, cet antique manoir était à l'abri de toute surprise, lorsque le soir ses hôtes, après avoir donné aux gardes l'ordre de dresser le pont-levis, se réunissaient autour d'une table copieusement servie, pour satisfaire leur appétit autant que pour exercer leur verve railleuse.

C'est là que le dauphin Louis, qui devait plus
tard régner sous le nom de Louis XI, s'était retiré
en 1456. Fuyant le Dauphiné, brouillé avec son
père Charles VII, le jeune prince avait demandé
asile au duc de Bourgogne, et Philippe le Bon,
heureux de s'assurer les sympathies du futur roi
de France, lui avait offert pour demeure le château
de Genappe, au milieu d'une campagne boisée et
giboyeuse. Grand amateur de chasse, Louis passait
rarement un jour sans se livrer à son goût pour
ce genre d'exercice. Il lui arrivait souvent, au
cours de ses promenades, de se reposer dans la
cabane d'un paysan, de causer familièrement avec
lui, de s'asseoir à sa table, et de lui faire conter
quelqu'une de ces histoires naïves, dont nos *folk-
loristes* sont aujourd'hui si friands. Louis aima
toujours les bons mots, les fines réparties, les
nouvelles facétieuses. Nul ne riait plus follement,
mais aussi plus sincèrement, au récit d'une aventure piquante, nul ne s'esclaffait de meilleur cœur
devant les prouesses d'un moine, les roueries d'une
damoiselle, les gaucheries d'un mari trompé. Les
incidents de sa jeunesse l'avaient rendu sévère,
dur, méchant même, sans toutefois lui enlever sa
gaieté, et cette bonne humeur de tous les instants
déteignait sur ses compagnons et sur ses serviteurs.
On menait donc joyeuse vie à Genappe. On y
chassait, on y faisait bonne chère, enfin on y
devisait et cela si fréquemment, si finement,

que les narrateurs jugèrent leurs « récréations »
dignes d'être rédigées. Antoine de La Salle, l'auteur
des *Quinze Joyes de Mariage*, se chargea de ce
soin : ainsi naquirent à Genappe, de 1456 à 1461,
les *Cent Nouvelles Nouvelles* du bon roi Louis XI.

La France est, autant que l'Italie, le pays des
Contes. Ces petits récits qui ont pour objet unique
l'amusement du lecteur ou de l'auditeur, sont
même le plus riche héritage que nous ait légué le
vieil esprit français. L'abondance, la liberté, le
naturel, l'originalité de nos aïeux dans ce genre
de poésie familière n'ont été surpassés par aucune
nation. On dit généralement que les conteurs français ont beaucoup emprunté aux conteurs étran-
gers, mais l'on oublie de remarquer que Boccace,
par exemple, fils d'une Parisienne, prit chez nous
la plupart des histoires qu'il raconta si agréable-
ment. Et quand La Fontaine l'admirait, il ne se
doutait guère qu'il revenait aux sources mêmes de
la poésie française.

Les *Cent Nouvelles Nouvelles* sont au premier
rang de ces compositions. Certes elles doivent
beaucoup aux « novellieri » italiens, mais ce qui
leur est propre, c'est le style, c'est la manière nar-
quoise et mordante, c'est la naïveté maligne et
nonchalante. Reprochez-leur, si vous voulez, une
licence de langage qui va jusqu'à la trivialité et
même jusqu'au cynisme, mais au moins n'oubliez
pas que des imperfections identiques se retrouvent

à la même époque dans les sermons réputés les plus moraux. Aussi bien vous ne ferez pas que les Contes du moyen âge ou de la renaissance ne soient, en dépit d'une certaine trivialité, des narrations pleines de sel autant que d'originalité. De plus, ce qui donne aux *Cent Nouvelles Nouvelles* une certaine importance historique que sont loin d'avoir tous les recueils analogues, c'est qu'elles renferment sur les mœurs et les coutumes du xv° siècle de très curieuses particularités. Grâce à elles, nous connaissons la vie privée de nos ancêtres, leurs habitudes, leur façon d'entendre l'existence, leur penchants favoris, leurs travers, leurs qualités. « En général, dit M. Lenient, les faits et les personnages de ces contes ne sortent guère des proportions bourgeoises. Là rien de chevaleresque ni de merveilleux ; aucun de ces radotages héroïques dont raffolait encore Charles le Téméraire ; point d'amants rêveurs ni de châtelaines romanesques, ni de fées, ni d'enchanteurs. Nobles dames, bourgeoises et nonnains, chevaliers, marchands, moines et paysans se mêlent, se croisent et se dupent réciproquement. Le seigneur trompe la meunière en abusant de sa naïveté ; le meunier se venge sans façon sur la châtelaine. Le berger épouse la sœur du chevalier, qui ne se montre pas trop scandalisé d'une telle union. Les sens ont plus de part que le cœur à toutes ces aventures. Le gros épicurisme bourgeois, assaisonné de médisance et de jovialité, s'étale librement dans ces récits, que l'auteur nous garantit *moult plaisants à raconter en toute bonne compaignie.* La bonne compagnie aurait le droit de se montrer difficile pour quelques-uns d'entre eux, tels que la *Médaille à revers, l'Abbesse guérie,* etc. Nous en dirons tout autant de la morale. Le cynisme et la trivialité dont s'accommodait assez Louis XI déparent trop souvent les grâces de la narration.

Les narrateurs qui ont apporté leur pierre à l'édifice au fronton duquel est inscrit le nom de Louis XI sont nombreux ; on n'en compte pas moins de trente-trois. Il y a d'abord Antoine de la Salle, l'auteur du *Petit Jehan de Xaintré* et des *Quinze Joyes de Mariage;* le duc de Bourgogne, Philippe le Bon ; son fils le duc de Charolais, qui fut plus tard Charles le Téméraire ; le connétable Louis de Luxembourg, comte de Saint-Pol. Viennent ensuite l'écuyer Allardin la Griselle ; Jean de Bruxelles, le notaire ; Jean d'Estuer, chevalier de la Barde ; Jean de Montespedon, le premier valet de chambre de Louis XI ; messire Caron, clerc de chapelle ; messire Michault de Chanzy, conseiller du Grand Conseil du duché de Bourgogne ; le sire de Créquy ; Pierre David, simple domestique ; le chevalier Chrestien de Digoine ; Thibaut de Luxembourg, seigneur de Fiennes ; le bailli de Fonquessoles ; maistre Jehan Lambin, valet de chambre de Philippe le Bon ; monseigneur de Lanoy, officier du duc de Bourgogne ; Philippe de Laon, écuyer

d'écurie de Philippe le Bon ; Philippe Pot, seigneur
de La Roche ; Antoine de Chasteauneuf, seigneur
de Lau en Armagnac ; Lebreton, roi d'armes d'Artois ; l'argentier Mahiot ; le valet de chambre Jean
Martin ; Hervé de Meriadec, officier de la maison
de Bourgogne. Sans donner une énumération plus
complète, nous ferons remarquer que l'on voit
figurer sur cette liste, à côté des plus grands noms
de la noblesse du temps, des hommes obscurs et
de simples domestiques. Louis XI aimait l'esprit,
d'où qu'il vînt.

Nous ne pouvons non plus dresser ici le tableau
des imitations auxquelles ont donné lieu les *Cent
Nouvelles Nouvelles*. Nous nous bornerons à rappeler, parmi les conteurs qui ont puisé à cette source
féconde, Bandello, Malespini, Bonaventure-Despériers, Straparole, Guicciardini, Rabelais, La Fontaine, Tallemant des Réaux. Or, les seuls ouvrages
dont se soient inspirés les rédacteurs des *Cent
Nouvelles* (et dans une faible mesure) sont les
Facéties de Pogge, le *Décaméron* et les Fabliaux :
soixante-neuf récits sur cent ne doivent rien à
personne.

Les principales éditions des *Cent Nouvelles Nouvelles* qui se sont succédé sont celles de 1486
(Paris, in-folio) ; de 1505 (Paris, petit in-folio) ;
celles de 1520 (Paris, in-4); de 1532 (Lyon, in-4
goth.) ; de 1701 (Cologne, 2 vol. in-12) ; de 1733
(Lahaye, 2 vol. in-18). De nos jours, M. Le Roux
de Lincy a réimprimé ce recueil avec beaucoup de

soin (Paris, 1841, 2 vol. in-12). Quant à la présente édition, il ne nous appartient pas d'en faire l'éloge, mais le lecteur peut être assuré que nous avons constamment respecté l'orthographe originale et apporté tous nos soins à donner un texte correct. Rajeunir les mots vieillis, c'est peut-être les rendre plus intelligibles, mais c'est aussi faire perdre au récit le plus pur de sa saveur : on ne s'habillait pas au xvᵉ siècle comme on s'habille au xıxᵉ, et Louis XI ne parlait pas le même français que nous.

SENSUIT

LA TABLE DE CE PRÉSENT LIVRE

DES

CENT NOUVELLES NOUVELLES

lequel en soy contient

CENT CHAPITRES OU HYSTOIRES

OU POUR MIEUX DIRE

NOUVEAUX COMPTES A PLAISANCE

LA MÉDAILLE A REVERS

La première nouvelle traicte d'ung qui trouva façon de jouir de la femme de son voisin, lequel il avoit envoyé dehors pour plus aiséement en joüir ; et lui retourné de son voyaige, le trouva qui se baignoit avec sa femme. Et non saichant que ce fust elle la voulut véoir ; et permis luy fut de seulement en véoir le derrière : et alors jugea que ce lui sembla sa femme, mais croire ne l'osa. Et sur ce, se partit et vint trouver sa femme à son hostel qu'on avoit boutée hors par une poterne de derrière; et lui compta l'imaginacion qu'il avoit eue sur elle dont il se repentoit.

LE CORDELIER MÉDECIN

La seconde nouvelle traicte d'une jeune fille qui avoit le mal de broches, laquelle creva à ung cordelier qui la vouloit médiciner, ung seul bon oeil qu'il avoit; et aussy du procés qui s'ensuyvit puis aprés.

LA PÊCHE DE L'ANNEAU

La troisiesme nouvelle de la tromperie que fist ung chevalier à la femme de son musnier, à laquelle bailloit à entendre que son c... lui chérroit s'il n'estoit recoignié; et ainsi par plusieurs fois le luy recoingna. Et le musnier de ce adverty, pescha puis aprés dedens le corps de la femme du dit chevalier ung dyamant qu'elle avoit perdu en soy baignant; et pescha si bien et si avant qu'il le trouva comme bien sceut depuis le dit chevalier, le quel appela le musnier pescheur de dyamans, et le musnier lui respondit en l'appelant recoingneur de c...

LE COCU ARMÉ

La quatriesme nouvelle d'ung archier Escossois qui fut amoureux d'une belle et gente damoiselle, femme d'ung eschoppier, laquelle par le commandement de son mary, assigna jour au dit Escossois; et dé fait garny de sa grande espée, y comparut et besoingna tant qu'il voulut, présent le dit escoppier qui de peur c'estoit caiché en la ruelle de son lit, et tout povoit véoir et ouyr plainement; et la complainte que fist aprés la femme à son mari.

TABLE 3

LE DUEL D'AIGUILLETTE

La cinquiesme nouvelle racompte de deux jugemens de Monseigneur Thalebot, c'est assavoir d'ung François qui fut prins par ung Anglois soubz son sauf-conduit, disant que esguillettes estoient habillemens de guerre; et ainsi le fist armer de ses esguillettes sans autre chose, encontre le François, le quel d'une espée le frappoit, présent Thalebot; et l'autre qui l'Eglise avoit robée, auquel il fist jurer de jamais plus en l'Eglise entrer.

L'IVROGNE AU PARADIS

La sisiesme nouvelle d'ung yvroingne qui par force au prieur des Augustins de Lahaye en Hollande, se voulut confesser; et aprés sa confession, disant qu'il estoit en bon estat, voulut mourir. Et cuida avoir la teste trenchée et estre mort, et par ses compaignons fut emporté, lesquelz disoient qu'ils le portoient en terre.

LE CHARRETON A L'ARRIÈREGARDE

La septiesme nouvelle d'ung orfevre de Paris qui fist couchier un charreton, lequel lui avoit amené du charbon, avec lui et sa femme; et comment le dit charreton par derrière se jouoit avecques elle, dont l'orfevre s'apperccut et trouva ce qui estoit; et des paroles qu'il dist au charreton.

GARCE POUR GARCE

La huictiesme nouvelle parle d'ung compaignon picart demourant à Brucelles, lequel engroissa la fille de son maistre; et à ceste cause print congié de haulte heure et vint en Picardie soy marier. Et tost aprés son partement, la mère de la fille s'appercéut de l'encoleure de sa dicte fille, laquelle, à quelque meschief que ce fut, confessa à sa mère le cas tel qu'il estoit; et sa mère la renvoya devers le dit compaignon pour lui deffaire ce qu'il lui avoit fait. Et du reffuz que la nouvelle mariée fist au dit compaignon et du compte qu'elle luy compta, à l'occasion duquel d'elle se départit incontinent et retourna à sa première amoureuse laquelle il espousa.

LE MARI MAQUEREAU DE SA FEMME

La nefviesme nouvelle racompte et parle d'ung chevalier de Bourgoigne, lequel estoit tant amoureux d'une des chamberières de sa femme que c'estoit merveille; et cuidant couchier avec la dicte chamberière, coucha avec sa femme, la quelle s'estoit couchée ou lit de sa dicte chamberière. Et aussi comment il fist ung autre chevalier son voisin par son ordonnance, couchier avec sa dicte femme, cuidant véritablement que ce fut la chamberière, de laquelle chose il fut depuis bien mal content, jà soit que la dame n'en sceust oncques riens, et ne cuidoit avoir éu que son mary, comme je croy.

LES PASTÉS D'ANGUILLE

La dixième nouvelle d'ung chevalier d'Angleterre, lequel depuis qu'il fut marié, voulut que son mignon, comme par avant son mariaige faisoit, de belles filles lui fist finance ; laquelle chose il ne voulut faire, car il pensoit qu'il lui suffisoit bien d'avoir une femme; mais le dit chevalier à son premier train le ramena par le faire tousjours servir de pastez d'anguilles, au disner et au soupper.

TABLE 5

L'ENCENS AU DIABLE

La onziesme nouvelle d'ung paillart jaloux qui aprés plusieurs offrandes faictes à plusieurs saintz, pour le reméde de sa maladie de jalousie, lequel offrit une chandelle au deable qu'on paint communément dessoubz saint Michiel ; et du songe qu'il songea, et de ce qu'il lui advint à son reveillier.

LE VEAU

La dousiesme nouvelle parle d'ung Hollandois qui nuyt et jour, à toute heure, ne cessoit d'assaillir sa femme au jeu d'amours ; et comment d'aventure il la rua par terre, en passant par ung bois, soubz un grant arbre sur lequel estoit ung laboureur qui avoit perdu son veau. Et en faisant inventoire des beaux membres de sa femme, dist qu'il véoit tant de belles choses et quasi tout le monde ; à qui le laboureur demanda s'il véoit point son veau qu'il cherchoit, quel il disoit qu'il lui sembloit en veoir la queuë.

LE CLERC CHATRÉ

La tresiesme nouvelle comment le clerc d'ung procureur d'Angleterre decéut son maistre pour luy faire accroire qu'il n'avoit nulz coillons et à ceste cause il eut le gouvernement de sa maistresse aux champs et à la ville, et se donnèrent bon temps.

LE FAISEUR DE PAPES OU L'HOMME DE DIEU

La quatorsiesme nouvelle de l'ermite qui decéut la fille d'une povre femme, et lui faisoit accroire que sa

fille auroit ung filz de luy qui seroit pape ; et adonc
quant vint à l'enfanter, ce fut une fille ; et ainsi fut
l'embusche du faulx hermite descouverte qui à ceste
cause s'enfouit du païs.

LA NONNE SAVANTE

La quinsiesme nonvelle d'une nonnain que ung moyne
cuidoit tromper, lequel en sa compaignie amena son compaignon, qui devoit bailler à taster à elle son instrument,
comme le marchié le portoit, et comme le moyne mit son
compaignon en son lieu, et de la response que elle fist.

LE BORGNE AVEUGLE

La seiziesme nouvelle d'ung chevalier de Picardie,
lequel en Prusse s'en ala ; et tandiz ma dame sa femme
d'ung autre s'accointa ; et à l'eure que son mary retourna
elle estoit couchée avec son amy, lequel par une gracieuse subtilité, elle le bouta hors de sa chambre, sans
ce que son mary le chevalier s'en donnast garde.

LE CONSEILLER AU BLUTEAU

La dix et septiesme nouvelle d'ung président de parlement qui devint amoureux de sa chamberière, laquelle
à force en bulletant la farine cuida violer, mais par beau
parler de lui se désarma et lui fist affubler le bulleteau
de quoy elle tamisoit, puis ala quérir sa maitresse qui
en cet estat son mary et seigneur trouva, comme cy
aprés vous orrez.

LA PORTEUSE DU VENTRE ET DU DOS

La dix et huitiesme nouvelle racomptée par Monseigneur de la Roche, d'ung gentil homme de Bourgoingne,

TABLE 7

lequel trouva façon, moyennant dix escuz qu'il fit bailler
à la chamberière, de couchier avecques elle ; mais avant
qu'il voulsist partir de sa chambre, il eut ses dix escuz
et se fist porter sur les espaules de la dicte chamberière
par la chambre de l'oste. Et en passant par la dicte
chambre, il fist ung sonnet tout de fait advisé qui tout
leur fait encusa, comme vous pourrez ouyr en la nouvelle cy dessoubz.

L'ENFANT DE NEIGE

La dix neuviesme nouvelle par Phelippe Vignieu,
d'ung marchant d'Angleterre, du quel la femme, en son
absence, fist ung enfant, et disoit qu'il estoit sien ; et
comment il s'en despescha gracieusement comme elle
luy avoit baillé à croire qu'il estoit venu de neige, aussi
pareillement au soleil comme la neige s'estoit fondu.

LE MARI MÉDECIN

La vingtiesme nouvelle par Philippe de Laon, d'ung
lourdault champenois, lequel quant il se maria, n'avoit
encores jamais monté sur beste crestienne, dont sa
femme se tenoit bien de rire. Et de l'expédient que la
mère d'elle trouva ; et du soudain pleur du dit lourdault,
à une feste et assemblée qui se fit depuis aprés qu'on lui
eut monstré l'amoureux mestier, comme vous pourrez
ouyr plus à plain, cy aprés.

L'ABESSE GUÉRIE

La vingt et uniesme nouvelle racomptée par Philippes
de Laon, d'une abesse qui fut malade par faulte de faire
cela que vous savez, ce qu'elle ne vouloit faire, doubtant

de ses nonnains estre reprouchée; et toutes lui accordèrent de faire comme elle; et ainsi s'en firent toutes
donner largement.

L'ENFANT A DEUX PÈRES

La vingt et deusiesme nouvelle racompte d'ung gentil
homme qui engroissa une jeune fille et puis en une armée s'en ala. Et avant son retour, elle d'ung autre s'accointa, auquel son enfant elle donna. Et le gentil homme
de la guerre retourné, son enfant demanda; et elle lui
pria que à son nouvel amy le laissast, promettant que le
premier qu'elle feroit sans faulte lui donneroit, comme
cy dessoubz vous sera recordé.

LA PROCUREUSE PASSE LA RAYE

La vingt et troisiesme nouvelle d'ung clerc de qui sa
maistresse fut amoureuse, la quelle à bon escient s'i
accorda, pourtant qu'elle avoit passé la roye que le dit
clerc lui avoit faicte; ce voyant son petit filz dist à son
père, quant il fut venu, qu'il ne passast point la raye,
car s'il la passoit, le clerc lui feroit comme il avoit fait
à sa mère.

LA BOTE A DEMI

La vingt et quatriesme nouvelle dicte et racomptée par
Monseigneur de Fiennes, d'ung conte qui une très belle
jeune et gente fille, l'une de ses subjecttes, cuida de-
cevoir par force; et comment elle s'en eschappa par le
moyen de ses houseaux : mais depuis l'en prisa très fort,
et l'aida à marier, comme il vous sera declairé cy aprés.

TABLE 9

ung grand prince de ce royaume par une demoiselle
servante de chambre de la royne ; et du petit exploit
d'armes que fist le dit prince, et des faintises que la dicte
demoiselle disoit à la royne de sa levrière la quelle estoit tout à propos enfermée dehors de la chambre de la
dicte royne, comme orrez cy après.

LA VACHE ET LE VEAU

La vingt et nefviesme nouvelle racomptée par Monseigneur, d'ung gentil homme qui dès la première nuyt
qu'il se maria et après qu'il eut heurté ung coup à sa
femme, elle luy rendit ung enfant ; et de la manière qu'il
en tint, et des paroles qu'il en dist à ses compaignons
qui lui apportoient le chaudeau, comme vous orrez cy
après.

LES TROIS CORDELIERS

La trentiesme nouvelle racomptée par Monseigneur
de Beauvoir françois, de troys marchans de Savoye alans
en pélerinage à saint Anthoine, en Viennois, qui furent
trompez et decéuz par troys cordeliers, lesquelz couchèrent avec leurs femmes, combien qu'elles cuidoient
estre avec leurs mariz ; et comment par le rapport
qu'elles firent, leurs maryz le sceurent, et de la manière
qu'ilz en tindrent, comme vous orrez cy après.

LA DAME A DEUX

La trente et uniesme nouvelle mise en avant par
Monseigneur, de l'escuier qui trouva la mulette de son

TABLE   11

compaignon, et monta dessus, laquelle le mena à l'uis
de la dame de son maistre ; et fist tant l'escuier qu'il
coucha léans où son compaignon le vint trouver ; et pareillement des paroles qui furent entre eulz, comme
plus à plain vous sera declairé cy dessoubz.

LES DAMES DISMÉES

La trente et deusiesme nouvelle racomptée par Monseigneur de Villiers, des cordeliers d'Ostelleric en Caste-
longne qui prindrent le disme des femmes de la ville ; et
comment il fut scéu, et quelle punicion par le seigneur
et ses subjetz en fut faicte, comme vous orrez cy
aprés.

MADAME TONDUE

La trente et troisiesme nouvelle racomptée par Monseigneur, d'ung gentil seigneur qui fut amoureux d'une
damoiselle dont se donna garde ung autre grant seigneur
qui lui dist ; et l'autre tousjours plus lui céloit et en estoit
tout affolé ; et de l'entretenement depuis d'eulz deux
envers elle, comme vous pourrez ouyr cy aprés.

SEIGNEUR DESSUS, SEIGNEUR DESSOUS

La trente et quatriesme nouvelle racomptée par Monseigneur de la Roche, d'une femme mariée qui assigna
journée à deux compaignons, lesquelz vindrent et be-
soingnèrent ; et le mary tantost après survint ; et des
paroles qui après en furent et de la manière qu'ilz tindrent, comme vous orrez cy aprés.

L'ÉCHANGE

La trente et cinquiesme nouvelle par Monseigneur de Villiers, d'ung chevalier, du quel son amoureuse se maria, tandis qu'il fut en voyaige ; et à son retour, d'aventure la trouva en mesnage, la quelle pour couchier avec son amant, mist en son lieu couchier avec son mary une jeune damoiselle sa chamberière ; et des paroles d'entre le mary et le chevalier voyaigeur, comme plus à plain vous sera recordé cy aprés.

A LA BESOIGNE

La trente et sisiesme nouvelle racomptée par Monseigneur de la Roche, d'ung escuier qui vit sa maistresse dont il estoit moult féru, entre deux autres gentilz hommes, et ne se donnoit de garde qu'elle tenoit chascun d'eulz en ses laz ; et ung autre chevalier qui savoit son cas, le lui bailla à entendre comme vous orrez cy aprés.

LE BENETRIER D'ORDURES

La trente et septiesme nouvelle par Monseigneur de la Roche, d'ung jaloux qui enregistroit toutes les façons qu'il povoit ouyr, ne savoir dont les femmes ont deceu leurs mariz, le temps passé ; mais à la fin il fut trompé par l'orde eaue que l'amant de sa dicte femme getta par une fenestre sur elle, en venant de la messe, comme vous orrez cy aprés.

TABLE 13

UNE VERGE POUR L'AUTRE

La trente et huitiesme nouvelle racomptée par Monseigneur le Seneschal de Guienne, d'ung bourgeois de Tours qui acheta une lamproye qu'à sa femme envoya pour appointer, affin de festoier son curé, et la dicte femme l'envoya à ung cordelier son amy ; et comment elle fist couchier sa voisine avec son mary qui fut bastue Dieu scait comment, et de ce qu'elle fist accroire à son dict mary, comme vous orrez cy dessoubz.

L'UN ET L'AUTRE PAYÉ

La trente et nefviesme nouvelle racomptée par Monseigneur de Saint Pol, du chevalier qui en attendant sa dame besoigna troys fois avec la chamberière qu'elle avoit envoyée pour entretenir le dit chevalier, afin que trop ne luy ennuyast; et depuis besoingna troys fois avec la dame ; et comment le mary scéut tout par la chamberière, comme vous orrez.

LA BOUCHÈRE LUTIN DANS LA CHEMINÉE

La quarantiesme nouvelle par Messire Michault de Changy, d'ung Jacopin qui abandonna sa dame par amour, une bouchière, pour une autre plus belle et plus jeune ; et comment la dicte bouchière cuida entrer en sa maison par la cheminée.

L'AMOUR ET L'AUBERGON EN ARMES

La quarante et uniesme nouvelle par Monseigneur de la Roche, d'ung chevalier qui faisoit vestir à sa femme

ung haubergon quand il lui vouloit faire ce que savez,
ou compter les dens ; et du clerc qui lui apprint autre
manière de faire, dont elle fut à pou prés par sa bouche
mesmes encusée à son mary, se n'eust esté la glose
qu'elle controuva subitement.

LE MARI CURÉ

La quarante et deusiesme nouvelle par Meriadech,
d'ung clerc de villaige estant à Romme, cuidant que sa
femme fust morte, devint prestre et impetra la cure de
sa ville ; et quand il vint à sa cure, la première personne
qu'il rencontra ce fut sa femme.

LES CORNES MARCHANDES

La quarante et troisiesme nouvelle par Monseigneur
de Fiennes, d'ung laboureur qui trouva ung homme sur
sa femme ; et laissa à le tuer pour gaingner une somme
de blé ; et fut la femme cause du traictié, affin que l'autre
parfist ce qu'il avoit commencé.

LE CURÉ COURSIER

La quarante et quatriesme nouvelle par Monseigneur
de la Roche, d'ung curé de villaige qui trouva façon de
marier une fille dont il estoit amoureux, la quelle lui
avoit promis quant elle seroit mariée de faire ce qu'il
vouldroit, laquelle chose le jour de ses nopces il luy
ramentéust ce que le mary d'elle ouyt tout à plain, à
quoy il mit provision, comme vous orrez.

TABLE 15

L'ÉCOSSOIS LAVANDIÈRE

La quarante et cinquiesme nouvelle par Monseigneur
de la Roche, d'ung jeune Escossois qui se maintint en
habillement de femme l'espace de quatorze ans, et par
ce moyen couchoit avec filles et femmes mariées, dont il
fut puny en la fin, comme vous orrez cy aprés.

LES POIRES PAYÉES

La quarante et siziesme nouvelle racomptée par
Monseigneur de Thienges, d'ung Jacopin et de la nonnain qui s'estoient boutez en un préau pour faire armes
à plaisance dessoubz ung poirier où s'estoit caiché un
qui savoit leur fait, tout à propos qui leur rompit leur
fait pour ceste heure, comme plus à plain vous orréz cy
aprés.

LES DEUX MULES NOYÉES

La quarante et septiesme nouvelle par Monseigneur
de la Roche, d'ung président saichant la deshoneste vie
de sa femme, la fist noyer par sa mulle, la quelle il fit
tenir de boire par l'espace de huit jours ; et pendant ce
temps lui faisoit bailler du sel à mengier, comme il vous
sera recordé plus à plain.

LA BOUCHE HONNÈTE

La quarante et huitiesme nouvelle racomptée par
Monseigneur de la Roche, de celle qui ne vouloit souffrir qu'on la baisast, mais bien vouloit qu'on lui rem-

bourrast son bas ; et habandonnoit tous ses membres fors la bouche, et de la raison qu'elle y mettoit.

LE CUL D'ÉCARLATE

La quarante et nefviesme nouvelle racomptée par Pierre David, de celui qui vit sa femme avec ung homme auquel elle donnoit tout son corps entierement, excepté son derrière qu'elle laissoit à son mary, lequel la fist habiller ung jour, présens ses amys, d'une robe de bureau et fit mettre sur son derrière une belle pièce d'escarlate ; et ainsi la laissa devant tous ses amys.

CHANGE POUR CHANGE

La cinquantiesme nouvelle racomptée et dicte par Anthoine de la Sale, d'ung père qui voulut tuer son filz pource qu'il avoit voulu monter sur sa mère grand, et de la response du dit filz.

LES VRAIS PÈRES

La cinquante et uniesme nouvelle racomptée par l'acteur, de la femme qui départoit ses enfans au lit de la mort, en l'absence de son mary qui siens les tenoit ; et comment ung des plus petiz en advertit son père.

LES TROIS MONUMENS

La cinquante et deusiesme nouvelle racomptée par Monseigneur de la Roche, de trois enseignemens que

TABLE 17.

ung père bailla à son fils, lui estant au lit de la mort, lesquelz le dit filz mist à effet au contraire de ce qu'il lui avoit enseigné. Et comment il se deslia d'une jeune fille qu'il avoit espousée pource qu'il la vit couchier avec le prestre de la maison, la première nuyt de leurs nopces.

LE QUIPROQUO DES ÉPOUSAILLES

La cinquante et troisiesme nouvelle racomptée par Monseigneur l'amant de Brucelles, de deux hommes et deux femmes qui attendoient pour espouser à la première messe bien matin ; et pource que le curé ne véoit pas trop cler, il print l'une pour l'autre, et changea à chascun homme la femme qu'il devoit avoir, comme vous orrez.

L'HEURE DU BERGER

La cinquante et quatriesme nouvelle racomptée par Mahiot, d'une damoiselle de Maubeuge qui se abandonna à ung charreton et refusa plusieurs gens de bien ; et de la response qu'elle fist à ung noble chevalier, pource qu'il lui reprouchoit plusieurs choses, comme vous orrez.

L'ANTIDOTE DE LA PESTE

La cinquante et cinquiesme nouvelle par Monseigneur de Villiers, d'une fille qui avoit l'épidimie qui fit mourir troys hommes pour avoir la compaignie d'elle ; et comment le quatriesme fut saulvé et elle aussi.

LA FEMME, LE CURÉ, LA SERVANTE, LE LOUP

La cinquante et sixiesme nouvelle par Monseigneur de Villiers, d'ung gentilhomme qui attrappa en un piége qu'il fist, le curé, sa femme, et sa chamberière et un loup avec eulz; et brula tout là dedans pour ce que le dit curé maintenoit sa femme.

LE FRÈRE TRAITABLE

La cinquante et septiesme nouvelle par Monseigneur de Villiers, d'une damoiselle qui espousa ung bergier, de la manière du traictié du mariage, et des paroles qu'en disoit ung gentilhomme frère de la dicte damoiselle.

FIER CONTRE FIER

La cinquante et huitiesme nouvelle par Monseigneur le Duc, de deux compaignons qui cuidoient trouver leurs dames plus courtoises vers eulx; et jouèrent tant du bas mestier que plus n'en pouvoient; et puis dirent, pource qu'elles ne tenoient compte d'eulz, qu'elles avoient comme eulz joué du cymier, comme vous orrez cy aprés.

LE MALADE AMOUREUX

La cinquante et nefviesme nouvelle par Poncelet, d'ung seigneur qui contrefist le malade pour coucher avec sa chamberière avec laquelle sa femme le trouva.

TABLE 49

larron ; et puis le dit Montbleru leur compta le cas tout au long.

LE CURÉ RASÉ

La soixante et quatriesme nouvelle par messire Michault de Changy, d'ung curé qui se vouloit railler d'ung châtreur nommé Trenchecouille ; mais il eut ses génitoires coupez par le consentement de l'oste.

L'INDISCRÉTION MORTIFIÉE ET NON PUNIE

La soixante et cinquiesme nouvelle par Monseigneur le Prévost de Vuatènes, de la femme qui ouyt compter à son mary que ung hostellier du mont Saint Michiel faisoit raige de ronciner ; si y alla, cuidant l'esprouver, mais son mary l'en garda trop bien, dont elle fut trop mal contente, comme vous orrez cy aprés.

LA FEMME AU BAIN

La soixante et siziesme nouvelle par Philippe de Laon, d'ung tavernier de saint Omer qui fist une question à son petit filz, dont il se repentit aprés qu'il eut ouy la réponse, de laquelle sa femme en fut très honteuse, comme vous orrez plus à plain cy aprés.

LA DAME A TROIS MARIS

La soixante et septiesme nouvelle racomptée par Philippe de Laon, d'ung chapperon fourré de Paris qui une

TABLE   21

courdouennière cuida tromper, mais il se trompa lui mesme bien lourdement, car il la maria à ung barbier; et cuydant d'elle estre despesché se voulut marier ailleurs, mais elle l'en garda bien, comme vous pourrez véoir cy dessoubz, plus à plain.

LA GARCE DÉPOUILLÉE

La soixante et huitiesme nouvelle d'ung homme marié qui sa femme trouva avec ung aultre, et puis trouva manière d'avoir d'elle son argent, ses bagues, ses joyaux à tout jusques à la chemise; et puis l'envoya paistre en ce point, comme cy aprés vous sera recordé.

L'HONNESTE FEMME A DEUX MARIS

La soixante et neuviesme nouvelle racomptée par Monseigneur, d'ung gentil chevalier de la comté de Flandres, marié à une très belle et gente dame, lequel fut prisonnier en Turquie par longue espace, durant laquelle sa bonne et loyale femme, par l'amonestement de ses amys, se remaria à ung autre chevalier; et tantost aprés qu'elle fut remariée, elle ouyt nouvelles que son premier mary revenoit de Turquie, dont par déplaisance se laissa mourir, pource qu'elle avoit fait nouvelle aliance.

LA CORNE DU DIABLE

La septantiesme nouvelle racomptée par Monseigneur, d'ung gentil chevalier d'Alemaigne, grant voyaigier en son temps, lequel aprés ung certain voyaige par lui fait, fist veu de jamais faire le signe de la croix, par la très ferme foy et crédence qu'il avoit ou saint sacrement de baptesme, en laquelle crédence il combastit le dyable, comme vous orrez.

LE CORNARD DÉBONNAIRE

La septante et uniesme nouvelle racomptée par Monseigneur, d'ung chevalier de Picardie qui en la ville de saint Omer se logea en une hostellerie où il fut amoureux de l'ostesse de léans, avec laquelle il fut très amoureusement, mais en faisant ce que savez, le mary de la dicte hostesse les trouva, lequel tint manière telle que cy après pourrez ouyr.

LA NÉCESSITÉ EST INGÉNIEUSE

La septante et deuxiesme nouvelle par Monseigneur de Commesuram, d'ung gentilhomme de Picardie qui fut amoureux de la femme d'ung chevalier son voisin, lequel gentilhomme trouva façon par bons moyens d'avoir la grace de sa dame, avec laquelle il fut assiégé, dont à grand peine trouva manière d'en yssir, comme vous orrez cy après.

L'OISEAU EN LA CAGE

La septante et troisiesme nouvelle par maistre Jehan Lambin, d'ung curé qui fut amoureux d'une sienne paroichienne, avec laquelle le dit curé fut trouvé par le dit mary de la gouge, par l'advertissement de ses voisins; et de la manière comment le dit curé eschappa, comme vous orrez cy après.

LE CURÉ TROP RESPECTUEUX

La septante et quatriesme nouvelle par Philippe de Laon, d'ung prestre Boulenois qui éleva par deux fois le corps de nostre Seigneur, en chantant une messe, pource qu'il cuidoit que Monseigneur le seneschal de Boulongne fut venu tard à la messe; et aussy comment il refusa de prendre la paix devant Monseigneur le seneschal, comme vous pourrez ouyr cy après.

LA MUSETTE

La septante et cinquiesme nouvelle racomptée par Monseigneur de Talemas, d'ung gentil galant demy fol et non guères saige, qui en grant aventure se mist de mourir et estre pendu au gibet, pour nuyre et faire desplaicir au bailly, à la justice et autres plusieurs de la ville de Troyes en Champaigne, desquelz il estoit hay mortellement, comme plus à plain pourrez ouyr cy après.

LE LAQS D'AMOUR

La septante et sixiesme nouvelle racomptée par Philippe de Laon, d'ung prestre chapellain à ung chevalier de Bourgoingne, lequel fut amoureux de la gouge du dit chevalier; et de l'aventure qui lui advint à cause de ses dictes amours, comme cy dessoubz vous orrez.

LA ROBBE SANS MANCHES

La septante et septiesme nouvelle racomptée par Alardin, d'ung gentilhomme des marches de Flandres, lequel faisoit sa résidence en France, mais durant le temps que en France résidoit, sa mère fut malade es dites marches de Flandres, lequel la venoit très souvent visiter, cuidant qu'elle mourust; et des paroles qu'il disoit et de la manière qu'il tenoit, comme vous orrez cy dessoubz.

LE MARI CONFESSEUR

La septante et huitiesme nouvelle par Jean Martin, d'ung gentilhomme marié lequel s'avoulenta de faire plusieurs loingtains voyaiges, durant lesquelz sa bonne et loyale preude femme de troys gentilz compaignons s'accointa que cy aprés pourrés ouyr ; et comment elle confessa son cas à son mary, quand des ditz voyaiges fut retourné, cuidant le confesser à son curé : et de la maniére comment elle se saulva, comme cy aprés orrez.

L'ANE RETROUVÉ

La septante et neuviesme nouvelle par messire Michault de Changy, d'ung bon homme de Bourbonnois, lequel ala au conseil à ung saige homme du dit lieu, pour son asne qu'il avoit perdu, et comment il croioit que miraculeusement il retrouva son dit asne, comme cy aprés pourrez ouir.

LA BONNE MESURE

La huitantiesme nouvelle par messire Michault de Changy, d'une jeune fille d'Alemaigne qui de l'aage de XV à XVI ans, ou environ, se maria à ung gentil galant, laquelle se complaignit de ce que son mary avoit

TABLE 25

trop petit instrument à son gré, pource qu'elle véoit ung petit asne qui n'avoit que demy an, et avoit plus grand ostil que son mary qui avoit XXIIII ou XXVI ans.

LE MALHEUREUX

La huitante et uniesme nouvelle racomptée par Monseigneur de Vaulvrain, d'ung gentil chevalier qui fut amoureux d'une très belle jeune dame mariée, lequel cuida bien parvenir à la grâce d'icelle et aussi d'une autre sienne voisine, mais il faillit à toutes deux, comme cy aprés vous sera recordé.

LA MARQUE

La huitante et deusiesme nouvelle par Monseigneur de Lannoy, d'ung bergier qui fit marchié avec une bergière qu'il monteroit sur elle afin qu'il véist plus loing, par tel si qu'il ne l'embrocheroit non plus avant que le signe qu'elle même fist de sa main sur l'instrument du dit berger, comme cy aprés plus à plain pourrez ouyr.

LE CARME GLOUTON

La huitante et troisiesme nouvelle par Monseigneur de Vaulvrain, d'ung carme qui en ung vilaige prescha; et comment aprés son preschement, il fut prié de disner avec une damoiselle; et comment en disnant, il mist grant peine de fournir et emplir son repoint, comme vous orrez cy aprés.

TABLE 27

une moult grande maladie en ung oeil; pour laquelle cause lui convint avoir ung médecin, lequel pareillement devint amoureux de la dicte fille, comme vous ourrez; et des paroles qui en furent entre le chevalier et le médicin, pour l'emplastre qu'il luy mist sur son bon oeil.

LE COCU SAUVÉ

La huitante et huictiesme nouvelle d'ung bon simple homme païsant, marié à une plaisante et gente femme, laquelle laissoit bien le boire et le mengier pour aymer par amours; et de fait pour plus asséurement estre avec son amoureux, enferma son mary ou coulombier par la manière que vous orrez.

LES PERDRIX CHANGÉES EN POISSON

La huitante et nefviesme nouvelle d'ung curé qui oublia par négligence, ou faulte de sens, à annoncer le karesme à ses paroichiens, jusqu'à la vigille de Pasques fleuries, comme cy aprés pourrez ouyr; et de la manière comment il s'excusa devers ses paroichiens.

LA BONNE MALADE

La nonantiesme nouvelle d'ung bon marchant du pays de Brebant qui avoit sa femme très fort malade doubtant qu'elle ne mourut, aprés plusieurs remonstrances et exortacions qu'il lui fist pour le salut de son ame, lui crya mercy, laquelle luy pardonna tout ce qu'il povoit lui avoir meffait excepté tant seulement ce qu'il avoit si peu besoingnié en son ouvroir, comme en la dicte nouvelle pourrez ouyr plus à plain.

LA FEMME OBÉISSANTE

La nonante et uniesme nouvelle parle d'ung homme qui fut marié à une femme, laquelle estoit tant luxurieuse et tant chaulde sur le potaige, que je cuide qu'elle fut née es estuves, ou à demie lieue prés du soleil de midy, car il n'estoit nul, tant bon ouvrier fust-il, qui la péust refroidir; et comment il la cuida chastier et de la réponse qu'elle lui bailla.

LE CHARIVARI

La nonante et deusiesme nouvelle d'une bourgeoise mariée qui estoit amoureuse d'ung chanoine, laquelle pour plus couvertement aller vers le dit chanoine, s'accointa d'une sienne voisine; et de la noise et débat qui entre elles sourdit pour l'amour du mestier dont elles estoient, comme vous orrez cy aprés.

LA POSTILLONNE SUR LE DOS

La nonante et troisiesme nouvelle d'une gente femme mariée qui faignoit à son mary d'aler en pélerinaige pour soy trouver avec le clerc de la ville son amoureux, avec lequel son mari la trouva; et de la manière qu'il tint, quant ensemble les vit faire le mestier que vous savez.

LE CURÉ DOUBLE

La nonante et quatriesme nouvelle d'ung curé qui portoit courte robe comme font ces galans à marier; pour laquelle cause il fut cité devant son juge ordinaire, et de la sentence qui en fut donnée; aussi la deffense qui lui fut faicte et des autres tromperies qu'il fist aprés, comme vous orrez plus à plain.

TABLE 29

LE DOIGT DU MOINE GUÉRI

La nonante et cinquiesme nouvelle d'ung moyne qui faignit estre très fort malade et en dangier de mort, pour parvenir à l'amour d'une sienne voisine par la manière qui cy après s'ensuit.

LE TESTAMENT CINIQUE

La nonante et sisiesme nouvelle d'ung simple et riche curé de villaige, qui par sa simplesse avoit enterré son chien ou cymitière; pour laquelle cause il fut cité par devant son evesque; et comme il bailla la somme de cinquante escuz d'or au dit evesque; et de ce que l'evesque luy en dit, comme pourrés ouyr cy dessoubz.

LE HAUSSEUR

La nonante et septiesme nouvelle d'une assemblée de bons compaignons faisans bonne chière à la taverne et beuvans d'autant et d'autel, dont l'ung d'iceulx se combatit à sa femme, quant à son hostel fut retourné, comme vous orrez cy dessoubz.

LES AMANS INFORTUNÉS

La nonante et huitiesme nouvelle d'ung chevalier de ce royaume, lequel avoit de sa femme une belle fille et très gente damoiselle aagée de xv à xvj ans, ou environ; mais pour ce que son père la voulut marier à ung riche chevalier ancien, lequel estoit son voisin, elle s'en ala avecques ung autre jeune chevalier son serviteur en amours, en tout bien et en tout honneur. Et comment par merveilleuse fortune ilz finirent leurs jours tous deux piteusement, sans jamais en nulle manière avoir habitacion l'ung avecques l'autre, comme vous orrez cy après.

LA MÉTAMORPHOSE

La nonante et nefviesme nouvelle racompte d'ung evesque d'Espaigne qui par deffaulte de poisson mengea deux perdris en ung vendredi ; et comment il dist à ses gens qu'il les avoit converties par paroles, de chair en poissons, comme cy dessoubz plus à plain vous sera recordé et compté.

LE SAGE NICAISE OU L'AMANT VERTUEUX

La centiesme et derrenière de ces présentes nouvelles d'ung riche marchant de la cité de Gennes, qui se maria à une belle et gente fille, laquelle par la longue absence de son mary, et par son mesmes advertissement manda quérir un saige clerc, jeune et roide pour la secourir de ce dont elle avoit mestier ; et de la jusne qu'il luy fist faire, comme vous orrez cy aprés plus à plain.

LES

CENT NOUVELLES

NOUVELLES

NOUVELLE I

LA MÉDAILLE A REVERS

En la ville de Valenciennes eut naguères ung notable bourgeois, en son temps receveur de Hénault, lequel entre les autres fut renommé de large et discrete prudence. Et entre ses louables vertuz celle de libéralité ne fut pas la maindre, car par icelle vint en la grace des princes, seigneurs, et autres gens de tous estaz. En ceste cureuse félicité, fortune le maintint et soustint jusques

en la fin de ses jours. Devant et après ce que mort l'eust
destachié de la chayne qui en mariaige l'accouploit, le
bon bourgois, cause de ceste hystoire, n'estoit pas si mal
logié en la dicte ville, que ung bien grand maistre ne s'en
tint pour content et honnouré d'avoir ung tel logis. Et
entre les désirez et louez édifices, sa maison descou-
vroit sur plusieurs rues; et là avoit une petite poterne vis
à vis près de là, en laquelle demouroit ung bon compaignon qui très belle femme et gente avoit et encores en
milleur point. Et comme il est de coustume, les yeulx
d'elle, archiers du cœur, descoichèrent tant de flèches en
la personne du dit bourgois, que sans prochain remède
son cas n'estoit pas maindre que mortel. Pour laquelle
chose seurement obvier, trouva par plusieurs et subtiles façons, que le compaignon mary de la dicte gouge
fut son amy très privé et familier; et tant que peu de
diners, de souppers, de banquetz, de bains d'estuves, et
autres passetemps en son hostel et ailleurs ne se féissent
jamais sans sa compaignie. Et à ceste occasion se tenoit
le dit compaignon bien fier et encores autant eureux.
Quant nostre bourgois, plus subtil que ung regnart,
eust gaignié la grace du compaignon, bien peu se sous-
sia de parvenir à l'amour de sa femme; et en peu de
jours tant et si très bien laboura que la vaillant femme
fut contente d'ouyr et entendre son cas, pour y baillier
remède convenable. Ne restoit plus que temps et lieu;
et fut à ce menée qu'elle luy promist tantost que son
mary iroit quelque part dehors pour séjourner une
nuyt, elle incontinent l'en avertiroit. A chief de pechié,
ce désiré jour fut assigné, et dit le compaignon à sa
femme qu'il s'en aloit à ung chasteau loingtain de Valenciennes environ troys licues. Et la chargea bien de
soy tenir à l'ostel et garder la maison, pource que ses
affaires ne povoient souffrir que celle nuyt il retournast.

S'elle en fut bien joyeuse, sans en faire semblant ne
manière en paroles ne autrement, il ne le fault jà demander, car il n'avoit pas encore cheminé une lieue d'assez,
quant le bourgois sceust ceste adventure de pieça désirée. Il fist tantost tirer les bains, chauffer les estuves,
faire pastez, tartes, ypocras, et le surplus des biens de

Dieu, si largement que l'appareil sembloit ung droit
desroy. Quant vint sur le soir, la poterne fut desserrée,
et celle qui pour la nuyt y devoit le guet saillit dedens ;
et Dieu scait qu'elle fut doulcement receue. Je m'en passe
en brief, et espoire plus qu'ilz firent plusieurs devises
d'aulcunes choses qu'ilz n'avoient pas en ceste cureuse
journée à leur première voulenté. Après ce que en la
chambre furent descenduz, tantost se boutèrent au bain,
devant lequel beau souper fut en haste couvert et servi.

Et Dieu scait qu'on y but d'autant largement et souvent.
Des vins et viandes parler n'en seroit que reditte; et
pour faire le conte brief, faulte n'y avoit que du trop. En
ce très gracieux estat se passa la pluspart de ceste doulce
et courte nuyt : baisiers donnez, baisiers renduz tant et
si longuement que chascun ne désiroit que le lit. Tandiz
que ceste grande chière se faisoit, vécy bon mary jà
retourné de son voyaige, non quérant ceste sa bonne
adventure, qui heurte bien fort à l'uys de sa chambre. Et

pour la compaignie qui y estoit, l'entrée de prinsault luy
fut refusée jusques à ce qu'il nommast son parain. Adonc
il se nomma haut et clair; et très bien l'entendirent et
recongneurent sa bonne femme et le bourgois. La gouge
fut tant fort effrayée à la voix de son mary, que à peu
que son loyal cueur ne failloit; et ne savoit jà plus sa
contenance, se le bon bourgois et ses gens ne l'éussent
reconfortée. Maiz le bon bourgois tant asséuré, et de
son fait très advisé, la fist bien en haste couchier; et au
plus près d'elle se bouta, et luy charga qu'elle se join-
gnist près de luy et caichast le visaige qu'on n'en péult

rien appercevoir. Et cela fait au plus brief que on péult, sans soy trop haster il commanda ouvrir la porte. Et le bon compaignon sault dedens la chambre, pensant en soy que aucun mistère y avoit, quant devant l'uys l'avoient retenu si longuement. Et quant il vit la table tant chargée de vins et de grans viandes, ensemble le beau bain très bien paré, et le bourgois ou très beau lit encourtiné avec sa seconde per-sonne, Dieu sçait s'il parla  hault et blasonna les armes de son bon voisin : lors l'appela ribault, loudier, après putier, après yvrongne ; et tant bien le baptiza que tous ceulx de la chambre et luy avecques, s'en rioient bien fort. Mais sa femme à ceste heure n'avoit pas ce loisir, tant estoient ses lèvres empeschées de soy joindre près de son amy nouvel : Ha ! ha ! dist-il, maistre houlier, vous m'avez bien celée ceste bonne chiére ; mais par ma foy, si je n'ay esté à la grant feste, si fault il bien que l'en me monstre l'espousée. Et à ce coup tenant la chandelle en sa main, se tira près du lit : et jà se vouloit avancier de haulcier la couverture soubz laquelle faisoit grant pénitance et silence sa très parfaicte et bonne femme, quant le bourgois et ses gens l'en gardèrent dont le compaignon ne s'en contentoit pas trop ; et à force, maulgré chascun, tousjours avoit la main au lit. Mais il ne fut pas maistre pour lors, ne créu de faire son vouloir et pour cause. Sur quoy ung appointement très gracieux et bien nouveau fut fait,

de quoy assez se contenta, qui fut tel : le bon bourgois fut content que on luy monstrast à descouvert
le derrière de sa femme, les rains et les cuisses qui
blanches et grosses estoient, et le surplus bel et honneste,
sans rien descouvrir ne véoir le visaige. Le bon compaignon, toujours la chandelle en sa main, fut assez longuement sans dire mot. Et quant il parla, ce fut en
louant beaucoup la très grande beaulté de ceste femme;
et afferma par ung bien grant serment, que jamais n'a-
voit véu chose si bien ressembler au cul de sa femme:
et s'il ne feust bien sur qu'elle fust en son hostel, à
ceste heure, il diroit que ce seroit elle! Mais elle fut tantost recouverte et adonc se tira arrière, assez pensif. Et
Dieu scait se on luy disoit bien, puis l'ung, puis l'autre,
que c'estoit de lui mal congnéu, et à sa femme pou
d'honneur porter; et que c'estoit bien aultre chose, que
cy après assez il pourroit véoir. Pour reffaire les yeulx
abusez de ce povre martir, le bourgois commanda qu'on
le feist seoir à la table, où il reprint nouvelle ymaginacion par boire et mengier largement du soupper de
ceulx qui entretant au lit se devisoient à son grant préjudice. Puis l'eure vint de partir, et donna la bonne nuyt
au bourgois, et à sa compaignie; et pria moult qu'on le
boutast hors de léans par la poterne, pour plus tost
trouver sa maison. Mais le bourgois luy respondit qu'il
ne scauroit à ceste heure trouver la clef; pensoit aussy
que la serréure fust tant enrouillie qu'on ne la pourroit
ouvrir, pour ce que nulle fois ou peu souvent s'ouvroit.
Il fut au fort contraint de saillir par la porte de devant et
d'aler le grant tour à sa maison. Tandiz que les gens au
bourgois le conduisoient vers la porte, tenant le hee
en l'eaue par devises; et la bonne femme fut incontinent mise sur piez, et en peu de heure habillée et lacée
a cotte simple, son corset en son bras, et venue à la

poterne ; puis ne fist que ung sault en sa maison où elle attendoit son mary qui le long tour venoit, très advisée de son fait, et des manières qu'elle avoit à tenir. Vecy nostre

homme, voyant encores la lumière en sa maison, heurte assez rudement. Et sa bonne femme qui mesnaigeoit par léans, en sa main tenant ung ramon, demande, ce qu'elle bien scait : Qui esse là ? Et il respond : C'est vostre mary. Mon mary, dit elle, mon mary ! n'est ce pas, il n'est pas en la ville. Et il heurte de rechief et dit : Ouvrez, ouvrez, je suis vostre mary. Je congnois bien mon mary, dit-elle, ce n'est pas sa coutume de soy enclorre si tart, quant il seroit en la ville ; alez ailleurs, vous n'estes pas bien arivé : ce n'est point céans qu'on doit heurter à ceste heure. Et il heurte pour la tierce fois et l'appella par son nom, une fois,

MICHELET sc.

deux fois. Adonc fist elle aucunement semblant de le congnoistre, en demandant dont il venoit à ceste heure ? Et pour response ne bailloit autre chose que ouvrez, ouvrez. Ouvrez, dit elle, encores n'y estes vous pas, meschant

houllier? Par la force saincte Marie, j'aymeroye mieulx
vous veoir noyer que céans vous bouter. Alez coucher en
mal repoz dont vous venez. Et lors bon mary de soy courroucer; et fiert tant qu'il peut de son pié contre la porte,
et semble qu'il doyve tout abatre : et menassa sa bonne
femme de la tant batre que c'est raige, dont elle n'a

guères grant paour; mais au fort,
pour apaiser la noise et à son aise
mieulx dire sa pensée, elle ouvrit
l'uys. Et à l'entrée qu'il fist, Dieu sçait
qu'il fut servy d'une chière bien rechignée,
et d'ung agu et enflambé visaige. Et quant la langue
d'elle eut povoir sur le cueur chargié très fort d'yre et de
courroux, par semblant les paroles qu'elle descocha ne
furent pas mains tranchantes que rasoirs de Guingant
bien affillez. Et entre aultres choses, fort luy reprouchoit
qu'il avoit par malice conclut ceste faincte alée pour

l'esprouver ; et que c'estoit fait d'ung lasche et recréu
couraige, indigne d'estre alyé à si preude femme
comme elle. Le bon compaignon, jà soit ce que fut
fort courroucié et mal méu par avant, toutesfois pource
qu'il véoit son tort à l'oeil et le rebours de sa pensée, refraint son ire, et le couroux qu'en son cueur avoit
concéu, quant à sa porte tant heurtoit, fut tout à coup
en courtois parler converty. Car il dist pour soy excuser,
et pour sa femme contenter, qu'il estoit retou né de son
chemin, pource qu'il avoit oublyé la lectre principale
qui touchoit plus le fait de son voyaige. Sans faire semblant de le croire, elle recommence sa légende dorée,
luy mettant sus qu'il venoit de la taverne et de lieux
deshonnestes et dissoluz ; et qu'il se gouvernoit mal
en homme de bien, mauldisant l'eure que oncques elle
eut son accointance et sa très mauldicte aliance. Le povre
désolé, congnoissant son cas, voyant sa bonne femme
trop plus qu'il ne voulsist troublée, hélas ! et à sa cause
ne scavoit que dire. Si se prent à penser, et à chief de
pensée ou méditation, se tire près d'elle, ployant ses
genoulz tout en bas sur la terre, et dit les beaulx motz
qu'ilz s'ensuivent : Ma chière compaigne, et très loyale
espouse, je vous prie, ostez vostre cueur de tous ces courroux que avez vers moy concéuz, et me pardonnez au surplus ce que vous puis avoir mesfait. Je congnois mon cas,
et viens naguères d'une place où l'en faisoit bien bonne
chière. Si vous ose bien dire que congnoitre vous y cui-
day, dont j'estoie trés desplaisant. Et pour ce que à tort
et sans cause, je le confesse, vous ay suspeçonnée d'estre
aultre que bonne, dont me repens amérement, je vous
supplie et derechief que tous aultres passez courroux et
cestuy cy oubliez, vostre grace me soit donnée, et me
pardonnez ma folie. Le mautalant de nostre bonne
gouge, voyante son mary en bon ploy et à son droit, ne se

monstra meshuy si aspre ne si venimeuse : Comme, dit
elle, vilain putier, se vous venez de voz très deshonnestes
lieux et infames, est il dit pourtant que vous devez oser
penser, ne en quelque façon croire que vostre bonne
preude femme les daignast regarder? — Nennil par Dieu;
hélas! ce scay je bien, ma mye; n'en parlons plus, pour
Dieu, dist le bon homme. Et de plus belle vers elle s'en-
cline, faisant la requeste jà pieça que trop dicte. Elle,
jasoit ce que encores marrye et presque enraigée de
céste suspection, voyant la parfonde contrition du bon
homme, cessa son parler, et petit à petit son troublé
cueur se remist à nature; et luy pardonna, combien que
à grant regret, aprés cent mille sermons et autant de
promesses que celuy qui tant l'avoit grevée. Et par ce
point à mains de crainte et de regret, elle passa main-
tesfois depuis la poterne, sans que l'ambusche fut jamais
descouverte à celui à qui plus touchoit. Et ce souffise
quant à la première histoire.

NOUVELLE II.

PAR MONSEIGNEUR

LE CORDELIER MÉDECIN

En la maistresse ville du royaulme d'Angleterre nommée Londres, assez hantée et congneue de plusieurs
gens, n'a pas long temps demouroit ung riche et puissant homme qui marchant et bourgois estoit, qui entre
ses riches baguez et innumérables trésors s'esjoyssoit et
se tenoit plus enrichy d'une belle fille que Dieu lui avoit

envoyée que du bien, grant surplus de sa chevance, car
de bonté, beaulté, et genteté passoit toutes les filles
d'elle plus aagées. Et ou temps que ce très cureux bruit
et vertueuse renommée d'elle sourdoit, en son quinsiesme
an ou environ, Dieu scait se plusieurs gens de bien
désiroient et pourchassoient sa grace par plusieurs et
toutes façons en amours acoutumées; qui n'estoit pas
ung plaisir petit au père et à la mère. Et à ceste occasion de plus en plus croissoit en eulz l'ardante et pater-
nelle amour que à leur très aymée fille portoient. Advint toutesfois, ou que Dieu le permist, ou que fortune
le voulut et commanda, envieuse et mal contente de la
prospérité de celle belle fille, de ses parents, ou de tous
deux ensemble, ou espoir de une secrette cause et raison naturelle, dont je laisse l'inquisition aux philo-
zophes et médicins, qu'elle chéut en une dangereuse
et desplaisante maladie que communément on appelle
broches. La doulce maison fut très largement troublée,
quant en la garenne que plus chière tenoient les diz parens, avoit osé laschier ses lévriers et limiers ce desplaisant mal, et qui plus est, touchier sa proye en dange-
reux et dommageable lieu. La povre fille, de ce grand
mal toute affolée, ne scait sa contenance que de plourer
et souspirer. Sa très dolente mère est si très fort troublée que d'elle il n'est rien plus desplaisant; et son très
ennuyé père détort ses mains et détire ses cheveux pour
la raige de ce nouveau courroux. Que vous diray je ?
toute la grant triumphe qu'en cest hostel souloit tant
comblement abonder est par ce cas flappye et ternye,
et en amère et subite tristesse à la male heure convertie.
Or viennent les parens, amys, et voisins de ce doulent
hostel visiter et conforter la compaignie, mais peu ou
rien prouffitoit, car de plus en plus est aggressée et oppressée la bonne fille de ce mal. Adoncques vient une

matronne qui moult et trop enquiert de ceste maladie ;
et fait virer et revirer puis çà, puis là, la très dolente
et povre paciente, à grant regret, Dieu le scait, et puis
luy baille médecines de cent mille façons d'erbes, mais
riens ; plus vient avant et plus empire : si est force que
les médicins de la ville et du païs environ soient man-
dez, et que la povre fille descouvre et monstre son très
piteux cas. Or sont venuz maistre Pierre, maistre Jehan,
maistre cy, maistre là, tant de phyziciens que vous
vouldrez, qui veulent bien veoir la paciente ensemble,
et les parties du corps à descouvert où ce mauldit mal
de broches s'estoit helas ! longuement embusché.
Ceste povre fille fut plus surprise et esbaye que se à la
mort fust adjugée ; et ne se vouloit accorder qu'on la
mist en façon que son mal fut apperceu, mesmes aymoit plus chier mourir que ung tel secret fust à ung
homme descouvert. Ceste obstinée voulenté ne dura pas
grammment, quant père et mère vindrent, qui plusieurs remonstrances lui firent, comme de dire qu'elle
pourroit estre cause de sa mort qui n'est pas ung petit
pechié, et plusieurs autres y eut trop longs à raconter.
Finablement trop plus pour père et mère que pour
crainte de mort vaincue, la povre fille se laissa ferrer ;
et fut mise sur une couche, les dens dessoubz, et son
corps tant et si très avant descouvert que les médicins
virent apertement le grant meschief qui fort la tour-
mentoit. Ilz ordonnèrent son régime faire aux appoti-
quaires : clystères, pouldres, oygnemens et le surplus
que bon sembla, elle print, et fist tout ce que on voulut
pour recouvrer santé. Mais tout rien n'y vault, car il
n'est tour ne engin que les dictz médicins saichent pour
allegier quelque peu de ce destresseux mal, ne en leurs
livres n'ont véu ne acoustumé. Que riens si très fort
la povre fille empire mès que l'ennuy qu'elle s'en donne,

car autant semble estre morte que vive. En ceste aspre
langueur et douleur forte se passèrent beaucoup de
jours. Et comme le père et la mère, parens et voisins
s'enqueroient par tout pour l'allegance de la fille, si
rencontrèrent ung très ancien cordelier qui borgne estoit; et en son temps avoit véu moult de choses, et de sa
principale science se mesloit fort de médicine. Dont sa
présence fut plus aggréable aux parens de la paciente,
lequel helas! à tel regret que dessus, regarda tout à son
beau loisir, et se fist fort de la guarir. Pensez qu'il fut
très voulentiers ouy, et tant que la dolente assemblée
qui de lyesse picça banie estoit, fut à ce point quelque
peu consolée, espérant le fait sortir tel que sa parole
le touchoit. Adonc maistre cordelier se partit de léans;
et print jour à demain de retourner, fourni et pourvéu
de médicine si trés vertueuse qu'elle en peu d'cure ef-
facera la grant douleur qui tant martire et débrise la
povre paciente. La nuyt fut beaucoup longue, attendant
le jour désiré; néantmains passèrent tant d'cures à
quelque peine que ce fut, que nostre bon cordelier fut
acquitté de sa promesse pour soy rendre devers la paciente à l'cure assignée. S'il fut joyeusement recéu,
pensez que ouy. Et quant vint l'cure qu'il voulut besongnier et la paciente médiciner, on la print comme l'autre
fois, et sur la couche tout au plus bel qu'on péust fust à
bougons couchée, et son derrière descouvert assez avant,
lequel fut incontinent des matronnes d'ung très beau
blanc drap linge garny, tapissé et armé; et à l'endroit
du secret mal fut fait ung beau pertuis, par le quel
maistre cordelier povoit appertement le choisir. Et il
regarde ce mal puis d'ung cousté, puis d'autre; maintenant le touche du doy tout doulcement, une autre fois
prent la pouldre dont médiciner la vouloit. Ores regarde
le tuyau dont il veult souffler icelle pouldre par sus et

dedens le mal; ores retourne arrière et jecte l'oeil de
rechief sur ce dit mal, et ne se scait saouler d'assez le
regarder. A chief de piece, il prend sa pouldre à la main,
gauche, mise en ung beau petit vaisseau plat, et de l'autre

son tuyau qu'il vouloit emplir de la dicte pouldre; et
comme il regardoit très ententivement et de très près par
ce pertuis et à l'environ le destresseux mal de la povre
fille. Et elle ne se péut contenir, voyant l'estrange façon de regarder à tout ung oeil de nostre cordelier, que
force de rire ne la surprist, qu'elle cuida bien longuement retenir, mais si mal helas! luy advint que ce riz à
force retenu fut converty en ung sonnet dont le vent retourna si très à point la pouldre, que la pluspart il fist

voler contre le visaige et seul bon oeil de ce bon cordelier, lequel sentant ceste douleur, habandonna tantost
et vaisseau et tuyau; et à peu qu'il ne chéut à la reverse, tant fort fut effrayé. Et quand il eut son sang, il
met tost en haste la main à son oeil, soy plaingnant du-
rement, disant qu'il estoit homme deffait, et en dangier
de perdre ung seul bon œil qu'il avoit. Il ne mentit pas,
car en peu de jours la pouldre qui corrosive estoit, luy
gasta et manga trestout l'oeil, et par ce point l'autre
qui jà estoit perdu, adveugle fut, et ainsi demoura le
dit cordelier. Si se fit guider et mener ung certain jour
après ce, jusques à l'ostel où il conquist ce beau butin;
et parla au maistre de léans, auquel il remonstra son
piteux cas, priant et requerant, ainsi que droit le porte,
qu'il lui baille et assigne, ainsi qu'à son estat appartient,
sa vie honnorablement. Le bourgois respondit que de
ceste son adventure beaucoup luy desplaisoit, combien
qu'en riens il n'en soit cause, ne en quelque façon que
ce soit chargié ne s'en tient. Trop bien est il content
luy faire quelque gracieuse ayde d'argent pource qu'il
avoit entreprins de garir sa fille, ce qu'il n'avoit pas
fait, et que à luy ne veult estre tenu en riens; lui veult
baillier autant en somme que s'il luy éust sa fille en
santé rendue, non pas, comme dit est, qu'il soit tenu de
ce faire. Maistre cordelier, non content de ceste offre,
demande qu'il luy assignast sa vie, remonstrant comment sa fille l'avoit aveuglé en sa présence, et à ceste
occasion privé estoit de la digne et très saincte con-
sécracion du précieux corps de Jhésus, du saint service de l'Eglise, et de la glorieuse inquisicion des
docteurs qu'ilz ont escript sur la saincte théologie;
et par ce point de prédicacion plus ne povoit servir
le peuple qui estoit sa totale destruction, car il est
mendiant et non fondé sinon sur aumosnes que plus

conquerre ne povoit. Quelque chose qu'il allegue ne
remonstre, il ne peut finer d'autre response que ceste
précédente. Si se tira par devers la justice du parlement
du dit Londres, devant lequel fist bailler jour à nostre
homme dessus dit. Et quant vint heure de plaidier sa
cause par ung bon advocat bien informé de ce qu'il
devoit dire, Dieu scait que plusieurs se rendirent au consistoire, pour ouyr ce nouveau procès qui beaucoup
pléust aux seigneurs du dit parlement, tant pour la nou-
velleté du cas que pour les allégacions et argumens des
parties devant eulz débatans, qui non acoustumées,
mais plaisantes estoyent. Ce procès tant plaisant et nouvel, affin qu'il fust de plusieurs gens congnéu, fut tenu
et maintenu assez et longuement, non pas qu'à son tour
de roule ne fut bien renvoyé et mis en jeu; mais le juge
le fist differer jusques à la façon de cestes. Et par ce
point celle qui auparavant par sa beaulté, bonté et genteté congnéue estoit de plusieurs gens, devint notoire à
tout le monde par ce mauldit mal de broches, dont en
la fin fut garie, ainsi que depuis me fut compté.

NOUVELLE III

PAR MONSEIGNEUR DE LA ROCHE

LA PÊCHE DE L'ANNEAU

En la duchié de Bourgoigne
eust naguères ung gentil che-
valier dont l'istoire passe le nom, qui marié estoit
à une belle et gente dame. Et assez près du chasteau
où le dit chevalier faisoit résidence, demouroit ung
musnier pareillement à une belle, gente et jeune femme
marié. Advint une fois entre les autres que comme le
chevalier, pour passer temps et prendre son esbate-

ment, se pourmenast entour son hostel, et du long de
la rivière sur laquelle estoit assise la maison et moulin
du dit musnier qui à ce coup n'estoit pas à son ostel,
mais à Dijon ou à Beaune, le dit chevalier appercéut la
femme du dit musnier, portant deux cruches et retournant de la rivière quérir de l'eaue. Si se avança vers
elle et doulcement la salua ; et elle comme saige et
bien aprinse lui fist l'onneur et révérence qui lui appartenoit. Notre bon chevalier, voyant ceste munière
très belle et en bon point, mais de sens assez escharsse-
ment hourdée, se pensa de bonnes, et lui dit : Certes,
m'amie, j'apperçoy bien que vous estes malade et en
grant péril. A ces paroles la musnière s'approcha de
lui et luy dist : Hélas ! Monseigneur, et que me fault il ?
— Vrayement, m'amie, j'apperçoy bien, se vous chemi-
nez guères avant que vostre devant est en très grant
dangier de chéoir ; et vous ose bien dire que vous ne le
porterez guères longuement qu'il ne vous chée, tant
m'y congnois je ? La simple musnière, ouyant les paroles de Monseigneur, devint très esbaye et courroucée :
esbaye comment Monseigneur povoit scavoir ne véoir ce
meschief advenir, et couroucée d'ouyr la perte du meilleur membre de son corps, et dont elle se servoit mieulx
et son mary aussi. Si respondi : Helas ! Monseigneur, et
à quoy congnoissez vous que mon devant est en dangier
de chéoir ? il me semble qu'il tient tant bien. — Dea,
m'amie, souffise vous à tant et soyez seure que je vous
dy la vérité ; et ne seriez pas la première à qui le cas
est advenu. Helas ! dit elle, Monseigneur, or suis je
femme deffaicte, deshonnorée et perdue ; et que dira
mon mary, nostre dame, quant il scaura ce meschief,
il ne tiendra plus comte de moi. — Ne vous desconfortez
que bien à point, m'amie, dit Monseigneur, encores
n'est pas le cas advenu, aussy y a il bon remède. Quant

la jeune musnière ouyt que on trouveroit bien remède
en son fait, le sang luy commença à revenir ; et ainsi
qu'elle scéut, pria Monseigneur, pour Dieu, que de sa
grace luy voulsist enseignier qu'elle doit faire pour
garder ce povre devant de chéoir. Monseigneur, qui
très courtois et gracieux estoit, mesmement tousjours
vers les dames, lui dit : M'amie, pource que vous estes
belle et bonne, et que j'ayme bien vostre mary, il me
prent pitié et compassion de vostre fait ; si vous enseigne-
ray comment vous garderez vostre devant de chéoir. —
Helas ! Monseigneur, je vous en mercy, et certes vous ferez

une oeuvre bien méritoire, car autant
me vauldroit non estre que de vivre
sans mon devant. Et que doy je donc
faire, Monseigneur? — M'amie, dit
il, affin de garder vostre devant de
chéoir, le remède si est que au plus
tost que pourrez, le fort et souvent
faire recoingnier. — Recoingnier,
Monseigneur, et qui le scauroit faire?
à qui me fauldroit il parler pour
bien faire cette besoingne? — Je
vous diray, m'amie, dit Monseigneur,
pource que je vous ay advertie de vostre mechief qui
très prouchain et grief estoit, ensemble aussi et du remède nécessaire pour obvier aux inconvéniens qui
sourdre en pourroient, je suis content, affin de plus en
mieulx nourrir amour entre nous deux, vous recoingnier
votre devant ; et le vous rendray en tel estat que par
tout le pourrez tout seurement porter, sans avoir crainte
ne doubte que jamais il puisse chéoir ; et de ce me fais
je bien fort. Se nostre musnière fut bien joyeuse il ne
le fault pas demander, qui mettoit si très grant peine
du peu du sens qu'elle avoit de souffisaument remercier

Monseigneur. Si marchèrent tant, Monseigneur et elle,
qu'ilz vindrent au moulin où ilz ne furent guères sans
mettre la main à l'euvre, car Monseigneur, par sa courtoisie, d'ung houstil qu'il avoit recoingnat en peu
d'eure, troys ou quatre fois, le devant de nostre
musnière qui très joyeuse et lyée en fut. Et après
que l'euvre fut ployée, et de devises ung millier, et
jour assigné d'encores ouvrer à ce devant, Monseigneur part, et tout le beau pas s'en retourna vers
son hostel. Et au jour nommé se rendit Monseigneur
vers sa musnière, en la façon que dessus, et au
mieulx qu'il péut il s'employa à recoingnier ce devant;
et tant et si bien y ouvra, par continuacion de temps,
que ce devant fut tout asseuré et tenoit ferme et bien.
Pendant le temps que Monseigneur recoingnoit le devant
de ceste musnière, le musnier retourna de sa marchandise et fit grand chière, et aussi fist sa femme. Et comme
ilz eurent devisé de leurs besoingnes, la très saige musnière va dire à son mary : Par ma foy, sire, nous sommes bien obligez à Monseigneur de ceste ville. —
Voire, m'amie, dit le musnier, en quelle façon ? — C'est
bien raison que le vous die, affin que l'en merciez, car
vous y estes tenu. Il est vray que tandiz qu'avés esté
dehors, Monseigneur passoit par cy droit à la court,
ainsi que à tous deux cruches je 'aloye à la rivière; il
me salua, si fis je lui, et comme je marchoie, il apperceut que mon devant ne tenoit comme rien, et qu'il
estoit en trop grant aventure de chéoir; et le me dist
de sa grace dont je fuz si très esbahye, voire par dieu,
autant courroucée que se tout le monde fust mort. Le
bon seigneur qui me véoit en ce point lamenter, en eut
pitié; et de fait m'enseigna ung beau remède pour me
garder de ce mauldit dangier. Et encores me fist il bien
plus qu'il n'eust point fait à une aultre, car le remède

dont il me advertit qui estoit faire recoingnier et recheviller mon devant, affin de le garder de chéoir, lui mesmes le mist à exécucion; qui lui fut très grant peine et en sua plusieurs fois, pource que mon cas requeroit d'estre souvent visité. Que vous diray je plus, il s'en est tant bien acquitté que jamais ne luy sauriez desservir. Par ma foy il m'a tel jour de ceste sepmaine recongnié les troys, les quatre fois, ung autre deux, ung autre troys; il ne m'a jà laissée tant que j'aye esté toute guarie; et si m'a mis en tel estat que mon devant tient à ceste heure, tout aussi bien et aussi fermement que celui de femme de nostre ville. Le musnier, oyant cette adventure, ne fit pas semblant par dehors tel que son cueur au pardedens portoit; mais comme s'il fust bien joyeux, dit à sa femme : Or ça, m'amye, je suis bien joyeux que Monseigneur nous a fait ce plaisir, et se Dieu plaist, quant il sera possible, je feray autant pour lui. Mais pource que vostre cas n'estoit pas honneste, gardez vous bien d'en riens dire à personne, et aussi puis que vous estes guarie, il n'est jà mestier que vous travailliez plus Monseigneur. — Vous n'avez garde, dist la musnière, que j'en die jamais ung mot, car aussi le me deffendit bien Monseigneur. Nostre musnier qui estoit gentil compaignon, à qui les crignons de sa teste ramentevoyent souvent et trop la courtoisie que Monseigneur luy avoit faicte, et si saigement se conduisit qu'onques mon dit seigneur ne se percéut qu'il se doubtast de la tromperie qu'il lui avoit faicte et cuidoit en soy mesmes qu'il n'en scéust rien. Mais helas ! si faisoit et n'avoit ailleurs son cueur, son estudie, ne toutes ses pensées que à soy vengier de lui, s'il scavoit en façon telle ou semblable qu'il lui decéut sa femme. Et tant fit par son engin que point oiseux n'estoit, qu'il advisa à une manière par laquelle bien lui sembloit que

s'il en povoit venir à chief que Monseigneur auroit
beurre pour œufz. A chief de pechié, pour aucuns affaires
qui survindrent à Monseigneur il monta à cheval, et
print de Madame congié bien pour ung mois, dont le
musnier ne fut pas un peu joyeux. Ung jour entre les
aultres, Madame eut volenté de soy baingnier, et fit tirer
le baing et chauffer les estuves en son hostel, à part;

ce que nostre musnier scéust très bien,
pource que assez familier estoit de léans. Si
s'advisa de prendre ung beau brochet qu'il avoit en sa
fosse, et vint ou chasteau pour le présenter à ma dame.
Aucunes des femmes de ma dame vouloient prendre le
brochet, et de par le musnier en faire présent, mais il dit
que luy mesme il le présenteroit, ou vrayement il le rem-
porteroit. Au fort pource qu'il estoit comme de léans, et
joyeux homme, ma dame le fist venir qui dedens son
bain estoit. Le gracieux musnier fist son présent, dont

ma dame le mercia, et fist porter en la cuisiné le beau
brochet, et mectre à point pour le soupper. Et entretant
que ma dame au musnier devisoit, il appercéut sur le
bord de la cupve ung très beau dyamant qu'elle avoit
osté de son doy, doblant de l'eaue le gaster. Si le croqua
si soupplement qu'il ne fust de ame percéu; et quant
il vit son point, il donna la bonne nuyt à ma dame et à
sa compaignie, et s'en retourna en son moulin, pensant
au surplus de son affaire. Ma dame qui faisoit grant
chière avec ses femmes, voyant qu'il estoit jà bien tart
et heure de souper, habandonna le bain, et en son lit
se bouta. Et comme elle regardoit ses bras et ses mains,
elle ne vit point son dyamant : si appella ses femmes et
leur demanda après ce dyamant, et à laquelle elle l'a-
voit baillié. Chascune dist : Ce ne fust pas à moy, n'à
moy, ne à moy aussi. On cherche hault et bas, dedans
la cupve, sur la cupve, mais riens n'y vault, on ne le
scait trouver. La quèste de ce dyamant dura beaucoup,
sans qu'on en scéust quelque nouvelle, dont ma dame
s'en donnoit bien mauvais temps pource qu'il estoit
meschamment perdu et en sa chambre. Et aussi Monseigneur son mari luy donna au jour de ses espousailles,
si l'en tenoit beaucoup plus chier. On ne scait qui mes-
croire ne à qui le demander, dont grant duel sourd par
léans. L'une des femmes s'advisa et dist : Ame n'est
céans entré que nous qui y sommes et le musnier, se
me sembleroit bon qu'il fut mandé. On le manda et il
vint. Ma dame si trés courroucée et desplaisante estoit
que plus ne povoit, demanda au musnier s'il avoit point
véu son dyamant? Et luy asséuré autant en bourdes que
ung autre à dire vérité, s'en excusa trés haultement. Et
mesmes osa bien demander à ma dame s'elle le tenoit
pour larron : Certes, musnier, dit elle, nennil; aussi ce
ne seroit pas larrecin si vous l'aviez par esbatement

emporté. — Ma dame, dist le musnier, je vous prometz que
de vostre dyamant ne scay je nouvelle. Adonc fut la compaignie bien simple et ma dame especialement, qui en
est si très desplaisante qu'elle n'en scait sa contenance
que de jetter larmes à grant abondance, tant a regret
de ceste verge. La triste compaignie se met à conseil
pour scauoir qu'il est de faire. L'une dit : Il faut qu'il
soit en la chambre, l'autre respond qu'elle a cherchié
par tout. Le musnier demande à madame s'elle l'avoit
à l'entrée du bain ? et elle dist que ouy : S'ainsi est certainement, ma dame, veu la grant diligence qu'on a fait
de le quérir sans en savoir nouvelle, la chose est bien
estrange. Toutesfois il me semble bien que s'il y avoit
homme en ceste ville qui scéust donner un conseil pour
le recouvrer, que je seroye celluy ; et pource que je ne
vouldroye pas que ma science fust divulguée, il seroit
bon que je parlasse à vous à part. — A cela ne tiendra
pas, dit ma dame. Si fist partir la compaignie, et au partir que firent les femmes, disoient dame Jehanne, Ysa-
béau, et Catherine : Helas ! musnier, que vous seriez bon
homme se vous faisiez revenir ce dyamant. — Je ne m'en
fais pas fort, dist le musnier, mais j'ose bien dire que
s'il est possible de jamais le trouver que j'en apprendray
la manière. Quant il se vit à part avecques ma dame, il
lui dist qu'il se doubtoit beaucoup et pensoit, puis
qu'en l'arriver du bain elle avoit son dyamant, et qu'il ne
fust sailly de son doy et chéu en l'eaue ; et dedans son
corps c'est bouté, attendu qu'il n'y avoit ame qui le voulsist retenir. Et la diligence faicte pour le trouver, se fist
ma dame monter sur son lit, ce qu'elle eust voulentiers
refusé ce n'eust esté pour myeulx faire. Et après qu'il
l'eust assez descouverte, fist comme manière de regarder çà et là, et dist : Seurement, ma dame, le dyamant
est entré en vostre corps. — Et dictes vous, musnier,

1.   8

que vous l'avez percéu? — Oy vrayement. — Helas!
dist elle, et comment l'en pourra l'en tirer? — Trés bien,
ma dame, je ne doubte pas que je n'en vienne bien à chief,
s'il vous plaist. — Se m'aïst Dieu, il n'est chose que je
ne face pour le ravoir, dit ma dame; or vous avancez
beau musnier. Ma dame encores sur le lit couchée
fut mise par le musnier tout en telle façon que Monseigneur mettoit sa femme, quant il luy recongnoit son
devant, et d'ung tel houtil la tente pour quérir et pes-
chier le dyamant. Après les reposées de la première et
seconde queste que le musnier fist du dyamant, ma
dame demanda s'il l'avoit point sentu? Et il dist que ouy;
dont elle fut bien joyeuse et luy pria qu'il peschast
encores tant qu'il l'eust trouvé. Pour abbregier, tant fist
le bon musnier qu'il rendit à ma dame son trés beau dyamant, dont la très grant joye vint par léans; et n'eust
jamais musnier tant d'onneur et d'avancement que ma
dame et ses femmes luy donnèrent. Ce bon musnier en la
très bonne grâce de ma dame part de léans, et vint à
sa maison sans soy vanter à sa femme de sa nouvelle
adventure, dont il estoit plus joyeux que s'il eust tout le
monde gaignié. La Dieu mercy, petit de temps après
Monseigneur revint en sa maison où il fut doulcement
recéu et de ma dame humblement bien venu, laquelle,
après plusieurs devises qui au lit se font, luy conta la
très merveilleuse adventure de son dyamant, et comment
il fut par le musnier de son corps repeschié; pour
abregier, tout du long lui compta le procès en la façon
et manière que tint le dit musnier en la queste du dit
dyamant, dont il n'eut guères grant joye, mais pensa
que le musnier lui avoit baillé belle. A la première
fois qu'il rencontra le musnier, il le salua haultement et lui dist: Dieu gart, Dieu gart ce bon pescheur
de dyamans; à quoy le musnier respondit: Dieu gart ce

recongneur de c... Par nostre Dame, tu dis vray, dist le seigneur, tays toy de moy et si ferai ge de toy. Le musnier fut content, et jamais plus n'en parla; non fist le seigneur, que je saiche.

NOUVELLE IV

PAR MONSEIGNEUR

LE COCU ARMÉ

Le Roy naguères estant en sa ville de Tours, ung gentil compaignon Escossois archier de son corps et de sa grant garde, s'enamoura très fort d'une belle et gente damoiselle mariée et mercière. Et quant il scéust trouver temps et lieu, le mains mal qu'il scéut compta son gracieux et piteulx cas, dont il n'estoit pas trop content, ne joyeux. Néantmains, car il avoit la chose fort à cueur, ne laissa pas à faire sa poursuite, mais de plus en plus très aigrement pourchassa tant que la damoiselle le voulut enchassier, et donner total congié. Et lui dit qu'elle advertiroit son mary du pourchaz deshonneste et dannable qu'il s'efforçoit de achever, ce qu'elle fist tout au long. Le mary bon et saige, preux et vaillant, comme après vous sera compté, se courrouça amèrement encontre l'Escossois qui deshonnourer le vouloit et sa très bonne femme aussi. Et pour bien se vengier de lui à son aise et sans reprise, commanda à sa femme que s'il retournoit plus à sa queste, qu'elle lui baillast et assignast jour, et s'il estoit si fol que de y comparoir, le blasme qu'il pourchassoit luy seroit chier vendu. La bonne femme, pour obéir au bon plaisir de son mary, dit que si feroit elle. Il ne demoura guères que le povre amoureux Escossois fist tant de tours qu'il vit en place nostre mercière qui fut par lui humblement saluée, et de rechief d'amours si doulcement priée que les requestes du par avant devoient bien estre entérinées par la conclusion de ceste piteuse et derrenière prière ; et qu'elle les voulsist ouyr, et jamais ne seroit femme plus loyalement obéye ne servie qu'elle seroit, se de grace vouloit accepter sa très humble et raisonnable requeste. La belle mercière, soy recordant de la leçon que son mary luy bailla, voyant aussi l'eure propice, entre autres devises et plusieurs excusations servans à son propos, bailla journée à l'Escossois à lendemain au soir de comparoir personnellement en sa chambre, pour en ce lieu luy dire plus celéement le surplus de son intencion, et le grant bien qu'il lui vouloit. Pensez qu'elle fut haultement remerciée, doulcement escoutée, et de bon cueur obéye de celui qui après ces bonnes nouvelles, laissa sa dame le plus joyeux que jamais il n'avoit esté. Quant le mari vint à l'ostel, il sceut comment l'Escossois fut léans, des parolles et des grans offres qu'il fist; et comment il se rendra demain au soir devers elle, en sa chambre : Or le laissez venir, dist le mary, il ne fist jamais si fol entreprise, que bien je luy cuide monstrer

avant qu'il parte, voire et faire son grant tort confesser, pour estre exemple aux autres folz outrecuidez et
enraigiez comme lui. Le soir du lendemain approucha,
très désiré du povre amoureux Escossois pour veoir et
jouyr de sa dame, très désiré du bon mercier, pour
accomplir la très criminelle vengeance qu'il veult exécuter en la personne de celuy Escossois qui veult estre
son lieutenant ; très doubté aussi de la bonne femme
qui pour obéir à son mary, attend de veoir ung grant

hutin. Au fort, chascun s'appreste : le mercier se fait
armer d'ung grant, lourt et vieil harnois, prent sa sa-
lade, ses ganteletz, et en sa main une grant haiche. Or
est il bien en point, Dieu le scait, et semble bien que
autres fois il ait véu hutin. Comme ung vray champion
venu sur les rens de bonne heure, et attendant son
ennemy, en lieu de pavillon se va mettre derrière ung
tapis, en la ruelle de son lit, et si très bien se caicha
qu'il ne pourroit estre percéu. L'amoureux malade,
sentant l'eure très désirée, se met en chemin devers
l'ostel à la mercière, mais il n'oublia pas sa grande,
bonne et forte espée à deux mains. Et comme il fut

venu léans, la dame monte en sa chambre sans faire
effroy, et il la suit tout doulcement. Et quant il s'est
trouvé léans, il demande à sa dame s'en sa chambre y
avoit ame qu'elle ? A quoy elle respondit assez legièrement, et estrangement, et comme non trop asseurée,
que non : Dictes vérité, dist l'Escossois, vostre mary n'y
est il pas ? — Nennil, dit elle. — Or le laissez venir ;
par sainct Engnan, s'il vient, je luy fendray la teste
jusques aux dens ; voire par Dieu, s'ilz estoient troys,
je ne les crains, j'en seray bien maistre. Et après ces
criminelles parolles, vous tire hors sa grande et bonne
espée et si la fait brandir troys ou quatre fois ; et auprès de lui, sur le lit la couche. Et ce fait, incontinent
baise et accole, et le surplus qu'après s'ensuit tout à son
bel aise et loisir acheva, sans ce que le povre coux de
la ruelle s'osast onques monstrer, mais si grant paour
avoit qu'à pou qu'il ne mouroit. Nostre Escossois, après
ceste haulte adventure, prent de sa dame congié jusques à une aultre fois, et la mercye, comme il doit et
scait, de sa grant courtoisie, et se met à chemin. Quant
le vaillant homme d'armes sceut l'Escossois yssu hors
de l'uys, ainsy effrayé qu'il estoit, sans à peine savoir
parler, sault dehors de son pavillon, et commence à
tensier sa femme de ce qu'elle avoit souffert le plaisir
de l'archier. Et elle respondit que c'estoit sa faulte et
sa coulpe, et que enchargié luy avoit de luy baillier
jour. — Je ne vous commanday pas, dit il, que luy
laississiez faire sa voulenté ne son plaisir. — Comment,
dit elle, le povois je reffuser, voyant sa grande espée
dont il m'eust tuée en cas de reffuz. Et à ce coup vécy
bon Escossois qui retourne et monte arrière les degrez
de la chambre, et sault dedens et dit tout hault : Quesse
cy ! Et le bon homme de soy saulver, et dessoubz le lit
se boute, pour estre plus seurement, beaucoup plus

esbahy que par avant. La dame fut reprinse et de
rechief enferrée à son beau loisir, et à la façon que
dessus, tousjours l'espée au plus près de lui. Après
ceste rencharge et plusieurs longues devises d'entre
l'Escossois et la dame, l'eure vint de partir, si lui donna
la bonne nuyt et picque et s'en va. Le povre martyr
estant dessoubz le lit, à peu s'il se osoit tirer de là,
doubtant le retour de son adversaire, ou pour mieulx
dire son compaignon. A chief de pechié, il print couraige et à l'ayde de sa femme, la Dieu mercy il fut
remis sur piés. S'il avoit bien tensé sa femme au par
avant, encores recommença il plus dure légende ; car
elle avoit consenti après sa deffense le deshonneur de
luy et d'elle : Helas ! dit elle, et où est la femme si
asseurée qui osast desdire ung homme ainsi eschauffé et
enraigé comme cestuy estoit, quant vous, qui estes armé,
embastonné et si vaillant, à qui il a trop plus meffait
que à moi, ne l'avés pas osé assaillir ne moy deffendre?
— Ce n'est pas response, dist il, dame, se vous n'eussiez voulu, jamais ne fust venu à ses attainctes ; vous
estes mauvaise et desléale. — Mais vous, dit elle, lasche,
meschant et reprouchié homme, pour qui je suis
deshonnourée , car pour vous obéyr je assignay le
mauldit jour à l'Escossois. Et encores n'avés eu en vous
tant de couraige d'entreprendre la deffence de celle en
qui gist tout vostre bien et vostre honneur. Et ne pensez
pas que j'eusse trop mieulx aymé la mort que d'avoir
de moy mesme consenty ne accordé ce meschief. Et
Dieu scait le deoul que j'en porte et porteray tant que
je vivray, quant celuy de qui je dois avoir et tout
secours attendre, en sa présence m'a bien souffert
deshonnourer. Il fait assez à croire et penser qu'elle ne
souffrit pas la voulenté de l'Escossois pour plaisir
qu'elle y print, mais elle fut à ce contraincte et forcée

par non resister, laissant la resistence en la prouesse
de son mary qui s'en estoit très bien chargié. Donc
chascun d'eulz laissa son dire et sa querelle après plusieurs argumens, et repliques, d'ung costé et d'autre.
Mais en son cas évident fut le mary deceu, et demoura
trompé de l'Escossois, en la façon qu'avez ouye.

NOUVELLE V

PAR PHELIPE DE LAON

LE DUEL D'AIGUILLETTES

Monseigneur Thalebot que Dieu pardoint, capitaine anglois si eureux, comme chascun sçait, fist en sa vie deux jugemens dignes d'estre recitez et en audience et mémoire perpetuelle amenez. Et affin que de chascun d'iceulx jugemens soit faicte mencion, j'en veuille raconter en briefz motz ma première nouvelle et au renc des aultres la cinquiesme. J'en fourniray et diray ainsi. Pendant le temps que la mauldite et pestilencieuse guerre de France et d'Angleterre régnoit, et que encores n'a pas prins fin, comme souvent advient, ung François homme d'armes fut à ung autre Anglois prisonnier; et puis qu'il fut mis à finance, soubz le saufconduit de Monseigneur Thalebot, devers son capitaine retournoit, pour faire finance de sa rançon, et à son maistre l'envoyer ou apporter. Et comme il estoit en chemin, fut par ung Angloys sur les champs encontré, lequel le voyant François, tantost lui demanda dont il venoit et où il aloit. L'autre respondit la vérité : Et où est votre saufconduit? dit l'Anglois. — Il n'est pas loing, dit le François. Lors tire une petite boîte pendante à sa ceinture où son saufconduit estoit, et à l'Anglois le tendit qui de bout à autre le leut. Et comme il est de coustume mettre en toutes lettres de saufconduit : Reservé tous vrais habillemens de guerre, l'Anglois note sur ce mot, et voit encores les esguillettes à armer pendantes au porpoint du François. Si va jugier en soy mesmes qu'il avoit enfraint son saufconduit, et que esguillettes sont vrais habillemens de guerre; si lui dit : Je vous fays prisonnier, car vous avés rompu votre saufconduit. — Par ma foy, non ay, dist le François, saulve vostre grace; vous voyez en quel estat je suis. — Nennil, nennil, dit l'Anglois, par sainct Jouen, vostre saufconduit

est rompu, rendés vous ou je vous tueray. Le povre
François, qui n'avoit que son paige, et qui estoit tout
nud et de ses armeures desgarny, voyant l'autre et de
troys ou quatre archiers acompaignié, pour le mieulx
faire, à luy se rendit. L'Anglois le mena en une place
assez près de là, et en prison le boute. Le François, se
voyant ainsi mal mené, à grant haste à son capitaine le
manda, lequel ouyant le cas de son homme, fut tres-
toust à merveilles esbay. Si fist tantost escripre lettres à
Monseigneur Thalebot, et par ung hérault, les envoya
bien et suffisamment informé de la matière que l'omme
d'armes prisonnier avoit au long au capitaine rescript :
C'est assavoir comment ung tel de ses gens avoit prins
ung tel des siens soubz son saufconduit. Le dit hérault,
bien informé et aprins de ce qu'il devoit dire et faire, de
son maistre partit et à Monseigneur Thalebot ses lettres
présenta. Il les leut et par ung sien secrétaire en
audience, devant plusieurs chevaliers et escuyers et
aultres de sa route de rechief les fist relire. Si devez
savoir que tantost il monta sur son chevalet, car il
avoit la teste chaulde et fumeuse, et n'estoit pas content
quant on faisoit autrement qu'à point, et par espécial
en matière de guerre ; et d'enfraindre son saufconduit
il enraigeoit tout vif. Pour abbregier le conte, il fist
venir devant lui et l'Anglois et le François, et dist au
François qu'il contast son cas. Il dist comment il avoit
esté prisonnier d'ung tel de ses gens et s'estoit mis à
finance : Et soubz vostre saufconduit, Monseigneur, je
m'en aloye devers ceulx de nostre party, pour quérir
ma rençon. Je rencontray ce gentilhomme icy, lequel
est aussi de voz gens, qui me demanda où j'aloye, et se
j'avoye saufconduit? je luy dis que ouy, lequel je luy
monstray. Et quant il l'eust leu, il me dist que je l'avoye
rompu et je luy respondy que non avoye et qu'il ne le

sauroit monstrer. Brief je ne peuz estre ouy et me fut
forcé, se je ne me vouloye faire tuer sur la place, de me
rendre. Et ne sçay cause nulle pourquoi il me doye avoir
retenu, si vous en demande justice. Monseigneur Thalebot, oyant le François, n'estoit pas bien à son aise;
néantmains quant il ce eut dit, il dit à l'Anglois : que
respons tu à cecy? — Monseigneur, dit il, il est bien
vray, comme il a dit, que je l'encontray et voulus veoir
son saufconduit, lequel de bout en bout et tout du long
je leuz; et apperceu tantost qu'il l'avoit rompu et
enfraint, et aultrement jamais je ne l'eusse arresté. —
Comment l'a il rompu, dist Monseigneur Thalebot, dy
tost? — Monseigneur, pource que en son saufconduit
sont reservez tous habillemens de guerre; et il avoit et
ha encores vrayz habillemens de guerre, c'est assavoir à
son porpoint ses esguillettes à armer que sont ungz
vrayz habillemens de guerre, car sans elles on ne se
peut armer. — Voire! dit Thalebot; et esguillettes sont
ce doncques vraiz habillemens de guerre? Et ne sçais
tu aultre chose par quoy il puisse avoir enfraint son
saufconduit? — Vrayement, Monseigneur, nennil,
respondit l'Anglois. — Voire, villain, de par vostre
deable, dist Monseigneur Thalebot, avez vous retenu ung
gentilhomme sur mon saufconduit pour ses esguillettes ?
Par saint George, je vous feray monstrer se ce sont
habillemens de guerre. Alors tout eschauffé et de courroux bien fort esmeu, vint au François, et de son porpoint deux esguillettes en tira, et à l'Anglois les bailla,
et au François une bonne espée d'armes fut en la main
livrée; et puis la sienne belle et bonne hors du foureau
va tirer, et la tint en sa main, et à l'Anglois va dire :
Deffendez vous de cest habillement de guerre que vous
dictes, se vous sçavez. Et puis dit au François : Frappez
sur ce villain qui vous a retenu sans cause et sans rai-

son ; on verra comment il se deffendra de vostre habillement de guerre. Se vous l'espargniez, je frapperay sur
vous, par saint George! Alors le François, voulsist ou
non, fut contraint de frapper sur l'Anglois de l'espée
toute nue qu'il tenoit, et le povre Anglois se couvroit
le mieulx qu'il povoit, et couroyt par la chambre, et Thalebot après qui tousjours faisoit férir par le François
sur l'autre, et lui disoit : Deffendez vous, villain, de

vostre habillement de guerre. A
la vérité, l'Anglois fut tant batu
près qu'il fut jusques à la mort ;
et cria mercy à Thalebot et au
Françoys, lequel par ce moyen
fut délivré de sa rençon et par
Monseigneur Thalebot acquitté. Et
avecques ce son cheval et son harnois et tout son bagaige qu'au
jour de sa prinse avoit, lui fist
rendre et baillier. Vela le premier jugement que fist
Monseigneur Thalebot ; reste à compter l'autre qui fut
tel. Il sceust que l'ung de ses gens avoit desrobé en une
église le tabernacle où l'en met corpus Domini et à
bons déniers contans vendu, je ne sçay pas la juste
somme, mais il estoit grant et beau et d'argent doré
très gentement esmaillié. Monseigneur Thalebot, quoy
qu'il fust très cruel, et en la guerre très criminel, si avoit-
il en grant révérence tousjours l'église, et ne vouloit que
nul en moustier ne église le feu boutast, ne desrobast
quelque chose ; et où il scavoit qu'on le fist, il en faisoit
merveilleuse discipline de ceulx qui en ce faisant tres-
pàssoient son commandement. Or il fist devant lui ame-
ner et venir cellui qui ce tabernacle avoit en l'église
robé. Et quant il le vit, Dieu sçait quelle chière il lui
fist ; il le vouloit à toute force tuer, se n'eussent esté

ceulx qui entour lui estoient qui tant lui prièrent que
sa vie lui fust saulvée. Mais néantmains, si le voulut il
punir et lui dist : Traistre ribault, et comment avez
vous osé rober l'église oultre mon commandement et
ma deffense? — Ha! Monseigneur, pour Dieu, dist le
povre larron, je vous crie mercy, jamais ne m'adviendra. — Venez, avant, villain, dit il. Et l'autre aussi
voulentiers qu'on va au guet, devers Monseigneur Thalebot d'aler s'avance. Et le dit Monseigneur Thalebot de
chargier sur ce pélerin de son poing qui estoit gros et
lourt, et pareillement frape sur sa teste, en lui disant :
Ha larron, avez vous robé l'église! Et l'autre de crier :
Monseigneur, je vous crie mercy, jamais je ne le feray.
— Le ferez vous? — Nennil, Monseigneur. — Or jure
doncques que jamais tu n'entreras en église nulle
quelqu'elle soit; jure, villain. — Et bien, Monseigneur,
dit l'autre. Lors lui fit jurer que jamais en église pié
ne mettroit, dont tous ceulx qui là estoient et qui
l'oyrent, eurent grand riz, quoy qu'ilz eussent pitié du
larron, pource que Monseigneur Thalebot luy deffendoit l'église à tousjours, et lui faisoit jurer de non
jamais y entrer. Et croyez qu'il cuidoit bien faire et
à bonne intencion lui faisoit. Ainsi avez vous ouy de
Monseigneur Thalebot les deux jugemens qui furent
telz comme comptez les vous ay.

NOUVELLE VI

CONTÉE PAR MONSEIGNEUR DE LANOY

L'IVROGNE AU PARADIS

En une ville de Hollande, comme le prieur des Augustins naguères se pourmenast, en disant ses heures, sur le serain, assez près de la chappelle de saint Anthoyne située ou bois de la dicte ville, il fut rencontré d'ung grant lourt Hollandois si très yvre qu'à merveilles, lequel demouroit en ung villaige nommé Stevelinghes, à deux lieux près d'illec. Le prieur, de loing le voyant venir, congneut tantost son cas, par les lourdes desmarches et mal seures qu'il faisoit, tirant son chemin. Et quant ilz vindrent pour joindre l'ung à l'autre, l'yvroingne salua premier le prieur qui lui rendit son salut tantost, et puis passe oultre, continuant son service,

sans en autre propos l'arrester ne interroguer. Mais
l'yvroingne tant oultré que plus ne povoit, se retourne
et poursuit le prieur, et lui requist confession : Confession,
dit le prieur, va-t-en, va-t-en, tu es bien confessé. —
Hélas, sire, respond l'ivroingne, pour Dieu, confessez
moy ; j'ay assez très fresche mémoire de tous mes pechiez,
et si ay parfaicte contricion. Le prieur, desplaisant d'estre
empesché à ce coup par cest yvroingne, respond : Va
ton chemin, il ne te fault confesser, car tu es en très
bon estat. — Ha dea, dit l'yvroingne, par la mort bieu,
vous me confesserez, maistre prieur, car j'en ay à ceste
heure dévocion. Et le saisit par la manche, et le voulut
arrester. Le prieur n'y vouloit entendre, mais avoit tant
grant fain que merveilles d'estre eschappé de l'autre,
mais rien n'y vault, car il est ferme en la dévocion
d'estre confessé, ce que le prieur tousjours reffuse et si
s'en cuide desarmer, mais il ne peut. La dévocion de
l'yvroingne de plus en plus s'efforce ; et quant il voit
le prieur reffusant de ouyr ses peschiez, il met sa main
à sa grande coustille et de sa gayne le tire et dit au
prieur qu'il le tuera se bien il n'escoute sa confession.
Le prieur, doubtant le cousteau et la main périlleuse
qui le tenoit, si demande à l'autre : Que veulx tu dire ?
— Je me vueil confesser, dit il. — Or avant, dit le prieur,
je le vueil, avance toy. Nostre yvroingne, plus saoul que
une grive partant d'une vigne, commença, s'il vous plaist,
sa dévote confession, laquelle je passe, car le prieur
point ne la révéla, mais vous pouvez penser qu'elle fut
bien nouvelle et estrange. Quant le prieur vit son point,
il couppa le chemin aux longues et lourdes parolles de
nostre yvroingne et l'absolucion lui donne ; et en congié
lui donnant lui dist : Va-t-en, tu es bien confessé. —
Dictes vous, sire ? respond il. — Oy vrayement, dist le
prieur, ta confession est très bonne. Va-t-en, tu ne peuz

mal avoir. — Et puis que je suis bien confessé et que
j'ay l'absolucion receu, se à ceste heure je mouroye,
n'yroye je pas en paradis? ce dit l'yvroingne. — Tout
droit sans faillir, respond le prieur, n'en faiz nulle
doubte. — Puis qu'ainsi est, ce dit l'yvroingne, que
maintenant je suis en bon estat et en chemin de
paradis, et qu'il y fait tant bel et tant bon, je vueil
mourir tout maintenant, affin que incontinent je y aille.
Si prent et baille son cousteau à ce prieur, en lui priant
et requérant qu'il lui tranchast la teste, affin qu'il
allast en paradis : Ha dea, dist le prieur tout esbahy, il
n'est jà mestier d'ainsi faire, tu iras bien en paradis par
aultre voye. — Nennil, respond l'yvroingne, je y vueil
aler tout maintenant et icy mourir par voz mains ;
avancez vous et me tuez. — Non feray pas, dit le prieur,
ung prestre ne doit personne tuer. Si ferez, sire, par la
mort bieu, et se bientoust ne me depeschiez et ne mettez en paradis, moy mesmes à mes deux mains vous
occiray. Et à ces motz, brandit son grant cousteau, et
en fait monstre aux yeulx du povre prieur tout espoventé et assimply. Au fort après qu'il eut ung peu pencé,
affin d'estre de son yvroingne despeschié, lequel de
plus en plus l'aggresse et parforce qu'il luy oste la vie,
il saisit et prent le cousteau et si va dire : Or ça, puis
que tu veulx finer par mes mains, affin d'aller en paradis, metz toy à genoulz ci devant moy. L'yvroingne ne
s'en fist guères preschier, mais tout à coup du hault de
lui tomber se laissa, et à chief de pechié, à quelque
meschief que ce fut, sur le genoulz se releva et à mains
joinctes, le coup de l'espée, cuidant mourir, attendoit.
Le prieur du doz du cousteau fiert sur le col de l'yvroingne ung grant et pesant coup, et par terre le abat bien
rudement. Mais vous n'avez garde qu'il se relieve,
mesmes cuide vrayement estre mort et estre jà en paradis.

En ce point le laissa le prieur qui pour sa seureté n'oublia pas le cousteau. Et comme il fut ung peu avant, il rencontra ung chariot chargié de gens au mains de la pluspart. Si bien advint que ceulx qui avoient esté présens où nostre yvroingne s'estoit chargié y estoient, auxquelz il raconta bien au long le mistère dessus dit, en leur priant qu'ilz le levassent et qu'en son hostel le voulsissent rendre et conduire, et puis leur bailla son cousteau. Ilz promirent de l'emmener et chargier avecques eulz, et le prieur s'en va. Ilz n'eurent guères cheminé

qu'ilz perceurent ce bon yvroingne couchié ainsi comme s'il fust mort, les dens contre terre. Et quant ilz furent près de lui, tous à une voix, par son nom, l'appelèrent, mais ils ont beau huchier, il n'avoit garde de respondre; ils recommencèrent à crier, mais c'est pour néant. Adoncques descendirent aucuns de leur chariot, si le prindrent par la teste, par les piez et par les jambes, et tout en l'air le levèrent, et tant huchèrent qu'il ouvrit ses yeulx, et incontinent parla et dist : Laissez moy, laissez moy, je suis mort. — Non estes, non, dirent ses compaignons, il vous fault venir avec nous. — Non feray, dist l'yvroingne, où irai je ? je suis mort et desja en paradis. — Vous vous en viendrez, dirent les autres,

il nous fault aler boire. — Boire, dit-il. Voire, dit l'autre.
Jamais je ne boiray, dit-il, car je suis mort. Quelque
chose que ses compaignons lui dissent, ne fissent, il ne
vouloit mettre hors de sa teste qu'il ne fust mort. Ces
devises durèrent beaucoup, et ne savoient trouver les
compaignons façon ne manière d'emmener ce fol yvroingne, car quelque chose qu'ilz dissent tousjours respondoit : Je suis mort. En la fin ung entre les autres se advisa
et dit : Puis que vous estes mort, vous ne voulez pas
demourer icy, et comme une beste, aux champs estre
enfouy ; venez avec nous, si vous porterons enterrer sur
nostre chariot, ou cymitiére de nostre ville, ainsi qu'il
appartient à ung crestien, autrement n'yrés pas en paradis. Quant l'yvroingne entendit qu'il le falloit enterrer,
ains qu'il montast en paradis, il fut content d'obéir ; si
fut tantost troussé et mis dedens le chariot, où guères ne
fut sans dormir. Le chariot estoit bien hastelé, si furent
tantost à Stevelinghes où ce bon yvroingne fut descendu
tout devant sa maison. Sa femme et ses enfans furent
appelez et leurs fut ce bon corps saint rendu qui si fort
dormoit que pour le porter du chariot en sa maison et en
son lit le jecter, jamais ne s'esveilla, et là fut il ensevely
entre deux linceux sans s'esveillier, bien deux jours après.

NOUVELLE VII

PAR MONSEIGNEUR

———

LE CHARRETON A L'ARRIERE GARDE

Ung orfèvre de Paris, naguères·pour despeschier plusieurs besongnes de sa marchandise à l'encontre d'une

foire du Lendit et d'envers, fit large et grant provision
de charbon de saulx. Advint ung jour entre les autres,
que le charreton qui ceste denrée livroit, pour la grant
haste de l'orfèvre, fist si grant diligence qu'il amena
deux voitures plus qu'il n'avoit fait ès jours par avant ;
mais il ne fust pas si tost en Paris, à sa derrenière char-
retée, que la porte à ses talons ne fust fermée ; toutes
fois il fust très bien venu et bien de l'orfèvre receu. Et
après que son charbon fut descendu et ses chevaux mis
en l'estable, il voulut soupper tout à loisir, et firent très
grand chiére, qui pas ne se passa sans boire d'autant
et d'autel. Quant la brigade fut bien repeue, la cloche
va sonner douze heures dont ilz se donnèrent grant
merveille, tant plaisamment s'estoit le temps passé à ce
soupper. Chascun rendit graces à Dieu, faisans très
petiz yeulx, et ne demandoient que le lit ; mais pource
qu'il estoit tant tart, l'orfèvre retint au couchier son
charreton, doubtant la rencontre du guet qui l'eust
bouté en Chastelet, se à ceste heure l'eust trouvé. Pour
celle heure nostre orfèvre avoit tant de gens qui pour
luy ouvroient que force lui fut le charreton avec lui et
sa femme en son lit habergier ; et comme saige et non
suspeçonneux il fit sa femme entre lui et le charreton
couchier. Or vous fault il dire que ce ne fut pas sans
grant mistère, car le bon charreton reffusoit de tous
poins ce logis, et à toute force vouloit dessus le banc,
ou dedens la grange couchier : force lui fut d'obéyr à
l'orfèvre. Et après qu'il fut despoillé, dedens le lit se
boute, ou quel estoient jà l'orfèvre et sa femme en la
façon que j'ay dicte. La femme sentant le charreton, à
cause du froit et de la petitesse du lit, d'elle approuchier,
tost se vira devers son mary, et en lieu d'orillier se mist
sur la poitrine de son dit mary, et ou geron du charreton
son derrière reposoit. Sans dormir ne se tindrent guères

l'orfèvre et sa femme sans en faire le semblant; mais
nostre charreton, jasoit qu'il fust lassé et travaillié,
n'en avoit garde. Car comme le poulain s'eschauffe,
sentant la jument et se dresse et demaine, aussi faisoit
le sien poulain, levant la teste contre mont si très prouchain de la dicte femme. Et ne fut pas en la puissance
du dict charreton qu'à elle ne se joingnit et de près. Et
en cest estat fut longue espace sans que la femme s'esveilla, voire ou au mains qu'elle en fist semblant. Aussy
n'eust pas fait le mary se ce n'eust esté la teste de sa
femme qui sur sa poitrine estoit reposant, qui par l'assault et hurt de ce poulain lui donnoit si grant branle que
assez tost il se resveilla. Il cuidoit bien que sa femme
songeast, mais pource que trop longuement duroit, et
qu'il ouyoit le charreton soy remuer, et très fort souffler, tout doulcement leva la main en hault. Et si très
bien à point en bas la rabatit qu'en dommaige et en sa
garenne le poulain au charreton trouva, dont il ne fut
pas bien content. Et ce pour l'amour de sa femme si
l'en fit en haste saillir, et dit au charreton : Que faictes
vous, meschant quoquart ? vous estes par ma foy bien
enraigié qui à ma femme vous prenez ; n'en faictes plus.
Je vous jure par la mort bieu que s'elle se fust à ce
coup esveillée, quant vostre poulain ainsi la harioit, je
ne sçay moy pencer que vous eussiez fait : car je suis
tout certain, tant la congnois, qu'elle vous eust tout le
visaige esgratiné, et à ses mains les yeulx de vostre
teste esrachez ; vous ne savez pas comme elle est merveilleuse depuis qu'elle entre en sa malice, et si n'est
chose ou monde qui plustost luy boutast. Ostez vous, je
vous en supplie, pour votre bien. Le charreton à peu de
motz s'excusa qu'il n'y pensoit pas ; et comme le jour
fut prochain tantost il se leva, et après le bon jour
donné à son hostesse, part et s'en va et à charrier se

met. Vous devez penser que la bonne femme, s'elle eust pensé le fait du charreton, qu'elle l'eust beaucoup plus grevé que son mary ne disoit. Combien que depuis il me fut dit que assez de foys le charreton la rencontra en la propre façon et manière qu'il fut trouvé de l'orfèvre, sinon qu'elle ne dormoit pas ; non point que je le vueille croire, ne en riens ce raport faire bon.

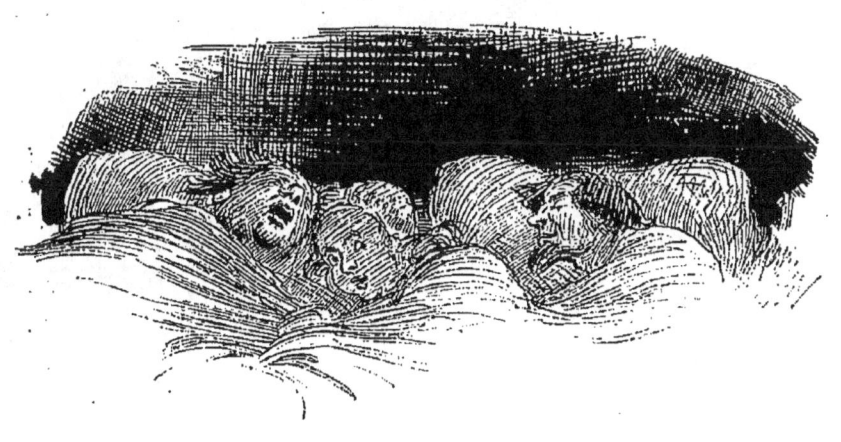

NOUVELLE VIII

PAR MONSEIGNEUR DE LA ROCHE

GARCE POUR GARCE

En la ville de Brucelles où maintes adventures sont en nostre temps advenues, demouroit n'a pas long tems ung jeune compaignon picart qui servit très bien et loyaument son maistre assez longue espace. Et entre autres services à quoy il obligea sondit maistre vers lui, il fit tant par son très gracieux parler, maintien et courtoisie, que si avant fut en la grace de sa fille qu'il coucha

avec elle, et par ses œuvres méritoires elle devint grosse
et ençainte. Nostre compaignon, voyant sa dame en
cest estat, ne fut pas si fol que d'actendre l'eure que son
maistre le pourroit savoir et appercevoir. Si print de
bonne heure ung gracieux congié pour peu de jours,
combien qu'il n'eust nulle envye d'y jamais retourner,
faignant d'aler en Picardie visiter son père et sa mère
et aucuns de ses parens. Et quant il eut à son maistre
et à sa maistresse dit adieu, le très piteux fut à la fille
sa dame, à laquelle il promist tantost retourner : ce
qu'il ne fist point et pour cause. Luy estant en Picardie,
en l'ostel de son père, la povre fille de son maistre de-
venoit si très grosse que son piteux cas ne se pouvoit
plus celer : dont entre les autres sa bonne mère, qui au
mestier se congnoissoit, s'en donna garde la première.
Si la tira à part et lui demanda, comme assez on peut
pencer, dont elle venoit en cet estat et qui lui avoit mise.
S'elle se fist beaucoup presser et admonester autant
qu'elle en voulsist rien dire ne congnoistre, il ne le fault
jà demander : mais en la fin elle fut à ce menée qu'elle
fut contrainte de congnoistre et confesser son piteux
fait, et dist que le picard varlet de son père, lequel nâ-
guères s'en estoit alé, l'avoit séduitte et en ce très piteux point laissée. Sa mère toute enraigée, forcenée et
tant marrie qu'on ne pourroit plus, la voyant ainsi
déshonnorée, se prent à la tenser et tant d'injures lui
va dire que la pacience qu'elle eut de tous coustez, sans
mot sonner, ne riens respondre, estoit assez suffisante
d'estaindre le crime qu'elle avoit commis par soy laisser engroissier du picard. Mais hélas ! ceste pacience
ne esmeut en riens sa mère à pitié, mais lui dit : Va-
t-en, va-t-en, arrière de moy, et fay tant que tu treuves
le Picart qui t'a faicte grosse et lui dy qu'il te defface
ce qu'il t'a fait. Et ne retournes jamais vers moy jusqu'à

ce qu'il aura tout deffait ce que par son oultraige il t'a
fait. La povre fille en l'estat que vous oyez, marrie et
désolée par sa fumeuse et cruelle mère, se met en la
queste de ce Picart qui l'engroissa. Et croyez certainement que avant qu'elle en peust avoir aucunes nouvelles
ce ne fut pas sans endurer grant peine et du malaise

largement. En la parfin, comme Dieu le voulut, après
maintes gistes qu'elle fist en Picardie, elle arriva par
ung jour de dimanche, en ung gros villaige, ou païs
d'Artois. Et si très bien lui vint à ce propre jour que
son amy le Picart lequel l'avoit engroissée, faisoit ses
nopces; de laquelle chose elle fut merveilleusement
joyeuse. Et ne fut pas si peu asseurée pour à sa mère
obéir, qu'elle ne se boulast par la presse des gens, ainsi
grosse comme elle estoit; et fist tant qu'elle trouva son

amy et le salua, lequel tantost la congneut, et en rougissant, son salut lui rendit, et lui dit : Vous soyez la très bien venue, qui vous amaine à ceste heure, m'amie ? — Ma mère, dit elle, m'envoye vers vous, et Dieu sçait que vous m'avés bien fait tenser. Elle m'a chargié et commandé que je vous dye que vous me deffaciez ce que vous m'avés fait; et se ainsi ne le faictes que jamais je ne retourne vers elle. L'autre entend tantost la folie, et au plutost qu'il peut il se deffist d'elle et lui dit par telle manière : M'amie, je feray voulentiers ce que me requerez et que vostre mère veult que je face, car c'est bien raison; mais à ceste heure, vous voyez que je n'y puis pas bonnement entendre : si vous prie tant comme je puis, que ayez pacience pour meshuy, et demain je besongneray à vous. Elle fut contente et alors il la fist guider et mettre en une belle chambre, et commanda qu'elle fut tres bien pancée, car aussi bien elle en avoit bon mestier, à cause des grans labeurs et travaulx qu'elle avoit eu en son voyaige, faisant ceste queste. Or vous devez savoir que l'espousée ne tenoit pas ses yeulx en son sain, mais se donna très bien garde et apperceut son mary parler à nostre fille grosse, dont la pusse lui entre en l'oreille; et n'estoit en rien contente, mais très doublée et marie en estoit. Si garda son courroux sans mot dire jusques à ce que son mary se vint couchier. Et quant il la cuida acoler et baiser, et au surplus faire son devoir, et gaingnier le chaudeau, elle se vire puis d'ung cousté puis d'aultre, tellement qu'il ne peut parvenir à ses attaintes, dont il est très esbay et courroucé, et lui va dire : M'amie, pourquoy faictes vous cecy ? — J'ay bien cause, dit elle, et aussi quelque manière que vous facez, il ne vous chault guères de moy : vous en avés bien d'autres dont il vous est plus que de moy. — Et non ay, par ma foy, m'amie, dit il; ne en

ce monde je n'ayme autre femme que vous. — Hélas !
dit elle, et ne vous ay je pas bien veu, après disner,
tenir voz longues paroles à une femme en la sale? on
voyoit trop bien que c'estoit vous, et ne vous en sauriez
excuser. — Cela, dit il, nostre dame, vous n'avez cause
en rien de vous enjalouser. Et adonc lui va tout au
long compter comment c'estoit la fille à son maistre de
Brucelles, et coucha avec elle et l'engroissa ; et que à
ceste cause il s'en vint par deçà ; comment aussi après
son partement, elle devint si très grosse qu'on s'en

apperceut ; et comment elle se confessa à sa
mère qu'il l'avoit engroissée ; et l'envoyoit vers lui affin
qu'il lui deffist ce qu'il lui avoit fait, autrement jamais
vers elle ne s'en retournast. Quant nostre homme eut
tout au long compté sa ratelée, sa femme ne resprint
que l'ung de ses pointz et dit : Comment, dit elle,
dictes vous qu'elle dist à sa mère que vous aviez couchié
avecques elle? — Oy, par ma foy, dit il, elle lui congneut tout. — Par mon serment, dit elle, elle monstra
bien qu'elle estoit beste; le charreton de nostre maison a couchié avecques moy plus de quarante nuyz,
mais vous n'avés garde que j'en disse oncques ung
seul mot à ma mère ; je m'en suis bien gardée. —

Voire, dist il, de par le dyable, le gybet y ait part! or allez à vostre charreton, se vous voulez, car je n'ay cure de vous. Si se leva tout à coup et s'en vint rendre à celle qu'il engroissa et abandonna l'autre. Et quant lendemain on sceust ceste nouvelle, Dieu sçait le grant riz d'aucuns, et le grant desplaisir de plusieurs, especialement du père et de la mère de ceste espousée.

NOUVELLE IX

PAR MONSEIGNEUR

LE MARI MAQUEREAU DE SA FEMME

Pour continuer le propoz des nouvelles hystoires comme les adventures adviennent en divers lieux et diversement, on ne doit pas taire comment ung gentil chevalier de Bourgoingne, faisant résidence en ung sien

chasteau beau et fort fourny de gens et d'artillerie,
comme à son estat appartenoit, devint amoureux d'une
belle damoiselle de son hostel, voire et la première
après ma dame sa femme. Et par amours si fort la con-
traignoit que jamais ne savoit sa manière sans elle, et

tousjours l'entretenoit et la requeroit, et brief nul bien
sans elle il ne povoit avoir, tant estoit au vif féru de
l'amour d'elle. La damoiselle bonne et saige, voulant
garder son honneur que aussi chier elle tenoit que sa
propre ame, voulant aussi garder la loyauté que à sa
maistresse elle devoit, ne prestoit pas l'oreille à son seigneur, touteffois qu'il l'eust bien voulu. Et se aucune
force lui estoit de l'escouter, Dieu sçait la très dure

responce dont il estoit servi, lui remonstrant sa très fole
entreprinse, et la grant lacheté de son cueur. Et au surplus bien lui disoit que se ceste queste il continue plus
qu'à sa maistresse il seroit descouvert. Quelque manière
ou menace qu'elle face, il ne veult laisser son entreprinse, mais de plus en plus la pourchasse, et tant
en fait que force est à la bonne fille d'en advertir
bien au long sa maistresse, ce qu'elle fist. La dame, advertie des nouvelles amours de Monseigneur, sans en
monstrer semblant, en est très mal contente, mais non
pourtant elle s'advisa d'ung tour, ainçois que rien lui en
dire, qui fut tel. Elle enchargea à sa damoiselle que la
première fois que Monseigneur viendroit pour la prier
d'amours, que trestous reffuz mis arrière, elle lui baillast jour à lendemain de soy trouver dedans sa chambre
et en son lit : Et s'il accepte la journée, dist ma dame,
je viendray tenir vostre place, et du surplus laissez moy
faire. Pour obéir, comme elle doit, à sa maistresse, elle
est contente et promet d'ainsi le faire. Si ne tarda guères après que Monseigneur ne retournast à l'ouvraige,
et s'il avoit auparavant bien fort menty, encores à
ceste heure il s'en efforce beaucoup plus de l'affermer,
disant que se à ceste heure elle n'entend à sa prière,
trop mieulx luy vauldroit la mort, et que sans prouchain
remède vivre en ce monde plus ne povoit. Qu'en vauldroit le long compte ? La damoiselle de sa maistresse
bien conseillée, si bien à point que mieulx on ne pourroit, baille à demain au bon seigneur l'eure de besongnier, dont il est tant content que son cueur tressault
tout de joye, et dit bien en soy mesmes qu'il ne fauldroit pas à sa journée. Le jour des armes assigné, survint au soir ung gentil chevalier, voisin de Monseigneur
et son très grant amy, qui le vint veoir, auquel il fist très
grande et bonne chière, comme bien le savoit faire ; si fist

ma dame aussi, et le surplus de la maison s'efforçoit fort de
lui complaire, saichant estre le bon plaisir de Monseigneur
et de ma dame. Après les très grandes chières et du soupper et du bancquet, et qu'il fut heure de retraite, la bonne
nuit donnée à ma dame et à ses femmes, les deux chevaliers se mettent en devises de plusieurs et diverses
matières: et entre aultres propos, le chevalier estrange
demande à Monseigneur s'en son villaige avoit rien de
beau pour aler courir l'esguillette. Car la dévocion lui
en est prinse, après ces bonnes chières et le beau temps
qu'il fait à ceste heure. Monseigneur qui rien ne lui
vouldroit celer, pour la très grant amour qu'il lui porte,
lui va dire comment il a jour assigné de couchier anuyt
avec sa chamberière. Et pour lui faire plaisir, quant il
aura esté avec elle une espace de temps, il se levera
tout doulcement et le viendra quérir pour le surplus
aller parfaire. Le compaignon estrange mercia son compaignon, et Dieu sçait qu'il lui tarde bien que l'eure soit
venue. L'oste prend congié de lui et se retrait dedens sa
garde robe, comme il avoit de coustume, pour soy
deshabillier. Or devez vous sçavoir que tandis que les
chevaliers se devisoient, ma dame s'en ala mettre dedens
le lit où Monseigneur devoit trouver sa chamberière, et
droit là attend ce que Dieu lui vouldra envoyer. Monseigneur mist assez longue espace à soy deshabillier tout à
propoz, pensant que desja ma dame fust endormie,
comme souvent faisoit, pource que devant se couchoit.
Monseigneur donne congié à son varlet de chambre, et
à tout sa longue robe s'en va ou lit où ma dame l'attendoit,
cuydant y trouver autruy ; et tout coyement de sa robe
se désarme, et puis dedens le lit se bouta. Et pource que
la chandelle estoit estaincte et que ma dame mot ne
sonnoit, il cuide avoir sa chamberière. Il n'y eut guères
esté sans faire son devoir, et si très bien s'en acquitta

que les troys, les quatre fois guères ne lui coustèrent,
que Madame print bien en gré, laquelle toust après,
pensant que fust tout, s'endormit. Monseigneur, trop
plus légier que par avant, voyant que madame dormoit,
et se recordant de sa promesse, tout doulcement se liève,
et puis vient à son compaignon qui n'attendoit que l'eure
d'aler aux armes, et lui dist qu'il alast tenir son lieu,
mais qu'il ne sonnast mot, et que retournast quand il
auroit bien besongnié et tout son saoul. L'autre plus
esveillié que ung rat, et viste comme ung lévrier part, et
s'en va, et auprès de ma dame se loge, sans qu'elle en
saiche rien. Et quant il fut tout rasseuré, se Monseigneur
avoit bien besongnié, voire et en haste encores fist il
mieulx, dont ma dame n'est pas ung peu esmerveillée,
laquelle, après ce beau passe temps qui aucunement
travail lui estoit, arrière s'endormit. Et bon chevalier
de l'abandonner, et à Monseigneur s'en retourne, lequel
comme paravant se vintre logier emprès ma dame, et de
plus belle aux armes se rallie, tant lui plaist ce nouvel
exercice. Tant d'eures se passèrent, tant en dormant
comme autre chose faisant, que le jour s'apparut. Et
comme il se retournoit, cuidant virer l'œil sur la chamberière, il voit et congnoit que c'est ma dame, laquelle à
ceste heure lui va dire : N'estes vous pas bien putier,
recraint, lache et meschant, qui cuidant avoir ma chamberière, tant de fois et oultre mesure m'avez accolée
pour acomplir votre desordonnée voulenté ! vous estes
la Dieu mercy bien deceu, car autre que moy, pour ceste
heure, n'aura ce qui doit estre mien. Se le bon chevalier
fut esbay et courroucé, ce n'est pas merveilles. Et quant
il parla il dist : M'amye, je ne vous puis celer ma folye
dont beaucoup il me poise que jamais l'entreprins, si
vous prie que vous en soyez contente et n'y pensez plus,
car jour de ma vie plus ne m'adviendra, cela vous pro-

metz par ma foy. Et affin que vous n'ayez occasion d'y
pencer, je donneray congié à la chamberière qui me
bailla le vouloir de faire ceste faulte. Ma dame, plus
contente d'avoir eu l'aventure de ceste nuyt que sa
chamberière, et oyant la bonne repentance de Monseigneur, assez legièrement se contenta, mais ce ne fut pas
sans grans langaiges et remonstrances. Au fort trestout
va bien, et Monseigneur qui a des nouvelles en sa quenoille, après qu'il est levé, s'en vient devers son compaignon, auquel il compte tout du long son adventure,
lui priant de deux choses : la première ce fut qu'il celast
très bien ce mistère, et sa très plaisant adventure, l'autre si est que jamais il ne retourne en lieu où sa femme
sera. L'autre, très desplaisant de ceste male adventure,
conforte le chevalier au mieulx qu'il peut, et promist
d'acomplir sa très raisonnable requeste; et puis monte à
cheval et s'en va. La chamberière qui coulpe n'avoit au
meffait dessus dit, en porta la punicion par en avoir
congié. Si vesquirent depuis long temps Monseigneur et
ma dame ensemble, sans qu'elle sceust jamais avoir eu
affaire au chevalier estrange.

NOUVELLE X

PAR

MONSEIGNEUR DE LA ROCHE

LES PASTÉS D'ANGUILLE

Plusieurs haultes, diverses, dures, et merveilleuses adventures ont esté souvent menées et à fin conduittes ou royaume d'Angleterre, dont la récitacion à présent ne serviroit pas à la continuacion de ceste

présente hystoire. Néantmains ceste présente hystoire,
pour ce propos continuer, et le nombre de ces histoires
acroistre, fera mencion comment ung bien grant seigneur du royaulme d'Angleterre entre les mieulx fortunez riche, puissant et conquerant, lequel entre les
autres de ses serviteurs avoit parfaicte confiance, con-
fidence et amour à ung jeune, gracieulx, gentil homme
de son hostel, pour plusieurs raisons, tant par sa loyaulté,
diligence, subtilité et prudence. Et pour le bien que en
lui avoit trouvé ne lui céloit pas riens de ses amours;
mesmes par succession de temps, tant fist le dit gra-

cieux gentil homme, par son
habilité envers le dit seigneur son maistre, qu'il fut
tellement en sa grace que
tous les parfaiz secretz et
adventures de ses amours,
mesmement les affaires, em-
bassades et diligences menoit
et conduisoit. Et ce pour le
temps que son dist maistre

estoit encores à marier. Advint certaine espace après,
que par le conseil de plusieurs de ses parens, amis et
bien vueillans, Monseigneur se maria à une très belle,
noble, bonne et riche dame, dont plusieurs furent très
joyeux ; et entre les autres, nostre gentil homme, qui mignon se peut bien nommer, ne fut pas mains joyeux,
disant en soy que c'estoit le bien et honneur de son maistre, et qu'il se retireroit à ceste occasion de plusieurs
menues folies d'amour qu'il faisoit, aus quelles le dit mignon trop se donnoit d'espoir. Si dist ung jour à Monseigneur, qu'il estoit très joyeux de luy, pource qu'il avoit
si très belle et bonne dame espousée, car à ceste cause
plus ne seroit empeschié de faire queste çà ne là pour lui,

comme il avoit de coustume. A quoy Monseigneur respondit que ce nonobstant, n'entendoit pas du tout amours abandonner; et jasoit ce qu'il fust marié, si n'estoit il pas pourtant du gracieux service d'amours osté, mais de bien en mieulx s'y vouloit emploier. Son mignon, non content de ce vouloir, lui respondit que sa queste en amours devroit estre bien finée, quant amours l'ont party de la nonpareille, de la plus belle, de la plus saige, de la plus loyale et bonne par dessus toutes les autres: Faictes, dit il, Monseigneur, tout ce qu'il vous plaira, car de ma part, à aultre femme jamais parolle ne porteray, au préjudice de ma maistresse.
— Je ne scay quel prejudice, dit le maistre, mais il vous fault trop bien remettre en train d'aller à telle et à telle. Et ne pensez pas que encore d'elles ne m'en soit autant que quant vous en parlay premier. — Ha dea, Monseigneur, dit le mignon, il faut dire que vous prenez plaisir d'abuser femmes, laquelle chose n'est pas bien fait : car vous sçavez bien que toutes celles que m'avés icy nommées ne sont pas à comparer en beaulté, ne autrement à ma dame, à qui vous feriez mortel desplaisir s'elle sçavoit vostre deshonneste vouloir. Et qui plus est, vous ne povez ignorer qu'en ce faisant vous ne damnez vostre ame. — Cesse ton preschier, dist Monseigneur, et va faire ce que je commande. — Pardonnez moy, Monseigneur, dit le mignon; j'aymeroye mieulx mourir que par moy sourdist noise entre ma dame et vous; si vous prie que soiez content de moy, car certes je n'en feray plus. Monseigneur qui voit son mignon en son opinion aheurté, pour ce coup plus ne le pressa. Mais certaine piece, comme de troys ou quatre jours, sans faire en rien semblant des parolles précédentes, entre aultres devises à son mignon demanda quelle viande il mangoit plus voulentiers ? Et il lui respondit que nulle viande tant ne lui plaisoit que

pastez d'anguille ! Saint Jean, c'est bonne viande, dist
le maistre, vous n'avés pas mal choisi. Cela se passe et
Monseigneur se trait arrière et mande vers lui venir
ses maistres d'ostel, ausquelz il enchargea si chier qu'ilz
le vouloyent obéir que son mignon ne fust servi d'autres
choses que de pastez d'anguilles, pour riens qu'il die.
Et ilz respondirent promettans d'acomplir son commandement. Ce qu'ilz firent très bien, car comme le dit mignon fut assis à table pour mangier en sa chambre, le
propre jour du commandement, ses gens luy apportèrent
largement de beaulx et gros pastez d'anguilles qu'on
leur délivra en la cuisine; dont il fut bien joyeux. Si en
mangea tout son saoul. A lendemain pareillement; cinq
ou six jours ensuivans tousjours ramenoient ces pastez
en jeu, dont il estoit desja tout ennuyé. Si demanda le
dit mignon à ses gens se on ne servoit léans que des pastez ? Ma foy, Monseigneur, dirent ilz, on ne vous baille
aultre chose, trop bien voyons nous servir en sale et
ailleurs aultre viande, mais pour vous, il n'est mémoire
que de pastez. Le mignon saige et prudent, qui jamais
sans grant cause pour sa bouche ne faisoit plainte, passa
encores plusieurs jours usant de ces ennuyeux pastez
dont il n'estoit pas bien content. Si s'advisa, ung jour
entre les aultres, d'aler disner avec les maistres d'ostel
qui le firent servir comme paravant de pastez d'anguilles.
Et quant il vit ce, il ne se peut plus tenir de demander
la cause pourquoy on le servoit plus de pastez d'anguilles
que les autres, et s'il estoit pasté : Par la mort bieu, dist
il, j'en suis si hourdé que plus n'en puis ; il me semble
que je ne vois que pastez. Et pour vous dire, il n'y a
point de raison, vous le m'avez faicte trop longue ; il y
a jà plus d'ung mois que vous me faictes ce tour,
dont je suis tant maigre que je n'ay force ne puissance ;
si ne sçauroie estre content d'estre ainsi gouverné. Les

maistres d'ostel luy dirent que vrayement ilz ne faisoient
chose que Monseigneur n'eust commandé, et que ce
n'estoit pas eulz. Nostre mignon, plain de pastez, ne
porta guéres sa pensée sans le descouvrir à Monseigneur;
et lui demanda à quel propos il l'avoit fait servir si
longuement de pastez d'anguille, et deffendu, comme
disoient les maistres d'ostel, que on ne luy baillast aultre
chose? Et Monseigneur pour response lui dist: Ne m'as
tu pas dit que la viande que en ce monde tu plus aymes
ce sont pastez d'anguilles? — Par saint Jehan, ouy, Monseigneur, dist le mignon. — Et pourquoy doncques te
plains tu maintenant, dist Monseigneur, si je te fais
bailler ce que tu aymes? — Ce que j'ayme, dit le mignon,
il y a manière : J'ayme voirement très bien pastez d'anguilles pour une fois, ou pour deux, ou pour troys, ou
de fois à aultre ; et n'est viande que devant je prinse.
Mais de dire que tousjours les voulsisse avoir, sans mengier aultre chose, par nostre Dame, non feroye, il n'est
homme qui n'en fust rompu et rebouté ; mon estomac
en est si travaillé que tantost qui les sent il a assez disné.
Pour Dieu, Monseigneur, commandez qu'on me baille
aultre viande pour recouvrer mon appetit, autrement je
suis homme perdu. — Ha dea, dist Monseigneur, et te
semble il que je ne soye, qui veulx que je me passe de la
chair de ma femme, tu peuz penser par ma foy que j'en
suis aussi saoul que tu es de pastez, et que aussi voulentiers me renouvelleroie, jasoit ce que point tant ne
l'aymasse, que tu feroys d'aultre viande, que pourtant
n'aymes que pastez. Et pour tout abbrégier, tu ne mange-
ras jamais d'aultre viande jusques à ce que me serves
ainsy que souloys ; et me feras avoir des unes et des
autres, pour moy renouveler, comme tu veulx changier
de viandes. Le mignon, quant il entent le mistère et la
subtille comparaison que son maistre lui baille, fut tout

I. 13

confuz et se rendit, promettant à son maistre de faire
tout ce qu'il vouldra pour estre quitte de ses pastez, voire
ambassades et diligences comme par avant. Et par ce
point Monseigneur voire et pour Madame espargnier,
ainsi que povons penser, au pourchatz du mignon, passa
le temps avec les belles et bonnes filles ; et nostre mignon fut délivré de ses pastez et à son premier mestier
réattellé et restabli.

NOUVELLE XI

PAR MONSEIGNEUR

———

L'ENCENS AU DIABLE

Ung lache paillart,
recraint, jaloux, je ne
dis pas coux, vivant à
l'aise ainsi que Dieu
sçait que les
entachiez de ce
mal pevent sentir, et les autres
pevent percevoir et ouyr dire, ne
savoit à qui recourre et soy rendre pour trouver
garison de sa douleur misérable et bien peu plainte
maladie. Il faisoit huy ung pélerinaige, demain ung

autre, et aussi le plus souvent par ses gens ses dévocions et offrendes faisoit faire, tant estoit assoté de sa
maison, voire au mains du regart de sa femme, laquelle
misérablement son temps passoit avec son très mauldit
mary, le plus souspeconneux hongnart que jamais
femme acointast. Ung jour, comme il pensoit qu'il
avoit fait et fait faire plusieurs offrendes à divers saints
de paradis, et entre aultres à Monseigneur saint Michel,
il s'advisa qu'il en feroit une à l'image qui est soubz
les piez du dit saint Michel. Et de fait, commanda
à l'ung de ses gens qu'il luy alumast et fist offre d'une
grosse chandelle de cire, en le priant pour son intencion. Tantost son commendement fut acomply et luy
fut fait son rapport : Or ça, dit il en soy mesmes, je
verray se Dieu ou Diable me pourroit garir. En son
accoustumé desplaisir s'en va coucher auprès de sa
bonne et preude femme ; et jaçoit ce qu'il eust en sa
teste des fantasies et pensées largement, si le contrain-
gnit nature qu'elle eust ses droiz de repos. Et de fait
bien fermement s'endormit ; et ainsi qu'il estoit au plus
parfont de son somme, celluy à qui ce jour la chandelle
avoit esté offerte, par vision à luy s'apparut, qui le re-
mercia de l'offrande que naguères lui avoit envoyée,
affermant que pieça telle offrende ne luy fut donnée.
Dit au surplus qu'il n'avoit pas perdu sa peine, et
qu'il obtiendroit ce dont il avoit requis. Et comme
l'autre tousjours persévéroit à son somme, luy sembla
que à ung doy de sa main ung anneau luy fut bouté, en
luy disant que tant que cest aneau en son doy seroit,
jamais jaloux y ne seroit, ne cause aussi venir lui en
pourroit qui de ce le tentast. Après l'évanuyssement de
cette vision, nostre jaloux se resveilla, et cuyda à l'ung
de ses doys le dit anneau trouver ainsi que semblé luy
avoit, mais au derrière de sa femme bien avant bouté

l'un de ses dis doys se trouva, de quoy luy et elle furent
très esbahis. Mais du surplus de la vie au jaloux, de ses
affaires et maintiens ceste hystoire se taist.

NOUVELLE XII

PAR MONSEIGNEUR DE LA ROCHE

LE VEAU

Es mectes du païs de Hollande, ung fol naguères
s'advisa de faire du pis qu'il pourroit, c'est assavoir soy
marier. Et tantost qu'il fut affublé du doux manteau
de mariaige, jasoit ce que alors il fust yver, il fut si très
fort eschauffé qu'on ne le scavoit tenir de nuyt, encor
veu que les nuytz qui pour ceste saison duroient neuf
ou dix heures, n'estoient point assés souffisantes ne d'assés longue durée pour estaindre le très ardant désir qu'il
avoit de faire lignée. Et de fait quelque part qu'il ren-

contrast sa femme il la abatoit, fut en la chambre, fut
en l'estable, ou en quelque lieu que ce fust, tousjours
avoit ung assault. Et ne dura ceste manière ung mois
ou deulx seulement, mais si très longuement que pas ne
le vouldroye escripre pour l'inconvénient qui sourdre
en pourroit, se la folie de ce grant ouvrier venoit à la
congnoissance de plusieurs femmes. Que vous en diray
je plus ? Il en fit tant que la mémoire jamais estaincte
n'en sera ou dit pays. Et à la vérité la femme qui naguères au bailly d'Amiens se complaignit, n'avoit pas
si bien matière de soy complaindre que ceste cy. Mais
quoy qu'il fut, nonobstant que de ceste plaisante peine
se fust très bien aucune foiz passée, pour obéir comme
elle devoit à son mary, jamais ne fut reboursée à l'esperon.

Advint ung jour après disner que très beau temps faisoit, et que le soleil ses raies envoioit et départoit dessus
la terre paincte et broudée de belles fleurs, si leur print
voulenté d'aller jouer au bois eulx deux tant seullement,
et si se midrent au chemin. Or ne vous fault il pas celer
ce qui sert à l'istoire : A l'eure droictement que noz
bonnes gens avoient ceste dévocion d'aller jouer au bois,
advint que ung laboureur avoit perdu son veau qu'il
avoit mis paistre dedans ung prey, en ung pastiz ou dit
bois ; lequel le vint cherchier, mais il ne le trouva pas
dont il ne fut point trop joyeux. Si se mist en la queste,
tant par le boiz comme es prez, terres et places voisines
de l'environ pour trouver son dit veau, mais il n'en scet
avoir nouvelles. Il s'advisa que par adventure il se seroit
bouté en quelque buisson pour paistre, ou dedans aul-
cune fosse herbue, dont il pourroit bien saillir quant il
auroit le ventre plain. Et à celle fin qu'il puisse mieulx
veoir et à son aise, sans aler courir çà ne là, se son veau
estoit ainsi comme il pensoit, il choisist le plus hault

arbre et mieulx houchié de bois qu'il peut trouver,
et monte sus. Et quant il se treuve au plus hault de cest
arbre qui toute la terre d'environ couvroit, il lui fut bien
advis que son veau estoit à moityé trouvé. Tandis que ce
bon laboureur gettoit ses yeulx de tous coustés après
son veau, voicy nostre homme et sa femme qui se bou-
tent ou bois, chantans, jouans, devisans et faisans feste,
comme font les cueurs gaiz quant ils se treuvent es plaisans lieux. Et n'est pas merveilles se vouloir luy créust
et se désir l'enhorta d'accoler sa femme en ce lieu si
plaisant et propice. Pour exécuter ce vouloir à sa plaisance et à son beau loisir, tant regarda un coup à dextre
l'aultre à senestre, qu'il parcéut le très bel arbre dessus
lequel estoit le laboureur dont il ne scavoit riens; et
soubz cest arbre se disposa et conclud ses gracieuses
plaisances acomplir. Et quant il fut au lieu, il ne demoura guères après la semonce de son dit désir, mais
tantost mist la main à la besoigne et vous commença à
assaillir sa femme : et la gette par terre, car à l'heure
il estoit bien en ses gogues, et sa femme aussi d'autre
part. Si la voulut veoir par devant et par derrière : et
de fait prent sa robe et la lui osta, et en cote simple la
met. Après il la haulsa bien hault, maulgré d'elle, ainsi
comme efforcée, et ne fut pas content de ce. Mais encores
pour le bien veoir à son aise et sa beaulté regarder, la
tourne et revire, et à la fin sur son gros derrière sa
rude main par trois ou quatre fois il fait descendre;
puis d'autre part la retourne ; et comme il eut son derrière regardé aussi fait il son devant, ce que la bonne
simple femme ne veult pour rien consentir, mesmes
avec la grant résistence qu'elle fait, Dieu scet que sa
langue n'estoit pas oiseuse : or l'appelle maulgracieux,
maintenant fol et enragié, l'autre fois deshonneste, et
tant luy dit que c'est merveille, mais riens n'y vault, il

est trop plus fort qu'elle et si a conclud de faire inventoire de ce qu'elle porte, si est force qu'elle obéisse,
mieulx amant, comme saige, le bon plaisir de son mary
que par reffus le desplaisir. Toutte defence du costé
d'elle mis arrière, ce vaillant homme va passer temps
à son devant regarder, et se sans honneur on le peust

dire, il ne fust pas content se ses mains ne descouvrèrent
à ses yeulx les secretz dont il se devoit bien passer
d'enquerre. Et comme il estoit en ceste parfonde estude,
il disoit maintenant : Je voy cecy, je voy cela, encores
cecy, encores cela ; et qui l'oyoit, il veoit tout le monde
et beaucoup plus. Et après une grande et longue pose,
estant en ceste gracieuse contemplacion, dist de rechief :
Saincte Marie, que je voy de choses ! — Helas, dist lors le
laboureur sur l'arbre, bonnes gens n'y véez vous point

mon veau, sire, il me semble que j'en voy la cueue.
L'autre, jasoit qu'il fust bien esbahy, subitement fist la
response et dist : Ceste cueue n'est pas de ce veau. Et à
tant part et s'en va et sa femme après. Et qui me
demanderoit qui le laboureur mouvoit de faire ceste
question, le secretaire de ceste hystoire respond que la
barbe du devant de ceste beaucoup longue, comme il
est de coustume à celles de Hollande, si cuidoit bien
que ce fut la cueue de son veau, attendu aussi que le
mary d'elle disoit qu'il veoit tant de choses, voire à
pou près tout le monde, si pensoit en soy mesmes que le
veau ne pouvoit guères loing estre eslongné, et que avec
d'autres choses léans pourroit estre embuschié.

NOUVELLE XIII

PAR MONSEIGNEUR L'AMANT DE BRUCELLES

LE CLERC CHATRÉ

A Londres en Angleterre, avoit naguères ung procureur de Parlement qui entre les autres de ses serviteurs avoit ung clerc habille et diligent et bien escripvant qui très beau filz estoit, et que on ne doit pas oublier,

pour ung homme de son aage il n'estoit point de plus
soubtil. Ce gentil clerc et vigoureux fust tantost picqué
de sa maistresse, que très belle gente et gracieuse estoit;
et si très bien lui vint que ainçois qu'il luy osast oncques
dire son cas, le Dieu d'amours l'avoit à ce mennée,
qu'il estoit le seul homme ou monde qui plus luy plaisoit. Advint qu'il se trouva en place ramonnée ; et de
fait toute crainte mise arrière à sa dicte maistresse son
très gracieux et doulx mal raconta, laquelle pour la
grant courtoisie que Dieu en elle n'avoit pas oubliée,
desjà ainsi attaincte comme dessus est dit, ne le fist
guères languir : car après plusieurs excusacions et remonstrances qu'en brief elle luy toucha, que elle eust à
autre plus aigrement et plus longuement demennéez
elle fut contente qu'il sceust qu'il lui plaisoit bien.
L'autre, qui entendoit son latin, plus joyeux que jamais
il n'avoit esté s'advisa de batre le fer tandis qu'il estoit
chault, et si très fort sa besoigne poursuyvit qu'en peu
de temps joyst de ses amours. L'amour de la maistresse
au clerc et du clerc à elle estoit et fut long temps si
très ardant que jamais gens ne furent plus esprins, car
en effect le plus souvent en perdoient le boire et le
mengier ; et n'estoit pas en la puissance de male bouche,
de danger, ne d'autres telles mauldictes gens, de leurs
bailler ne donner destourbier. A ce très joyeux estat et
plaisant passe temps se passèrent plusieurs jours qui
guères aux amans ne durèrent, qui tant donnez l'ung
à l'autre s'estoient, qu'à peu ilz eussent quitté à Dieu
leur part de paradis pour vivre au monde leur terme
en ceste façon. Et comme ung jour advint que ensemble
estoient, et des très haulx biens qu'amour leur souffrit
prendre se devisoient entre eulx, en eulx pourmenant
par une sale, comment ceste leur joye nonpareille continuer seurement pourroient sans que l'embusche de

leur dangereuse entreprinse fust descouverte au mary
d'elle, qui du renc des jaloux se tiroit très près et du
hault bout. Pensés que plus d'ung advis leur vint au
devant que je passe sans plus au long le descripre. La
finale conclusion et derrenière résolution que le bon
clerc print, fut de très bien conduire et à séure fin mener
son entreprinse, à quoy point ne faillit, vecy comment.
Vous devés scavoir que l'accointance et aliance que le
clerc eust à sa maistresse laquelle diligemment servoit
et luy complaisoit, qui aussi n'estoit pas moins diligent
de servir et complaire à son maistre et tout pour tousjours mieulx son fait couvrir et adveugler les jaloux
yeulx qui pas tant ne se doubtoient que on lui en forgoit
bien la matière. Ung certain jour après, nostre bon
clerc voiant son maistre assés content de luy, entreprint
de parler et tout seul très humblement, doulcement et
en grande révérence à luy ; et luy dist qu'il avoit en son
cueur ung secret que voulentiers luy declarast s'il osast.
Et ne vous fault celler que tout ainsi comme plusieurs
femmes ont larmes à commandement qu'elles espan-
dent au moins aussi souvent qu'elles vueillent, si eust
à ce cop nostre bon clerc qu'à grosses larmes, en parlant,
des yeulx luy descendoient en très grant abondance ; et
n'est homme qu'il ne cuidast qu'elles ne fussent de contricion, de pitié, ou de très bonne intencion. Le povre
maistre abusé, oiant son clerc, ne fut pas ung peu
esbahy, ne esmerveillé, mais cuidoit bien qu'il y eust
autre chose que ce que après il sceust. Si dit : Et que
vous fault il, mon filz, et que avés vous à plorer maintenant? — Helas! sire, et j'ay bien cause plus que nul
autre de me douloir, mais helas! mon cas est tant
estrange, et non pas moins piteux ne moins sur tous
requis d'estre celé, que nonobstant que j'aye eu vouloir
de le vous dire, si m'en reboute crainte quant j'ay au

long à mon maleur pensé. — Ne plorés plus, mon filz,
respond le maistre, et si me dictes qu'il vous fault, et je
vous asseure s'en moy est possible de vous aydier, je m'y
emploieray voulentiers comme je doy. — Mon maistre,
dit le regnart clerc, je vous mercy, mais quant j'ay
bien tout regardé je ne pense pas que ma langue eust la
puissance de descouvrir la très grant infortune que j'ay
si longuement portée. — Ostés moy ces propos et toutes
ces doléances, respond le maistre, je suis celluy à qui
riens ne devés céler ; je vueil scavoir que vous avés,
avancés vous et le me dictes. Le clerc, saichant le tour
de son baston, s'en fist beaucoup prier et à très grant
crainte par semblant, et à très grant abondance de
larmes, et à voulenté se laisse ferrer ; et dit qu'il luy
dira, mais qu'il luy vueille promettre que par luy jamais
personne n'en scaura nouvelle, car il aimeroit autant
ou plus chier mourir que son maleureux cas féust
cogneu. Ceste promesse par le maistre accordée, le clerc
mort et descouloré comme ung homme jugié à pendre,
si va dire son cas : Mon très bon maistre, il est vray
que jasoit ce que plusieurs gens et vous aussi pourroient penser que je fusse homme naturel comme ung
autre, ayant puissance d'avoir compaignie avec femme,
et de faire lignié, vous oseray bien dire et monstrer que
point je ne suis tel, dont helas! trop je me deul. Et à
ces paroles, trop asseurément tira son membre à perche
et luy fist monstre de la peau où les coullons se logent,
lesquelz il avoit par industrie fait monster en hault,
vers son petit ventre, et si bien les avoit cachiés qu'il
sembloit qu'il n'en·eust nulz. Or luy va dire : Mon
maistre, vous voiés bien mon infortune dont je vous
prie de rechief que elle soit cellée ; et oultre plus très
humblement vous requier pour tous les services que
jamais vous féis qui ne sont pas telz que j'en eusse eu

la voulenté, se Dieu m'eust donné le povoir, que me faciez avoir mon pain en quelque monastère dévot, où je puisse le surplus de mon temps ou service de Dieu passer, car au monde ne puis de riens servir. Le abusé et deceu maistre remonstra à son clerc l'aspreté de reli-

gion, le peu de mérite qui luy en viendroit quant il se veult rendre comme par desplaisir de son infortune, et foison d'autres raisons luy amena, trop longues à compter, tendans à fin de l'oster de son propos. Scavoir vous fault aussi que pour riens ne l'eust voulu abandonner, tant pour son bien escripre et diligence que pour la fiance que doresenavant à luy adjoustera. Que vous diray je plus ? Tant luy remonstra que ce clerc au

fort pour une espace en son estat et en son service demourer luy promect. Et comme bien ouvert luy avoit
son secret le clerc, aussi le maistre le sien luy voulut
desceler, et dit : Mon filz, de vostre infortune ne suis je
point joyeux, mais au fort Dieu qui fait tout pour le
mieulx, et scet ce qui nous duyt et vault mieulx, vous
me pourrez doresenavant très bien servir et à mon povoir ; vous le mériteray : j'ay jeune femme assés légière
et volaige, et suis, ainsi comme vous véez, desja ancien
et sur aage, qui aucunement peut estre occasion à plusieurs de la requerre de deshonneur ; et à elle aussi,
s'elle estoit autre que bonne, me bailler matière de
jalousie, et plusieurs aultres choses. Je la vous baille
et donne en garde, et si vous en prie que à ce tenés la
main que je n'aye cause d'en elle trouver nulle matière
de jalousie. Par grande délibéracion fit le clerc sa response ; et quant il parla, Dieu scet si loua bien sa très
belle et bonne maistresse, disant que sur tous autres il
l'avoit belle et bonne et qu'il s'en devoit tenir seur.
Néantmoins qu'en ce service et d'autres, il est celuy qui
s'i veult du tout son cueur emploier ; et ne la laissera
pour riens qu'il luy puisse advenir, qu'il ne le adver-
tisse de tout ce que loial serviteur doit faire à son
maistre. Le maistre lye et joyeux de la nouvelle garde
de sa femme, laisse l'ostel et en la ville à ses afaires va
entendre. Et bon clerc incontinent fault à sa garde, et
le plus longuement que luy et sa dame bien osèrent,
n'espargnèrent pas les membres qui en terre pourri-
ront ; et ne firent jamais plus grant feste depuis que
l'aventure fust advenue de la façon subtille et que son
mary abuseroient. Assés et longue espace durant le
joly passetemps de ceulx qui tant bien s'entraymoient.
Et se aucunes fois le bon mary alloit dehors, il n'avoit
garde d'emmener son clerc ; plustost eust emprunté ung

serviteur à ses voisins que l'autre n'eust gardé l'ostel ;
et se la dame avoit congié d'aler en aucun pélerinage,
plustost alast sans chamberière que sans le très gracieux
clerc. Et faictes vostre compte : jamais clerc vanter ne
se peult d'avoir eu meilleur adventure qui point ne
vint à congnoissance, voire au mains que je sache, à
celuy qui bien s'en fust desespéré, s'il en eust scéu le
demaine.

NOUVELLE XIV

PAR MONSEIGNEUR DE CRÉQUY

LE FAISEUR DE PAPES
OU L'HOMME DE DIEU

La grande et large marche de Bourgoigne n'est pas si depourveue de plusieurs adventures dignes de mémoire et d'escripre, qu'à fournir les hystoires qui à présent courent, n'en puisse et doyve faire sa part en renc des

aultres. Je ne ose avant mettre ne en bruit ce que naguères y advint assés près d'ung gros et bon villaige séant
sur la rivière d'Ousche. Là avoit, et encores a une montaigne où ung hermite tel que Dieu scait, faisoit sa
résidence, lequel soubz umbre du doulx manteau d'ypo-
chrisie faisoit des choses merveilleuses qui pas ne vindrent à congnoissance en la voix publique du peuple,
jusques ad ce que Dieu plus ne voulut son très dannable
abus permettre ne souffrir. Ce sainct hermite, qui de
son cop à la mort se tiroit, n'estoit pas mains luxurieux,
ne malicieux que seroit ung vieil cinge ; mais la manière
du conduire estoit si subtille qu'il fault dire qu'elle passoit les autres cautelles communes. Vecy qu'il fist : Il
regarda entre les aultres femmes et belles filles la plus
digne de estre aymée et désirée, si se pensa que ce estoit la fille à une simple femme vesve, très dévote et
bien aulmonière ; et va conclure en soy mesmes que, se
son sens ne luy fault, il en chevira bien. Ung soir, environ la mynuyt, qu'il faisoit fort et rude temps, il descendit de sa montaigne, et vint à ce villaige, et tant
passa de voyes et sentiers que à l'environ de la mère et
la fille, sans estre oiseux, se trouva. L'ostel n'estoit
pas si grant, ne si pou de luy hanté tout en dévocion,
qu'il ne sceust bien les angins. Si va faire ung pertuis
en une paroy non guères espesse, à l'endroit de laquelle
estoit le lit de ceste simple femme vesve ; et prent ung
long baston percé et creux dont il estoit hourdé, et sans
la vesve esveillier, auprès de son oreille le mist et dit en
assés basse voix par trois foys : Escoute moy, femme
de Dieu ; je suis ung angle du créateur qui devers toy
m'envoye toy annoncier et commander que pour les
haulx biens qu'il a voulu en toy enter, qu'il veult par
ung hoir de ta chair, c'est assavoir ta fille, l'Eglise son
espouse réunir, refformer et en son estat déu remettre.

Et vecy la façon : Tu t'en yras en la montaigne devers
le saint hermite, et ta fille luy meneras, et bien au long
luy compteras ce qu'à présent Dieu par moy te mande.
Il congnoistra ta fille, et de eulx viendra ung filz esléu
de Dieu et destiné au sainct Siège de Rome, qui tant de
biens fera que à sainct Pierre et à sainct Pol l'on le
pourra bien comparer. A tant m'en vois, obéy à Dieu.
La simple femme vesve très esbahye, surprinse aussi et
à demy ravye, cuyda vrayement et de fait que Dieu luy
envoiast ce messaiger. Si dist bien en soy mesmes qu'elle
ne désobéira pas; et puis la bonne femme se rendort
une grande piece après, non pas trop fermement attendant et beaucoup désirant le jour. Et entretant le bon
hermite prend le chemin devers son hermitaige en la
montaigne. Ce très désiré jour tantost se monstra et fust
par les raiz du soleil, maugré les verrières des fenestres
à coup descendu emmy la chambre de la dicte vesve; et
la mère et la fille se levèrent à très grant haste. Quant
elles furent prestes et sur piedz mises, et leur peu de mesnage mis à point, la bonne mère si demande à sa fille
s'elle avoit riens ouy en ceste nuyt? Et la fille luy respond :
Certes, mère, nennil. — Ce n'est pas à toy, dit elle aussi,
que de prinssault ce doulx messaige s'adresse, combien
qu'il te touche beaucoup. Lors luy va dire et racompter
tout au long l'angélicque nouvelle que en ceste nuyt
Dieu luy manda; demande aussi qu'elle en veult dire.
La bonne fille, comme sa mère simple et dévote, respond : Dieu soit loué. Tout ce qu'il vous plaist, ma
mère, soit fait. — C'est très bien dit, respond la mère. Or
nous alons en la montaigne à la semonce du bon angle
devers le saint preudhomme. Le bon hermite faisant le
guet quant la deceue femme sa simple fille ameneroit,
la voit venir. Si laisse son huys entreouvert, et en prière
se va mettre emmy sa chambre, affin qu'en dévotion

fust trouvé. Et comme il désiroit il advint, car la bonne
femme et sa fille aussi voyans l'uys entreouvert, sans
demander quoy ne comment, dedens entrèrent. Et
comme elles parceurent l'hermite en contemplacion,
comme s'il féust Dieu l'onnourèrent. L'ermite à voix
humble, en cachant les yeulx et vers la terre enclinés,
dit : Dieu salue la compaignie. Et la povre vieillote désirant qu'il sceut la chose qui l'amenoit, le tira à part
et luy va dire de chief en bout tout le fait, qu'il scavoit
trop mieulx qu'elle. Et comme en grande révérance
faisoit rapport, le bon hermite gettoit les yeulx en hault,
joygnoit les mains au ciel ; et la bonne vielle plouroit,
tant avoit de joye et de pitié. Et la povre fille aussi
plouroit, quant elle veoit ce bon et sainct ermite en si
grande dévocion prier et ne scavoit pourquoy. Quant ce
rapport fut tout au long achevé dont la vieillotte attendoit la response, celluy qui la doit faire ne se haste pas.
Au fort certaine piece après, quant il parla ce fut en
disant : Dieu soit loué ! Mais m'amye, dit il, vous semble
il à la vérité, et à vostre entendement que ce que droit
cy vous me dictes ne soit point fantasie ou illusion ? que
vous en juge le cueur ? Sachés que la chose est grande.
— Certainnement, beau père, j'entendy la voix qui ceste
joyeuse nouvelle me aporta aussi plainement que je fais
vous, et créez que je ne dormoie pas. — Or bien, dit il,
non pas que je vueille contredire au vouloir de mon créateur, se me semble il bon que vous et moy dormirons encores sur ce fait, et si vous appert de rechief, vous reviendrez icy vers moy, et Dieu nous donnera bon conseil et
advis. On ne doit pas trop légièrement croire, ma bonne
mère ; le Dyable est aucunesfois envieux d'autruy ; bien
treuve tant de cautelles, et se transforme en ange de lumière. Créez, créez, ma mère, que ce n'est pas peu de
chose de ce fait cy ; et se je y metz ung peu de reffus, ce

n'est pas merveilles, n'ay-je pas à Dieu voué chasteté ?
Et vous m'apportés la rompeure de par luy. Retournés
en vostre maison, et priés Dieu, et au surplus demain
nous verrons que ce sera, et à Dieu soyés. Après ung
grant tas de agyos, se part la compaignie de l'hermite,
et vindrent à l'ostel tout devisant. Pour abrégier,
nostre hermite à l'heure accoustumée et deue, fourny
du baston creux, en lieu de potense, revient à l'oreille
de la simple femme, disant les propres motz ou en sub-
stance de la nuyt précédente ; et ce fait incontinent, sans
autre chose faire, retourne à son hermitaige. La bonne
femme emprinse de joye, cuidant Dieu tenir par les piez,
se lieve de haulte heure, et à sa fille raconte toutes ces
nouvelles sans doubte, et confermant la vision de l'autre
nuyt passée. Il n'est que d'abbregier : Or alons devers
le saint homme. Elles s'en vont et il les regarde approucher ; si va prendre son bréviaire, faisant de l'ypocrite.
Et pensés que il le faisoit en grant dévocion, Dieu le scet.
Et puis après son service print à recommencer, et en cest
estat devant l'uys de sa maisonnette se fait des bonnes
femmes saluer. Et pensés que se la vielle luy fist hyer ung
grant prologue de sa vision, celluy de maintenant n'est
de riens maindre, dont le preudhomme se signe du
signe de la croix, faisant grans admiracions à merveilles,
disant : Mon Dieu, mon créateur, qu'est cecy ? fay de
moy tout ce qu'il te plaist, combien que ce n'estoit ta
large grace, je ne suis pas digne d'escouter ung si grant
oeuvre. — Or regardés, beau père, dist lors la bonne
femme abusée et follement deceue, vous voyés bien
que c'est à certes quant de rechief s'est apparu l'angle
vers moy. — En vérité, m'amie, ceste matiere est si haulte
et si très difficile et non accoustumée que je n'en scauroie
bailler que doubteuse response. Non mye affin que vous
entendés seurement que en attendant la tierce appari-

cion je veueille que vous tentés Dieu. Mais on dit de
coustume : A la tierce foys va la luyte ; si vous prie et
requiers que encore se puisse passer ceste nuit sans autre
chose faire, attendant sur ce fait la grace de Dieu ; et se
par sa grande miséricorde, il lui plaise nous demonstrer
annuyt comme les autres nuytz précédentes, nous ferons
tant qu'il en sera loué.

Ce ne fut pas du bon gré
de la simple vielle qu'on
tardast tant d'obéyr à
Dieu, mais au fort l'er-

mite est créu comme le plus
saige. Comme elle fut couchée, ou parfond des nouvelles
qui en teste luy viennent, l'ypochrite pervers de sa montaigne descendu, luy met son baston creux à l'oreille,
ainsi comme il avoit de coustume, en luy commandant
de par Dieu comme son angle, une foys pour toutes,
qu'elle maine sa fille à l'ermite pour la cause que dit est.
Elle n'oublia pas tantost qu'il fut jour ceste charge, car
aprés les graces à Dieu de par elle et sa fille rendues, se
mettent au chemin par devers l'hermitage, où l'hermite

leur vint au devant qui de Dieu les salue et begnie. Et
la bonne mère trop plus que nulle autre joyeuse, ne luy
cela guères sa nouvelle apparicion, dont l'ermite qui
par la main la tient en sa chappelle la convoie, et la fille
aussi va après. Et léans font leurs très dévotes oroisons
à Dieu le tout puissant, qui ce très hault mystère leurs a
daigné demonstrer. Après ung peu de sermon que fist
l'ermite touchant songes, visions, apparicions et révéla-
cions qui souvent aux gens adviennent, et il chéust en propos de touchier leur matière pour laquelle estoient assemblés. Et pensés que l'ermite les prescha bien et en bonne
dévocion, Dieu le scet : puis que Dieu veult et commande
que je face ligné papale, et le daigne révéler non par
une foiz ou deux seulement, mais la tierce d'abondance,
il faut dire, croire et conclure que c'est ung hault bien
qui de ce fait s'en ensuyvra. Si m'est advis que mieulx
on ne peut faire que d'abrégier l'excécucion en lieu, de ce
que trop j'ay différé de baillier foy à la saincte apparicion. — Vous dictes bien, beau père ; comment vous
plaist il faire ? respond la vieille. — Vous laisserés céans,
dist l'hermite, vostre belle fille, et elle et moy en oroisons nous mettrons et au surplus ferons ce que Dieu
nous aprendra. La bonne femme vesve en fut contente,
et aussi fut sa fille pour obéir. Quant nostre hermite se
treuve à part avecques la belle fille, comme s'il la voulsist rebaptiser toute nue la fait despoillier ; et pensez
que l'hermite ne demoura pas vestu. Qu'en vauldroit le
long compte ? Il la tint tant et si longuement avecques
luy, en lieu d'aultre clerc, tant ala aussi et vint à l'ostel
d'elle, pour la doubte des gens, et aussi pour honte
qu'elle n'osoit partir de la maison, car bientost après
le ventre si luy commença à bourser, dont elle fut si
joyeuse qu'on ne vous le scauroit dire. Mais se la fille s'es-
jouyssoit de sa portée, la mère d'elle en avoit à cent

doubles joyes; et le mauldit bigot faignoit aussi s'en es-
jouir, mais il en enrageoit tout vif. Ceste povre mère
abusée, cuidant de vray que sa fille deust faire ung très
beau filz pour le temps advenir de Dieu esléu pape de
Romme, ne se péult tenir qu'à sa plus privée voisine ne
le comptast, qui aussi esbahye en fut comme se cornes
luy venoient, non pas toutefois qu'elle ne se doubtast de
tromperie. Elle ne cella pas longuement aux autres voi-
·sins et voisines comment la fille d'une telle estoit grosse
par les euvres du sainct hermite, d'ung filz qui doit estre
pape de Romme : et ce que j'en scay, dit elle, la mère
d'elle le m'a dit, à qui Dieu l'a voulu révéler. Ceste nouvelle fut tantost espandue par les villes voisines. Et en
ce temps pendant la fille s'accoucha, qui à la bonne
heure d'une belle fille se délivra, dont elle fut esmerveillée, et courroucée, et sa très simple fille, et les voisines aussi qui attendoient vraiement le saint Père advenir recevoir. La nouvelle de ce cas ne fut pas mains
tost sceue que celle précédente; et entre autres, l'ermite
en fut des premiers advertis qui tantost s'en fouit en
ung autre pays, ne scay quel, une autre femme ou fille
décepvoir, ou es désers d'Egipte de cueur contrit la pénitence de son péchié satisfaire. Quoy que soit ou fut,
la povre fille en fut deshonnorée, dont ce fut grant dommaige, car belle, bonne et gente estoit.

NOUVELLE XV

PAR MONSEIGNEUR DE LA ROCHE

LA NONNE SAVANTE

Au gentil pays de Breban, près d'ung monastère de
blans moynes est situé ung aultre monastère de nonnains qui très dévotes et charitables sont, dont l'istoire
taist le nom et la marche particulière. Ces deux mai-

sons, comme on dit de coustume, estoient voisines, la grange et les bateurs : car Dieu mercy, la charité de la maison aux nonnains estoit si très grande que peu de gens estoient escondis de l'amoureuse distribucion, voire se dignes estoient d'icelle recepvoir. Pour venir ou fait de ceste hystoire, ou cloistre des blans moines avoit ung jeune et beau religieux qui fut amoureux d'une des nonnains ; et de fait eust bien le couraige, après les prémisses, de luy demander à faire pour l'amour de Dieu. Et la nonnain qui bien cognoissoit ses oultilz, jasoit qu'elle fust bien courtoise, luy bailla dure et aspre response. Il ne fut pas pourtant enchassé, mais tant continua sa très humble requeste, que force fut à la très belle nonnain, ou de perdre le bruit de sa très large courtoisie, ou d'accorder au moyne ce qu'elle avoit à plusieurs sans guères prier accordé. Si luy va dire : En vérité, vous poursuivés et faictes grant diligence d'obtenir ce que à droit ne scauriés fournir ; et pensés vous que je ne saiche bien par oyr dire quelz oultilz vous portés ? créez que si fais ; il n'y a pas pour dire grant mercy. — Je ne scay, moy, qu'on vous a dit, respond le moyne, mais je ne double point que vous ne soiés bien contente de moy, et que ne vous monstre que je suis homme comme ung aultre. — Homme, dit elle, cela croy je assez bien, mais vostre chose est tant petit, comme l'on dit, que se vous l'apportés en quelque lieu, à peu s'on se parçoit qu'il y est. — Il va bien autrement, dist le moyne, et se j'estoie en place je feroye, et par vostre jugement, menteurs tous ceulx ou celles qui ceste renommée me donnent. Au fort, après ce gracieux débat, la courtoise nonnain, affin d'estre quitte de l'ennuyante poursuite que le moine faisoit, affin aussi que elle saiche qu'il vault et qu'il scet faire, et aussi qu'elle n'oublie le mestier qui tant luy plaist, elle luy baille

jour à xij heures de nuyt, de vers elle venir et heurter
à sa traille, dont elle fut haultement merciée : Toutesfois vous n'y entrerés pas que je ne saiche, dit elle, à la
vérité quelz oultilz vous portés, et se je m'en scauroie
ayder ou non. — Comme il vous plaira, respond le
moyne. A tant s'en va et laisse sa maistresse ; et vint
tout droit devers frère Courard l'ung de ses compaignons, qui estoit oultillé Dieu scet comment, et pour
ceste cause avoit ung grant gouvernement ou cloistre
des nonnains. Il luy compta son cas tout du long, comment il a prié une telle, la response et le reffus que
elle fit, doubtant qu'il ne soit pas bien soulier à son pié ;
et en la parfin comment elle est contente qu'il entre
vers elle, mais qu'elle sente et saiche premier de quelle
lance il vouldroit jouster contre son escu : Or est ainsi,
dit il, que je suis mal fourny d'une grosse lance telle que
j'espoire et voy qu'elle désire d'estre rencontrée. Si vous
en prye tant comme je puis, que anuyt vous venés
avecques moy, à l'heure que je me doy vers elle rendre,
et vous me ferés le plus grant plaisir que jamais
homme fist à autre. Je scay très bien qu'elle voudra, là
moy venu, sentir et taster la lance dont je attens à
fournir mes armes ; et en la fin me fauldra ce faire :
vous serés derrière moy, sans dire mot et vous mettrés
en ma place, et vostre gros bourdon en son poing luy
mettrés : elle ouvrera l'uys, je n'en doubte point, et puis
cela fait, vous vous en irés et dedans j'entreray ; et puis
du surplus laissés moy faire. Frère Courard est en grant
soucy comment il poura faire et complaire à son compaignon, mais toutesfois se met à l'adventure, et tout
ainsi que lui avoit dit, s'en va et luy accorde ce marchié.
Et à l'heure assignée se met avec luy en chemin par
devers la nonnain. Quant ilz sont à l'endroit de la
fenestre, maistre moyne, plus eschauffé que ung estalon,

de son baston ung coup heurta ; et la nonnain n'attendit pas l'autre heurt, mais ouvrist la fenestre et dist en
basse voix : Qui esse là ? — C'est moy, dit il, ouvrez
tost l'uys que on ne vous oye. — Ma foy, dit elle, vous
ne serez jà en mon livre enregistré, n'escript, que pre-

micrement ne passez à monstre, et que je ne saiche
quel harnois vous portés ; appreuchez vous près et me
monstrés que c'est. — Très voulentiers, dit il. Alors tire
frère Courard lequel s'avançoit pour faire son personnage, qui en la main de ma dame la nonnain mist
son bel et très puissant bourdon qui gros, long et rond
estoit. Et tantost qu'elle le sentit, comme se nature luy
en baillast la congnoissance, elle dist : Nennil, nennil,
je congnois bien cestuy cy, c'est le bourdon de frère

Courard; il n'y a nonnain céans qui bien ne le congnoisse; vous n'avés garde que j'en soie deceue, je le
congnois trop. Allez quérir vostre aventure ailleurs.
Et à tant sa fenestre referma bien courroucée et mal
contente, non pas sur frère Courard, mais sur l'autre
moine. Lesquelz après ceste adventure s'en retournèrent
vers leur hostel, tout devisant de ceste advenue.

NOUVELLE XVI

LE BORGNE AVEUGLE

En la conté d'Artois naguères vivoit ung gentil chevalier, riche et puissant, lyé par mariage avec une très belle dame et de hault lieu. Ces deux ensemble par longue espace passèrent plusieurs jours paisiblement et doulcement. Et pource que alors le très puissant duc de Bourgoigne, conte d'Artois et leur seigneur, estoit

en paix avec tous les grands princes chrétiens, le chevalier, qui très dévot estoit, délibera faire à Dieu sacrifice du
corps qu'il luy avoit presté bel et puissant, assouvy de
taille, d'estre autant et plus que personne de sa contrée,
excepté que perdu avoit ung oeil en ung assault. Et
pour faire son obligacion en lieu esleu et de luy désiré,
après les congiez à ma dame sa femme prins et de plusieurs ses parens, s'en va devers les bons seigneurs de
Prusse vrais défensseurs de la très saincte foy chré-
tienne. Tant fist et diligenta qu'en Prusse, après plusieurs adventures que je passe, sain et sauf se trouva,
où il fist assés largement de grans proesses en armes,
dont le grand bruit de sa vaillance fut tantost espandu
en plusieurs marchies, tant à la relacion de ceulx qui
veu l'avoient, en leur pays retournez, que par lettres
que les demeurez escripvoient à plusieurs qui très grant
gré leur en scavoient. Or ne fault pas celer que ma dame
qui estoit demeurée, ne fut pas si rigoreuse qu'à la
prière d'ung gentil escuier qui d'amours la requist, elle
ne fut tantost contente qu'il fust lieutenant de Monseigneur qui aux Sarrazins se combatoit. Tandis que Monseigneur jeusne et fait pénitence, ma dame fait bonne
chière avec l'escuier; le plus des fois Monseigneur se
disne et soupe de biscuit et de la belle fontaine, et ma
dame a de tous les biens de Dieu si très largement que
trop. Monseigneur au mieulx venir se couche en la paillade, et ma dame en ung très beau lit avec l'escuier se
repose. Pour abregier, tandis que Monseigneur aux Sarrazins fait guerre, l'escuier à ma dame se combat, et si
très bien s'y porte, que se Monseigneur jamais ne
retournoit elle s'en passeroit très bien, et à peu de
regret, voire qu'il ne face aultrement qu'il a commencé.
Monseigneur voiant la Dieu mercy, que l'effort des Sarrazins n'estoit point si aspre que par cy devant a esté,

sentant aussi que assés longue espace a laissé son
hostel et sa très bonne femme qui moult le désire et
regrete, comme par plusieurs de ses lettres elle luy a
fait scavoir, dispose son partement et avec le peu de
gens qu'il avoit se mect en chemin. Et si bien exploita
à l'ayde du grant désir qu'il a de soy trouver en sa maison, et es bras de ma dame, qu'en peu de jours s'i
trouva. Celluy à qui ceste haste plus touche que à nul
de ses gens, est tousjours des premiers descouchiés et
premier prest et le devant au chemin. Et de fait sa trop
grande diligence le fait bien souvent chevauchier seul
devant ses gens, aucune fois ung quart de lieue ou plus.
Advint ung jour que Monseigneur estant au giste, environ à six lieues de sa maison où il doit trouver ma
dame, se leva bien matin et monta à cheval que bien
luy semble que son cheval le rendra à sa maison avant
que ma dame soit descouchée, qui riens de sa venue ne
scait. Ainsi comme il le proposa il advint, et comme il
estoit en ce plaisant chemin dist à ses gens : Venés tout
à vostre aise, et ne vous chaille jà de moy suyr ; je m'en
iray tout mon beau train pour trouver ma femme au
lit. Ses gens tout hordez et travaillez et leurs chevaulx
aussi, ne contredirent pas à Monseigneur, mais s'en
viennent tout à leur aise après luy sans eulx travailler
aucunement ; mais pourtant si doubtoient ilz de mon
dit seigneur lequel s'en alloit ainsi de nuyt tout seul et
avoit si grant haste. Cil s'en va et fait tant qu'il est en
brief à la basse court de son hostel descendu où il trouva
ung varlet qui le desmonsta de son cheval. Tout ainsi et
housé et esperonné, quant il fut descendu, s'en va tout
droit sans rencontrer personne, car encores matin estoit,
devers sa chambre où ma dame encores dormoit, ou
espoir faisoit ce qui tant a fait Monseigneur travailler.
Créez que l'uys n'estoit pas ouvert à cause du lieute-

nant qui tout esbahy fut et ma dame aussi, quant Monseigneur heurta de son baston ung très lourt coup : Qui esse là, ce dit ma dame? — C'est moy, ce dit Monseigneur, ouvrés, ouvrés. Ma dame, qui tantost a congneu Monseigneur à son parler, ne fut pas des plus asseurées, néantmoins fait habiller incontinent son escuier qui met peine de s'advancier le plus qu'il peult, pensant comment il pourra eschapper sans dangier. Ma dame, qui faint d'estre encores toute endormie et non recongnoistre Monseigneur, après le second heurt qu'il fait à l'uys, demande encores : Qui esse là? — C'est vostre mary, dame, ouvrés bien tost, ouvrés. — Mon mary, dist elle, helas! il est bien loing de cy; Dieu le ramaine à joye et brief. — Par ma foy, dame, je suis vostre mary; et ne me congnoissés vous au parler? Si tost que je vous ay ouy respondre je congneuz bien que c'estiés vous. — Quant il viendra je le scauray beaucoup devant, pour le recepvoir ainsi comme je doy, et aussi pour mander Messeigneurs ses parens et amis pour le festoier et convoier à sa bien venue. Allés, allés et me laissés dormir. — Saint Jehan, je vous en garderay bien! ce dit Monseigneur, il fault que vous ouvrés l'uys; et ne voulés vous congnoistre vostre mary? Alors l'appelle par son nom. Et elle qui voit que son amy est jà tout prest, le fait mettre derrière l'uys. Et puis va dire à Monseigneur : Estes vous ce? pour Dieu pardonnés moy, et estes vous en bon point? — Oy, Dieu mercy, ce dist Monseigneur. — Or loué en soit Dieu, ce dist ma dame, je vien incontinant vers vous et vous mettrai dedans : mais que je soye un peu habillée et que j'aye de la chandelle. — Tout à vostre aise, ce dit Monseigneur. — En vérité, ce dit ma dame, tout à ce coup que vous avés heurté, Monseigneur, j'estoye bien empeschée d'ung songe qui est de vous. — Et quel est il, m'amye? — Par ma foy, Monseigneur, il me sembloit à bon escient que vous estiés revenu, que vous parliés à moy et si voyés tout aussi cler d'ung oeil comme de l'autre. — Pléust ores à Dieu, ce dit Monseigneur. — Nostre Dame, ce dit ma dame, je croy que aussi faictes vous. — Par ma foy, ce dit Monseigneur, vous estes bien beste; et comme ce pouroit il faire? —

Je tiens moy, dit elle, qu'il est ainsy. — Il n'en est riens, non, dit Monseigneur, estes vous bien si fole de le penser? — Dea, Monseigneur, dit elle, ne me créez jamais s'il n'est ainsi; et pour la paix de mon cueur je vous requier que nous l'esprouvons. Et à ce coup elle ouvra l'uys tenant la chandelle ardant en sa main. Et Monseigneur qui est content de ceste esprouve et s'i accorde par les parolles de sa femme. Et ainsi le povre homme

endure bien que ma dame luy bouchast son oeil d'une
main, et de l'autre elle tenoit la chandelle devant l'oeil
de Monseigneur qui crevé estoit; et puis luy demanda :
Monseigneur, ne véez vous pas bien par vostre foy? —
Par mon serment, non, ce dit Monseigneur. Et entretant
que ces devises se faisoient, le lieutenant de mon dit seigneur sault de la chambre sans qu'il fut apparceu de luy.
Or attendés, Monseigneur, ce dit elle, et maintenant vous
me voiés bien; ne faictes pas? — Par Dieu, ma mye,
nennil, respond Monseigneur, comment vous verroy je?
vous avés bouchié mon dextre oeil et l'autre est crevé
passé plus de dix ans. — Alors, dit elle, or voy je bien que
c'estoit songe voyrement qui ce rapport me fist; mais
quoy que soit, Dieu soit loué et gracié que vous estes
cy. — Ainsi soit il, ce dit Monseigneur, et à tant s'en-
tracolèrent et baisèrent par plusieurs fois, et firent grant
feste. Et n'oublia pas Monseigneur à conter comment il
avoit laissé ses gens derrière, et que pour la trouver au
lit il avoit fait telle diligence : Et vrayement, dist ma
dame, encores estes vous bon mary. Et à tant vindrent
femmes et serviteurs qui bien ungnèrent Monseigneur
et le deshousèrent et de tous points deshabillèrent. Et
ce fait se bouta ou lit avec ma dame qui le repéut du demourant de l'escuier qui s'en va son chemin, lye et joyeux
d'estre ainsi eschapé. Comme vous avés ouy fut le chevalier trompé, et n'ay point sceu, combien que plusieurs
gens depuis le sceurent, qu'il en fut jamais adverty.

NOUVELLE XVII

PAR

MONSEIGNEUR LE DUC

———

LE CONSEILLER
AU BLUTEAU

N'a guères qu'à Paris présidoit en la chambre des

Comptes ung grant clerc chevalier assés sur aage ; mais
très joyeux et très plaisant estoit, tant en sa manière
d'estre, comme en devises, où qui les adreçast, fut aux
hommes ou aux femmes. Ce bon seigneur avoit femme
espousée desja ancienne et maladive, dont il avoit belle
lignié. Et entre les aultres damoiselles, chamberières
et servantes de son hostel, celle où nature avoit mis son
entente de la faire très belle, estoit meschine, faisante
le mesnage commun, comme les litz, le pain, et autres
telz affairres.

Monseigneur qui ne jeusnoit jour de l'amoureulx mestier tant qu'il trouvast rencontre, ne cela guères à la
belle meschine le grant bien qu'il luy veult, et lui va
faire ung grant prologue des amoureulx assaulx que
incessamment amours pour elle lui envoye, continue
aussi ce propos, luy promettant tous les biens du
monde, monstrant comment il est bien en luy de lui faire
tant en telle manière et tant en telle, et tant en telle. Et
qui oyoit le chevalier jamais tant d'heur n'advint à la
meschine que de luy accorder son amour. La belle meschine bonne et saige, ne fust pas si beste que aux gracieux
motz de son maistre baillast response en rien à son advan-
tage, mais se excusa si gracieusement que Monseigneur
en son courage très bien l'en prisa, combien qu'il aymast
mieulx qu'elle tinst aultre chemin. Motz rigoureux vindrent en jeu par la bouche de Monseigneur, quant il par-
céust que par doulceur ne feroit rien, mais la très bonne
fille, aimant plus chier mourir que perdre son honneur, ne
s'en effroia guères, ains asseuréement respondit die et
face ce qu'il lui plaist, mais jour qu'elle vive de plus
près ne luy sera. Monseigneur qui la voit aheurtée en
ceste opinion, après ung gracieux à dieu, laissa ne scay
quans jours ce gracieux pourchas de bouche seullement,
mais regars et autres petiz signes ne luy coustoient

guères, qui trop estoient à la fille ennuyeux. Et s'elle ne
doubtast mettre male paix entre Monseigneur et ma dame,
elle ne lui céleroit guère la desloyaulté de son seigneur ;
mais au fort elle conclud le desceler tout le plus tart
qu'elle pourra. La dévocion que Monseigneur avoit aux
saincts de sa meschine de jour en jour croissoit ; et
ne luy souffisoit pas de l'aimer et servir en cueur seulement, mais d'oroison,
comme il a fait cy de-
vant, la veult arrière
resservir. Si vient à
elle et de plus belle re-
commença sa haren-
gue en la façon que
dessus, laquelle il con-
fermoit par cent mille
sermens et autant de
promesses. Pour ab-
bregier, riens ne lui
vault, et ne peust obte-
nir ung seul mot et en-
cores mains de sem-
blans qu'elle luy baille
quelque peu d'espoir
de jamais pervenir à ses

attaintes. Et en ce point se partit, mais il n'oublia pas
de dire que s'il la rencontre en quelque lieu marchant
qu'elle l'obéyra ou elle fera pis. La meschine guères ne
s'en effroya, et sans plus y penser va besoigner en la
cuisine ou autre part. Ne scay quans jours après, ung
lundi matin, la belle meschine, pour faire des pastés,
buletoit de la farine. Or devés vous scavoir que la
chambre où se faisoit ce mestier n'estoit pas loing de la
chambre de Monseigneur, et qu'il oyoit très bien le

bruit et la noise qui s'y faysoit; et encores scavoit aussi
très bien que c'estoit sa meschine qui du tamis jouoit. Si
s'avisa qu'elle n'aura pas seule ceste peine, mais lui viendra ayder, voire et fera au surplus ce qu'il luy a bien promis, car jamais mieulx ne la pourroit trouver. Dit aussy
en soy mesmes : Quelques reffus que de la bouche elle
m'ait fait, si en cheviray je bien se je la puis à gré tenir.
Il regarda que bien matin estoit et que ma dame n'estoit pas esveillée, dont il fut bien joyeux, et affin qu'il
ne l'esveille, il sault tout doulcement hors de son lit, à
tout son couvrechief, et prent sa robe longue et ses
botines; et descend de sa chambre si celéement qu'il fut
dedens la chambrete où la meschine dormoit sans qu'elle
oncques en sceut riens jusques à tant qu'elle le vit tout
dedans. Qui fut bien eshahie, ce fut la povre chamberière qui à pou trembloit tant estoit effrée, doublant que
Monseigneur ne luy ostast ce que jamais rendre ne luy
scauroit. Monseigneur qui la voit effrée, sans plus parler
luy baille ung fier assault, et tant fist en peu d'heures
qu'il avoit la place emportée s'il n'eust esté content de
parlementer. Si luy va dire la fille : Helas ! Monseigneur,
je vous cry mercy, je me rens à vous; ma vie et mon
honneur sont en vostre main, ayés pitié de moy. — Je
ne scay quelle honneur, dit Monseigneur qui très eschauffé
et espris estoit, vous passerés par là. Et à ce mot recommence l'assault plus fier que devant. La fille voyant que
eschapper ne pouvoit s'advisa d'ung bon tour et dit : Monseigneur, j'ayme mieulx vous rendre ma place par amour
que par force; donnés fin, s'il vous plaist, aux durs assaulx
que me livrés, et je feray tout ce qu'il vous plaira. —
J'en suis content, dist Monseigneur, mais créez que autrement vous n'eschapperés. — D'une chose je vous requier,
dist lors la fille. Monseigneur, je doubte beaucoup que
ma dame ne vous oye; et se elle venoit d'aventure, et

droit cy vous trouvast, je seroye femme perdue et deshonnourée, car elle me feroit du mains battre ou tuer. —
Elle n'a garde de venir, non, dit Monseigneur, elle dort
au plus fort. — Helas ! Monseigneur, je doubte tant que
je n'en scay estre asseurée ; si vous prie et requier, pour
la paix de mon cueur et plus grande seureté de nostre
besoigne, que vous me laissés aler veoir s'elle dort ou
qu'elle fait. — Nostre Dame, tu ne retourneroie pas,
dit Monseigneur. — Si feray, dit elle, par mon serment,
trestout tantost. — Or je le vueil ! dit il, advance toy.
— Ha ! Monseigneur, dit-elle, se vous vouliés bien faire,
vous prendriés ce tamis et besoigneriés comme je faysoie,
affin d'aventure, se ma dame estoit esveillée qu'elle oye
la noise que j'ay devant le jour encommencée. — Or
monstre ça, je feray bon devoir, et ne demeure guères.
— Nennil, non, Monseigneur, tenez aussi ce buleteau sur
vostre teste, vous semblerés tout à bon escient estre une
femme. — Or ça, de par dieu, ça, dit il. Il fut affublé de
ce buleteau, et puis commence à tamiser, tant que c'estoit belle chose que tant bien luy séoit. Et entretant la
bonne chamberière monta en la chambre et esveilla
ma dame, et luy compta comment Monseigneur par cy
devant d'amours l'avoit pryée, qu'il l'avoit assaillie à
ceste heure où elle tamisoit : Et s'il vous plaist venir
voir comment j'en suis eschappée et en quel point il est,
venés en bas, vous le verrez. Ma dame tout à coup se
liève, et prent sa robe de nuyt ; et fust tantost devant
l'uys de la chambre où Monseigneur diligemment tamisoit. Et quant elle le voit en cest estat, et afublé du buleteau, elle lui va dire : Ha ! maistre, et qu'est cecy ?
où sont voz lettres, voz grans honneurs, voz sciences et
discrécions ? Et Monseigneur qui l'ouyt et deceu se voit,
respondit tout subitement : Au bout de mon v... Dame,
là ay je tout amassé aujourd'huy. Lors très marry et

couroucé sur la meschine se désarma de l'estamine et du buleteau, et en sa chambre remonte ; et ma dame le suyt qui son preschement recommence, dont Monseigneur ne tient guères de compte. Quant il fut prest il manda sa mule, et au palais s'en va où il compta son adventure à plusieurs gens de bien qui s'en rirent bien fort. Et me dit on depuis, quelque courroux que le seigneur eust de prinsault à sa meschine, se l'ayda il depuis de sa parolle et de sa chevance à marier.

NOUVELLE XVIII

PAR MONSEIGNEUR DE LA ROCHE

LA PORTEUSE DU VENTRE ET DU DOS

Ung gentilhomme de Bourgoigne nagaires pour
aucuns de ses afaires s'en ala à Paris, et se logea en

ung très bon hostel : car telle estoit sa coustume de
tousjours quérir les meilleurs logis. Il n'eust guères
esté en son logis, lui qui bien congnoissoit mouche
en lait, qu'il ne parcéut tantost que la chamberière
de léans estoit femme qui debvoit faire pour les gens.
Si ne luy céla guères ce qu'il avoit sur le cueur, et
sans aler de deux en trois, il demanda l'aumosne
amoureuse. Il fut de prinsault bien rechassié des
meures : Voire, dit elle, est ce à moy que vous devés
adresser telles parolles? Je vueil bien que vous sachiés
que je ne suis pas celle qui fera tel blasme à l'ostel où
je demeure. Et pour abbreger, qui l'oyoit, elle ne le
feroit pour aussi gros d'or. Le gentil homme tantost
congnéust que toutes ses excusacions estoient erres pour
besoignier, si luy va dire : M'amye, se j'éusse temps et
lieu, je vous diroie telle chose que vous seriés bien contente; et ne doubtés point que ce ne fust grandement
vostre bien, m'amye, pource que devant les gens ne
vous vueil guères araisonner, affin que ne soiés de moy
souspeconnée. Croiés mon homme de ce que par moy
vous dira; et se ainsi le faictes, vous en vauldrés mieulx.
— Je n'ay, dit elle, n'à vous n'à luy que deviser. Et sur ce
point s'en va, et nostre gentil homme appella son varlet
qui estoit ung galant tout esvcillé, puis lui compta son
cas et le charge de poursuir sa besoigne sans espargner
bourdes. Le varlet, duyt à cela, dit qu'il fera bien son
personnage. Il ne l'oublia pas, car au plus tost qu'il la
trouva, pensés qu'il joua bien du bec. Et se elle n'eust
esté de Paris, et plus subtille que foison d'autres, son
gracieux langaige et les promesses qu'il faisoit pour son
maistre l'eussent tout en haste abbatue. Mais autrement
alla, car après plusieurs paroles et devises d'entre elle
et luy, elle luy dit ung mot trenchié : Je sçay bien que
vostre maistre veult, mais il n'y touchera jà se je n'ay

dix escus. Le varlet fist son rapport à son maistre qui
n'estoit pas si large, voire au mains en tel cas que donner dix escus pour jouir d'une telle damoiselle. Quoy
que soit, elle n'en fera autre chose, dit le varlet; encores
y a il bien manière de venir en sa chambre, car il fault
passer par celle à l'hoste. Regardés que vous vouldriés
faire. — Par la mort bieu, dit il, mes dix escus me font
bien mal d'en ce point les laisser aler : mais j'ay si grant dévocion au saint et en ay fait tant de poursuite qu'il fault
que je besoigne; au Deable soit chichete! elle les aura.

— Pourtant vous dis je, dit le varlet, voulés vous que je
luy dye qu'elle les aura? — Oy, de par le Deable, oy,
dit il. Le varlet trouva la bonne fille et luy dit qu'elle
aura ces dix escus, voire et encores mieulx cy après.
Trop bien, dit elle. Pour abrégier, l'heure fut prinse
que l'escuier doit venir couchier avec elle, mais avant
que onques elle le voulsist guyder par la chambre de
son maistre en la sienne, il baille tous les dix escus contant. Qui fut bien mal content ce fut nostre homme qui
ce pensa, en passant par la chambre et cheminant aux
nopces qui trop chier à son gré luy coustoient, qu'il
jouera d'ung tour. Ilz sont venus si doulcement en la
chambrete que maistre ne dame rien n'en scéurent. Si se

vont despoillier, et dit nostre escuier qu'il emploiera
son argent, s'il peut. Il se met à l'ouvrage, et fait merveilles d'armes, et espoir plus que bon ne luy fut. Tant
en devises que autrement se passèrent tant d'heures
que le jour estoit voisin et prouchain à celuy qui plus
voulentiers eust dormy que nulle autre chose fait, mais
la très bonne chamberière luy va dire : Or ça, sire, pour
le très grant bien, honneur et courtoisie que j'ai ouy et
véu de vous, j'ay esté contente mettre en vostre obéissance et jouyssance la chose en ce monde que plus doy
chier tenir. Je vous prie et requier que incontinent
vous vueillés apprester habiller et de cy partir, car il est
desja haulte heure, et se d'avanture mon maistre ou ma
maistresse venoient cy, comme assés est leur coustume
au matin, et vous trouvassent, je seroie perdue et gas-
tée ; et vous espoire ne serés pas le mieulx party du jeu.
— Je ne scay moy, dit l'escuier, quel bien ou quel mal :
mais je me reposeray et si dormiray tout à mon aise et
à mon beau loisir, avant que j'en parte. Et aussi je vueil
emploier mon argent ; pensés vous avoir si tost gaignié
mes dix escus ? Ils ne vous coustent guères à prendre,
mais par la mort bieu, affin que je ne aye point paour,
et que point je ne me espante, vous me ferés compaignie,
s'il vous plaist. — Ha Monseigneur, dit elle, il ne se peut
ainsi faire, par mon serment, il vous convient partir, il
sera jour trestout en haste ; et se on vous trouvoit icy, que
seroit ce de moy ? J'aymeroie mieulx estre morte que
ainsi en advenist. Et se vous ne vous advancés, ce que
trop je doubte en adviendra. — Il ne me chault, moy,
qu'il adviengne, dit l'escuier, mais je vous dy bien que
se ne me rendés mes dix escus jà ne m'en partiray. Adviengne ce que advenir peut. — Vos dix escus, dit elle ?
et estes vous tel, se vous m'avés donné aucune courtoisie
ou gracieuseté que vous me le voulés après retollir par

ceste façon ? Sur ma foy vous monstrés mal que vous
soyés gentil homme. — Tel que je suis, dit il, je suis celluy qui de cy ne partiray, ne vous aussi, tant que me ayés
rendu mes dix escus; vous les auriés gaigniez trop aise.
— Ha ! dit elle, si m'ayt Dieu, quoy que vous disiez, je
ne pense pas que vous soyés si mal gracieux, attendu le
bien qui est en vous, et le plaisir que je vous ay fait, que
féussiés si peu courtois que vous ne aydissiés à garder
mon honneur. Et pour ce de rechief vous supplie que
ma requeste passés et accordés et que de cy vous partés.
L'escuyer dit qu'il n'en fera rien. Et pour abrégier, force
fut à la bonne gentil femme, à tel regret que Dieu scet,
de desbourser les dix escus, affin que l'escuyer s'en alast.
Quant les dix escus refurent en la main dont ilz estoient
partis, celle qui les rendit cuida bien enrager tant estoit
mal contente, et celluy qui les a leur fait grant chière :
Or avant, dit la courroucée et desplaisante qui se voit
ainsi gouvernée, quant vous vous estes bien joué et farcé
de moy, au moins advancés vous, et vous suffise que vous
seul congnoissés ma folie, et que par vostre tarder elle
ne soit congnéue de ceulx qui me deshonnoreront s'ilz
en voient l'apparence. — A vostre honneur, dit l'escuyer,
point je ne touche, gardés le autant que vous l'aymés ;
vous m'avés fait venir ici, et si vous somme que vous me
rendés et remettés ou lieu dont je partis, car ce n'est
pas mon intencion d'avoir les deux peines de venir et
retourner. La chamberière, voyant que riens n'avoit eu
sinon le courroucer, voyant aussi que le jour commen-
çoit à apparoir, avec tout le desplaisir et crainte que son
ennuyé cueur portoit du dit escuier, se hourde de cest
escuier et à son col le charge. Et comme à tout ce fardeau, le plus souef qu'elle oncques péust, le courtois
gentil homme portoit, tenant lieu de bahu sur le dos de
celle qui sur son ventre l'avoit soustenu, laissa couler ung

gros sonnet, dont le ton et le bruit firent l'oste esveillier
et demanda assez effréement : Qui est là ? — C'est vostre
chamberière, sire, dit l'escuier, qui me porte rendre où
elle m'avoit emprunté. A ces motz la povre gentil femme
n'eust plus cueur, puissance, ne vouloir de soustenir son
desplaisant fardeau : si s'en va d'ung cousté et l'escuyer
de l'autre. Et l'hoste qui bien congnoissoit que c'est, et
aussy avecques ce s'en doubtoit bien, parla très bien à
l'espousée qui toute demoura decéue et scandalisée, et
tost après se partit de léans. Et l'escuyer en Bourgoigne
s'en retourna, qui aux galans et compaignons de sorte
joyeusement et souvent racompta son adventure dessus
dicte.

NOUVELLE XIX

L'ENFANT DE NEIGE

Ardant désir de veoir pays, congnoistre et scavoir plusieurs expériences qui par le monde universel de jour en jour adviennent, naguaires si fort eschauffa l'attrempé cueur et vertueux couraige d'ung bon et riche marchant de Londres en Angleterre, qu'il abandonna sa très belle et bonne femme, sa belle maignie d'enfants, parens, amys, héritaiges, et la plus part de sa chevance. Et se partit de ce royaulme, assés bien fourny d'argent contant et de très grande abondance

de marchandises dont le dit pays de Angleterre peult
d'autres pays servir, comme d'estain, de ris, et foison
d'autres choses que pour cause de briefveté je passe.
En ce premier voyage vacqua le bon marchant l'espace
de cinq ans, pendant lequel temps sa très bonne femme
garda très bien son corps, fist son prouffit de plusieurs
marchandises, et tant si très bien le fit que son mary
au bout des ditz cinq ans retourné, beaucoup la loua
et plus que par avant ayma. Le cueur au dit marchant

non encores content tant d'avoir véu et congnéu plusieurs choses estranges et merveilleuses, comme d'avoir
gaigné largement d'argent, se fit arrière sur la mer
bouter cinq ou six mois puis son retour, et s'en reva à
l'aventure, en estrange terre tant de Crestiens comme
de Sarrasins ; et ne demoura pas si peu que les dix ans
ne fussent passés, ains que sa femme le revist. Trop
bien luy escrivoit et assés souvent, et à celle fin qu'elle
sçéust qu'il estoit encores en vie. Elle qui jeune estoit
et en bon point et qui faulte n'avoit de nulz biens de
Dieu, fors seulement de la présence de son mary, fut
contrainte par son trop demeurer de prendre ung lieutenant, qui en peu d'heure luy fist ung très beau filz.
Ce filz fut nourry et conduit avec les aultres ses frères
d'ung cousté ; et au retour du marchant mary de sa
mère avoit le dit enfant environ sept ans. La feste fut
grande, à ce retour, d'entre le mary et la femme ; et
comme ils furent en joyeuses devises et plaisans propos,

la bonne femme, à la semonce de son mary, fait venir devant eulx tous leurs enfans, sans oublier celluy qui fut gaignié en l'absence de celuy en qui avoit le nom. Le bon marchant, voiant la belle compaignie de ses enfans, recordant très bien du nombre d'eulx à son partement, le voit créut d'ung dont il est esbahy et moult esmerveillé. Si va demander à sa femme qui estoit ce beau filz, le derrenier ou renc de leurs enfans : Qui il est, dit elle, par ma foy, sire, il est nostre filz ; et qui seroit il ? — Je ne scay, dit il, mais pour ce que plus ne l'avoie véu, avés vous merveille se je le demande. — Saint Jehan, nenni!, dit elle, mais il est nostre filz. — Et comment se peult il faire, dit le mary, vous n'estiés pas grosse à mon partement ? — Non vraiement, dit elle, que je scéusse, mais je vous ose bien dire à la vérité que l'enfant est vostre, et que autre que vous à moy n'a touchié. — Je ne le dis pas aussi, dit il : mais touteffois il a dix ans que je partis, et cest enfant se monstre de sept : comment doncques pourroit il estre mien ? L'auriés vous plus porté que ung autre ? — Par mon serment, dit elle, je ne scay, mais tout ce que je dy est vray ; se je l'ay plus porté que ung aultre, il n'est chose que j'en sache, et se vous ne me le féistes au partir, je ne scay moy penser dont il peut estre venu, sinon que assés tost après vostre departement, ung jour j'estoye par ung matin en nostre grant jardin, où tout à coup me vint ung soudain désir et appetit de menger une feuille d'osille qui pour ycelle heure estoit couverte et soubz la neige tapie. J'en choysis une entre les aultres, belle et large, que je cuyday avaler, mais ce n'estoit que ung peu de neige blanche et dure. Et ne l'eus pas si tost avalé que ne me sentisse en trestout tel estat que je me suis trouvée quant mes autres enfans ay portés. Ce fait à certaine piece depuis je vous ay fait

ce très beau filz. Le marchant congnéut tantost qu'il en
estoit noz amis, et n'en voulut faire aucun semblant,
ainçois s'en vint adjoindre par parolles à confermer la
belle bourde que sa femme luy bailloit et dit : M'amye,
vous ne dictes chose qui ne soit possible, et qu'à autre
que vous ne soit advenu ; loué soit Dieu de ce qu'il nous
a envoyé. S'il nous a donné ung enfant par miracle, ou
par aucune secrete façon dont nous ignorons la manière,
il ne nous a pas oublié d'envoier chevance pour l'entretenir. Quant la bonne femme vit que son mary vouloit
condescendre à croire ce qu'elle luy dit, elle n'est pas
moyennement joyeuse. Le marchant saige et prudent,
en dix ans qu'il fut depuis à l'ostel sans faire ses loingtains voyages, ne tint oncques manières envers sa
femme en parolles ne aultrement, par quoy elle péust
penser qu'il entendist rien de son fait, tant estoit vertueux et pacient. Il n'estoit pas encore saoul de voiagier, si voulut recommencer et le dist à sa femme qui
fist semblant d'en estre très marrie et mal contente :
Appaisiés vous, dit il, s'il plaist à Dieu et à Monseigneur
sainct George, je reviendray brief. Et pource que nostre
filz que féistes en mon autre voyage, est desja grant,
habile et en bon point de veoir et d'aprendre, se bon
vous semble, je l'emmeneray avec moy. — Et par ma
foy, dit elle, vous ferés bien et je vous en prie. — Il
sera fait, dit il. A tant se part, et avec luy emmaine le
filz dont il n'estoit pas père à qui il a pieça gardé une
bonne pensée. Ilz eurent si bon vent qu'ilz sont venus
au port d'Alexandrie, où le bon marchant très bien se
deffist de la pluspart de ses marchandises ; et ne fust
pas si beste, affin qu'il n'eust plus de charge de l'enfant de sa femme et d'ung autre, et que après sa mort
ne suscedast à ses biens, comme ung de ses aultres enfans, qu'il ne le vendist à bons deniers contans, pour en

faire ung esclave. Et pour ce qu'il estoit jeune et puissant, il en eust près de cent ducas. Quant ce fut fait il
s'en revint à Londres, sain et sauf, Dieu mercy. Et n'est
pas à dire la chière que sa femme luy fit, quant elle
le vit en bon point, mais elle ne voit point son filz dont
ne scait que penser. Elle ne se péust guères tenir qu'elle
ne demandast à son mary qu'il avoit fait de leur filz :
Ha ! m'amye, dit il, il ne le vous fault jà celer : il luy
est très mal prins. — Helas comment, dit elle, est il
noyé ? — Nennil certes, mais il est vray que fortune
de mer nous mena par force en un païs où il faisoit si
chault que nous cuidions tous mourir par la grant
ardeur du soleil qui sur nous ses rais espandoit. Et
comme ung jour nous estions saillis de nostre nave,
pour faire ung chascun une fosse à soy tapir pour le soleil, nostre bon filz, qui de neige, comme vous scavés,
estoit, en nostre présence sur le gravier par la grant
force du soleil il fut tout à cop fondu et en eaue res-

solu. Et n'eussiez pas dict une sept pseaume que nous
ne trouvasmes rien de lui : tout ainsi en haste que au
monde il vint, tout aussi soudain en est party. Et pensez que j'en fus et suis bien desplaisant, et ne vy jamais
chose entre les merveilles que j'ay véues dont je fusse
plus esbahy. — Or avant, dit elle, puis qu'il plaist à
Dieu le nous oster comme il le nous avoit donné, loué
en soit il. S'elle se doubtast que la chose alast aultrement, l'ystoire s'en taist et n'en fait mencion, fors que
son mary luy rendit telle comme elle luy bailla, combien qu'il ne demoura toujours le cousin.

NOUVELLE XX

PAR PHELIPPE DE LAON

LE MARI MÉDECIN

Ce n'est pas chose nouvelle que en la conté de Champaigne on a tousjours eu bon à recouvrer de gens lours
en la taille, combien qu'il sembleroit assés estrange à

plusieurs, pourtant qu'ilz sont si près à ceulx du pays
du mal engin. Assés et largement d'istoires à ce propos
pourroit on mettre confermant la bestise des Champenois, mais quant à présent, celle qui s'ensuit pourra
souffire. En la dicte conté avoit ung jeune homme or-
phelin qui bien riche et puissant demoura puis le tres-
pas de ses père et mère. Jasoit ce qu'il fust lourt, très
peu saichant, et encores aussi mal plaisant, si avoit
une industrie de bien garder le sien et conduire sa marchandise. Et à ceste cause assez de gens, voire de gens
de bien, luy eussent bien voulu donner en mariage
leur fille. Une entre les autres pléut aux parens et amis
de nostre Champenois, tant pour sa beaulté, bonté, et
chevance, etc. Et luy dirent qu'il estoit temps qu'il se
mariast, et que bonnement il ne povoit conduire son
fait : Vous avés aussi, dirent ilz, desja xxiiij ans, si ne
pourriés en meilleur aage prendre cest estat. Et se vous
y voulés entendre, nous avons regardé et choysy pour
vous une belle fille et bonne qui nous semble très bien
vostre fait. C'est une telle, vous la congnoissés bien.
Lors la luy nommèrent. Et nostre homme à qui n'en
challoit qu'il fist, fust marié ou non, mais qu'il ne ti-
rast point d'argent, respondit qu'il feroit ce qu'ilz voul-
droient : Puis qu'il vous semble que c'est mon bien,
conduisés la chose au mieulx que vous scaurés ; car je
vueil faire par vostre conseil et ordonnance. — Vous
dictes bien, dirent ces bonnes gens, nous regarderons
et penserons comme pour nous mesmes, ou pour l'ung
de noz enfans. Pour abbreger, certaine pièce après,
nostre Champenois fut maryé. De pardieu ce fut ; mais
tantost qu'il fut auprès de sa femme couchié, la première nuyt, luy, qui oncques sur beste crestienne
n'avoit monté, tantost luy tourna le dos. Qui estoit mal
contente, c'estoit nostre espousée, nonosbtant qu'elle

n'en fist nul semblant. Ceste mauldicte manière dura
plus de dix jours et encores durast, se la bonne mère à
l'espousée n'y eust pourvéu du remède. Il ne vous fault
pas celer que nostre homme neuf en façon et en mariage, du temps de ses feu père et mère avoit esté bien
court tenu ; et sur toutes choses luy estoit et fut deffendu le mestier de la beste aux deux dos, doubtant que
s'il s'y esbatoit qu'il y despendroit toute sa chevance.
Et bien leur sembloit et à bonne cause qu'il n'estoit
pas homme qu'on déust aimer pour ses beaux yeulx.
Luy qui pour riens ne courrouçast père et mère et qui
n'estoit pas trop chault sur potaige, avoit tousjours
gardé son pucellage, que sa femme eust voulentiers
desrobé, s'elle eust scéu par quelque honneste façon.
Ung jour se trouva la mère de nostre espousée devers
sa fille, et lui demanda de son mary, de son estat, de
ses condicions, de son mariage, et cent mille choses
que femmes scevent dire. A toutes choses bailla et rendit nostre espousée à sa mère response, et dit que son
mary estoit très bon homme et qu'elle ne doubtoit
point qu'elle ne se conduisist bien avec lui. Et pourcé
qu'elle savoit bien par elle mesme qu'il fault en mariage aultre chose que boire et mengier, elle dist à sa
fille : Or viens ça et me dy par ta foy, et de ces choses
de nuyt comment t'en est il ? Quant la povre fille oyt
parler de ces choses de nuyt, à peu que le cueur ne luy
faillist, tant fut marrie et desplaisante ; et ce que sa
langue n'osoit respondre, monstrèrent ses yeulx dont
saillirent larmes en très grande abondance. Si entendist
tantost sa mère que ses larmes vouloient dire, si dist :
Ma fille, ne plorés plus ; dictes moy hardiment, je suis
vostre mère à qui ne devés riens celer, et de qui ne
devés estre honteuse ; vous a il encores riens fait ? La
povre fille revenue de paulmoison, et ung peu ras-

séurée, et de sa mère confortée, cessa la grant flote de
ses larmes, mais n'avoit encores force ne sens de respondre. Si l'interroga arrière sa mère et luy dist : Dy
moy hardiment et oste les larmes; t'a il rien fait ? A
voix basse et de pleurs entreméslée respondit la fille et
dit : Par ma foy, mère, il ne me toucha oncques, mais
du surplus qu'il ne soit bon homme et doulx, par ma
foy, si est. — Or dy moy, dit la mère, et scez tu point
s'il est fourny de tous ses membres ? Dy hardyment se
tu le scez. — Saint Jehan! si est très bien, dit elle.
J'ay plusieurs fois sentu ses denrées d'aventure, ainsi
que je me tourne et retourne en nostre lit, quant je ne
puis dormir. — Il souffit, dit la mère, laisse moy faire
du surplus. Vecy que tu feras : Au matin il te convient
faindre d'estre malade très fort, et monstrer semblant
d'estre oppressée, qu'il semble que l'ame s'en parte.
Ton mary me viendra ou mandera quérir, je n'en
doubte point, et je feray si bien mon personnaige que
tu scauras tantost comment tu fus gaigniée, car je
porteray ton urine à ung tel médecin qui donnera
tel conseil que je vouldray. Comme il fut dit il fut
fait; car lendemain, si tost qu'on vit le jour, nostre
gouge auprès de son mary couchée, se commença à
plaindre et faire la malade, que il sembloit que une
fièvre continue luy rongast corps et ame. Noz amys son
mary estoit bien esbahy et desplaisant, si ne scavoit
que faire, ne que dire. Si manda tantost quérir sa
belle mère qui ne se fist guères attendre. Tantost qu'il
la vit : Helas ! mère, dit il, vostre fille se meurt. — Ma
fille, dit elle, et que luy faut il ? Lors tout en parlant
marchèrent jusques en la chambre de la paciente. Si
tost que la mère voit sa fille, elle lui demande qu'elle
faisoit ? Et elle comme bien aprinse, ne respondit pas
la première foiz, mais à petit de pièce après dist :

Mère, je me meurs. — Non faictes, fille, se Dieu plaist,
prenés couraige. Mais dont vous vient ce mal si en
haste? — Je ne scay, je ne scay, dit la fille, vous me
peraffolés à me faire parler. Sa mère la prent par la
main, si lui taste son poux et son chief, et puis dit à son
beau filz : Par ma foy, croyés qu'elle est bien malade,
elle est plaine de feu, si y fault pourveoir de remède :
y a il point icy de son urine? — Celle de la minuyt y
est, dit une des meschines. — Baillés la moy, dit elle.
Quant elle eust ceste urine, fist tant qu'elle eust ung
urinal et dedans la bouta, et dit à son beau filz qu'il
la portast monstrer à ung tel médecin, pour savoir qu'on
poura faire à sa fille, et se on luy peut ayder. Pour
Dieu, n'y espargnons riens, dit elle. J'ay encores de
l'argent que je n'ayme pas tant que je fais ma fille. —
Espargnier, dit noz amis, croyés s'on luy peut ayder
pour argent que je ne luy fauldray pas. — Or vous advancés, dit elle, et tandis qu'elle se reposera ung peu
je m'en iray jusques au mesnage, tousjours reviendray
je bien, s'on a mestier de moy. Or devés vous scavoir
que nostre bonne mère avoit le jour de devant, au partir de sa fille, forgié le médecin qui estoit bien adverty de la response qu'il devoit faire. Vécy nostre
gueux qui arrive devers le médecin à tout l'urine de sa
femme. Et quant il y eust fait la révérence, il luy va
compter comment sa femme estoit deshaitiée et merveilleusement malade : et vécy son urine que vous
aporte affin que mieulx vous informés de son cas, et
que plus seurement me puissiés conseiller. Le médecin
prent l'urinal et contremont le lieve, et tourne et retourne l'urine, et puis va dire : Vostre femme est fort
aggravée de chaulde maladie et en dangier de mort,
s'elle n'est prestement secourue, vécy son urine qui le
monstre. — Ha! maistre, pour Dieu mercy, veuillés.

moy dire, et je vous paieray bien, que on y pourra
faire pour recouvrer santé, et s'il vous semble qu'elle
n'ait garde de mort? — Elle n'a garde, se vous luy
faictes ce que je vous diray, dit le médecin; mais se
vous tardés guères, tout l'or du monde ne la garderoit
de la mort. — Dictes, pour Dieu, dit l'autre, et on le
fera. — Il faut, dit le médecin, qu'elle ait compaignie
à homme ou elle est morte. — Compaignie d'homme,
dit l'autre, et qu'est ce à dire cela ? — C'est à dire, dit
le médecin, que il faut que vous montés sur elle, et que
vous la rouchinés très bien trois ou quatre fois tout en
haste ; et le plus à ce premier que vous en pourrés faire
sera le meilleur ; autrement ne sera point estaincte la
grande ardeur qui la seiche et tire à fin. — Voire, dit
il, et seroit ce bon ? — Elle est morte, et n'y a point de
respit, dit le médecin, se ainsi ne le faictes, voire et
bien tost encore. — Saint Jehan, dit l'autre, j'assairay
comment je pourray faire. Il se part de là, et vient à
l'ostel et treuve sa femme qui se plaignoit et doulou-
soit très fort. Comment va, dit il, m'amie? — Je me
meurs, mon amy, dit elle. — Vous n'avés garde, se
Dieu plaist, dit il ; j'ay parlé au médecin qui m'a enseigné une médicine dont vous serés garie. Et durant
ces devises, il se despoille, et au plus près de sa femme
se boute. Et comme il approuchoit pour exécuter le
conseil du médecin tout en lourdois : Que faites vous,
dit elle, ne voulez vous pas tuer ? — Mais je vous gari-
ray, dit il ; le médecin l'a dit. Et si fit ainsi que nature
lui monstra, et à l'aide de la paciente il besoigna très
bien deux ou trois fois. Et comme il se reposoit tout esbahy de ce que advenu luy estoit, il demande à sa femme
comment elle se porte : Je suis ung peu mieulx, dit elle,
que par cy devant n'ay esté. — Loué soit Dieu, dit il.
J'espoire que vous n'avés garde, et que le médecin aura

dit vray. Alors recommence de plus belle. Et pour
abregier, tant et si bien le fit que sa femme revint en
santé dedans peu de jours, dont il fut très joyeux ; si fut
la mère quant elle le sceut. Nostre Champenois, après
ces armes dessus dictes, devient ung peu plus gentil
compaignon qu'il n'estoit par avant ; et luy vint en couraige, puis que sa femme restoit en santé, qu'il semon-
droit ung jour au disner ses parens et amys, et les père
et mère d'elle, ce qu'il fit. Et les servoit grandement en
son patois, à ce disner, faisoit très bonne et joyeuse
chière. On bevoit à luy, il
bevoit aux aultres, c'estoit
merveilles qu'il estoit gentil
compaignon. Or escoutés
qui lui advint : au fort de la
meilleure chière de ce disner, il commença très fort
à plorer, et sembloit que
tous ses amys, voire tout le
monde, fussent mors, dont

n'y eust celuy de la table qui ne s'en donnast grant
merveille dont ces soubdaines larmes procédoient ;
les ungs et les aultres lui demandent qu'il avoit, mais à peu
s'il povoit ou scavoit respondre, tant le contraignoient
ses foles larmes. Il parla au fort, en la fin, et dit : J'ay
bien cause de plorer. — Et par ma foy non avés, ce dit
sa belle mère, que vous fault il ? Vous estes riche et
puissant et bien logié, et si avés de bons amys ; et qui ne
fait pas à oublier, vous avés belle et bonne femme que
Dieu vous a ramenée en santé qui naguères fut sur le
bort de sa fosse ; si m'est advis que vous devés estre
lye et joyeux. — Helas, non fais, dit il. C'est par moy
que mon père et ma mère qui tant m'amoyent, et me ont
assemblés et laissiés tant de biens, qu'ilz ne sont en-

cores en vie, car ilz ne sont mors tous deux que de chaulde maladie; et se je les eusse aussi bien rouchinés, quant ilz furent malades, que j'ay fait ma femme, ilz féussent maintenant sur piedz. Il n'y eust celluy de la table qui après ces motz à peu se péult tenir de rire, mais non pourtant il s'en garda qui péut. Les tables furent ostées, chacun s'en ala, et le bon Champenois demeura avec sa femme laquelle, affin qu'elle demourast en santé, fut souvent de luy racolée.

NOUVELLE XXI

PAR PHELIPPE DE LAON

——————

L'ABESSE GUÉRIE

Sur les mètes de Normandie y a
une bonne abbaye de dames dont
l'abbesse qui belle et jeune et
en bon point lors estoit, naguères s'acoucha malade. Ses
bonnes seurs dévotes et chari-
tables, tantost la vindrent visiter, en la confortant et
administrant à leur léal povoir de tout ce qu'elles
sentoient que bon luy fut. Et quant elles parcéurent
qu'elle se disposoit à garison, elles ordonnèrent que
l'une d'elles yroit à Rouen porter son urine, et comp-
teroit son cas à ung médecin de grant renommée. Pour
faire ceste ambassade, à lendemain l'une d'elles se

mist en chemin; et fit tant qu'elle se trouva devers le dit
médecin auquel après qu'il eust visité l'urine de ma
dame l'Abesse elle conta tout au long la façon et manière de sa maladie, comme de son dormir, d'aler à
chambre, de boire et de menger. Le saige médecin,
vraiement du cas de ma dame informé tant par son
urine comme par la relacion de la religieuse, voulut
ordonner le régime. Et jasoit ce qu'il eust de coustume

de bailler à plusieurs ung recipe
par escript, toutesfois il se fia
bien de tant en la religieuse, que
de bouche lui diroit ce qu'avoit
à faire, et lui dit : Belle seur,
pour recouvrer la santé de ma
dame l'abesse, il lui est mestier
et de nécessité qu'elle ait compaignie d'homme ; et brief aultrement elle se trouvera en peu
d'espace si de mal entechée et
surprinse, que la mort luy sera
le derrain remède. Qui fut bien
esbahye d'oyr si très dures nouvelles ce fut nostre religieuse, qui
va dire : Helas, maistre Jehan,
ne voyés vous autre façon pour la recouvrance de santé
de ma dame ? — Certes nennil, dit il, il n'en y a point
d'autre, et si vueil bien que vous sachés qu'il se fault
advancer de faire ce que j'ay dit, car se la maladie, par
faulte d'ayde, peut prendre son cours comme elle s'efforce,
jamais homme à temps n'y viendra. La bonne religieuse
à peu s'elle osa disner à son aise, tant avoit grant
haste d'anoncer à ma dame ces nouvelles. Et à l'ayde
de sa bonne haquenée, et du grant désir qu'elle a d'estre
à l'ostel s'advança si très bien que ma dame l'abbesse

fut toute esbaye de si tost la reveoir. Que dit le médecin, belle, ce dit l'abbesse, ay je garde de mort? — Vous
serez tantost en bon point, se Dieu plaist, ma dame, dit
la religieuse messagière, faictes bonne chière et prenés
cueur. — Comment? ne m'a le médecin point ordonné
de regime, dit ma dame? — Si a, dist elle. Lors luy va
dire tout au long comment le médecin avoit véu son
urine et les demandes qu'il fist de son aage, de son mengier, de son dormir, etc. Et puis pour conclusion il a dit
et ordonné qu'il fault que vous aiés, comment qu'il soit,
compaignie charnelle à quelque homme, ou brief aultrement vous estes morte, car à vostre maladie n'a point
d'autre remède. — Compaignie d'homme, dit ma dame,
j'aymeroie plus chier mourir mille fois, s'il m'estoit possible. Et alors va dire : Puis que ainsi est que mon mal
est incurable et mortel se je n'y pourvois de tel remède,
loué soit Dieu, je pren bien la mort en gré. Appellés
bien tost tout mon couvent. Le tymbre fut sonné, si
vindrent à ma dame toutes ses religieuses. Et quant elles
furent en la chambre, ma dame, qui avoit encores toute
la langue à commandement, quelque mal qu'elle eust,
commença une grande et longue harengue devant ses
seurs, remonstrant le fait et estat de son église, en
quel point elle la trouva et en quel estat elle est aujourduy ; et vint descendre ses parolles à parler de sa maladie qui estoit mortelle et incurable, comme elle bien
sentoit et congnoissoit, et au jugement aussi d'ung tel
médecin elle s'arrestoit, qui morte l'avoit jugée : Et pour
tant, mes bonnes seurs, je vous recommande nostre
église, et en voz plus dévotes prières ma povre ame. Et à
ces parolles, larmes en grant abondance saillirent de ses
yeulx qui furent acompaignées d'aultres sans nombre,
sourdans de la fontaine du cueur de son bon couvent.
Ceste plorerie dura assés longuement, et fut là le mes-

naige long temps sans parler. Assez grant pièce aprés
ma dame la prieure, qui saige et bonne estoit, print la
parole pour tout le couvent et dit : Ma dame, de vostre
mal quel il est Dieu le sait, à qui nul ne peut riens céler,
il nous desplaist beaucoup, et n'y a celle de nous qui ne
se vouldroit emploier autant que possible est et seroit à personne vivant, pour la recouvrance de vostre
santé. Si vous prions toutes ensemble que vous ne nous
espargnés en rien, ne chose qui soit des biens de
vostre église, car mieulx nous vauldroit, et plus chier
l'aurions, de perdre la plus part de nos biens temporelz
que le proffit espirituel que vostre présence nous donne.
— Ma bonne seur, dit ma dame, je n'ay pas tant desservi que vous me offrés, mais je vous en mercye tant
que je puis, en vous advisant et priant de rechief que
vous pensés comme je vous ay dit aux affairres de nostre
église qui me touchent près du cueur, Dieu le scet, en
acompaignant aux prières que ferés, ma povre ⟨ m⟩
qui grant mestier en a. — Helas ! ma dame, dit la
prieure, et n'est il possible par bon gouvernement ou
par soigneuse diligence de médecine que vous puissés
repasser ? — Nennil certes, ma bonne seur, dit elle. Il me
fault mettre ou reng des trespassés, car je ne vaulx guères
mieulx, quelque langaige que encores je prononce.
Adonc saillit avant la religieuse qui porta son urine à
Rouen, et dit : Ma dame, il y a bien remède, s'il vous
plaisoit ? — Créez qu'il ne me plaist pas, dit elle ; vécy
seur Jehanne qui revient de Rouen, et a monstré mon
urine et compté mon cas à ung tel médecin qui m'a jugée
morte, voire se je ne me vouloie abandonner à aulcun
homme et estre en sa compaignie. Et par ce point espe-
roit il, comme il trouvoit par ses livres, que je n'auroye
garde de mort, mais se ainsi ne le faysoie il n'y a point
de ressource en moy. Et quant à moy j'en loue Dieu qui

me daigne appeller, ainçois que j'aye fait plus de pechiés
à luy me rends, et à la mort je présente mon corps,
viengne quant elle veult. — Comment, ma dame, dist
l'enfermière, vous estes de vous mesmes homicide ! Il
est en vous de vous saulver et ne fault que tendre la
main, et requerre aide et vous la trouverés preste ; ce
n'est pas bien fait et vous ose bien dire que vostre ame
ne partiroit point seurement, s'en cest estat vous mou-
riés. — Ha! ma belle seur, dit ma dame, quantesfois avés
vous ouy preschier que mieux vauldroit à une personne
s'abandonner à la mort que commettre ung seul péché
mortel ? Et vous scavés que je ne puis ma mort fuyr ne
eslongier, sans faire et commettre pechié mortel ! Et
qui bien autant au cueur me touche, s'en ce faisant ma
vie eslongeroie, n'en venroys je pas deshonnourée et
à tousjours, mais reprouchée, et diroit on : Vela la
dame, etc....? mesmes vous toutes, quelque conseil que
me donnés, m'en auriés en irréverence et en mains
d'amour. Et vous sembleroit, et à bonne cause, que indigne seroie d'entre vous présider et gouverner. — Ne
dictes et ne pensés jamais cela, dit ma dame la tréso-
rière, il n'est chose qu'on ne doibve entreprendre pour
eschever la mort. Et ne dit pas nostre bon père saint
Augustin qu'il ne loist à personne de soy oster la vie, ne
tollir ung sien membre. Et ne iriés vous pas directe-
ment encontre sa sentence se vous laissés à escient ce
qu'il vous peult de mal garder? — Elle dit bien, respondit
le couvent en général. Ma dame, pour Dieu, obéissés au
médecin, et ne soiés en vostre opinion si aheurtée que
par faulte de soustenance vous perdés corps et ame, et
laissés vostre povre couvent qui tant vous ayme, désolé
et despourvéu de pastoure. — Mes bonnes seurs, dit ma
dame, j'ayme mieux voulentairement à la mort tendre
les mains, submettre mon col, et honnorablement l'em-

brasser que pour la fuyr je vive deshonnourée. Et ne
diroit on pas : Vela la dame qui fist ainsy et ainsy ? —
Ne vous chaille qu'on dye, ma dame, vous ne serés jà
reprouchée de gens de bien. — Si seroie, si, dit ma
dame. Le couvent se alla esmouvoir, et firent les bonnes
religieuses entre elles ung consistoire dont la conclusion
s'ensuyt ; et porta les parolles d'ycelle la prieure : Ma
dame, vécy vostre désolé couvent si très desplaisant que
jamais maison ne fut plus troublée qu'elle est, dont vous

estes cause ; et créez se vous estes si mal conseillée de
vous abandonner à la mort que fuyr vous povés, j'en
suis bien séure. Et affin que vous entendés que nous vous
aymons d'entière et léale amour, nous sommes contentes
et avons conclud et déliberé meurement toutes ensemble
généralement, en saulvant vous et nous, avoir compaignie secretement d'aulcun homme de bien ; nous pareillement le ferons, affin que vous n'ayés pensée ne
ymaginacion que ou temps advenir vous en sourdist re-
proche de nulle de nous. N'est ce pas ainsi, mes seurs ?
— Ouy, dirent elles toutes de très bon cueur. Ma dame
l'abbesse, oiant ce que dit est, et portant au cueur ung
grant fardeau d'ennuy, pour l'amour de ses seurs, se
laissa férir et s'accorda combien que le conseil du médecin à grant regret seroit mis en œuvre. Adonc furent
mandés moines, prestres et clercs, qui trouvèrent bien

à besoigner. Et là ouvrèrent si très bien que ma dame
l'abbesse fut en peu d'heure rapaisée, dont son couvent
fut très joieux qui par honneur faisoit ce que par honte
oncques puis ne laissa.

NOUVELLE XXII

PAR CARON

L'ENFANT A DEUX PÈRES

N'a guères que ung gentil homme demourant à Bruges, tant et si longuement se trouva en la compaignie d'une belle fille qu'il luy fist le ventre lever. Et droit au coup qu'elle s'en apparcéust et donna garde, Monseigneur fist une assemblée de gens d'armes; si fut force à nostre gentil homme de l'abandonner et avec les autres aler ou service de mon dit seigneur, ce que de bon cueur et bien il fist. Mais avant son partement, il fist garnison et pour-véance de parrains et marraines et de nourrice pour son

enfant advenir, loga la mère avecques de bonnes gens,
luy laissa de l'argent et leur recommanda. Et quant au
mieulx qu'il scéust et le plus brief qu'il péust, ces choses
furent bien disposées, il ordonna son partement et print
congié de sa dame, et au plaisir de Dieu promist de tantost retourner. Pensés que s'elle n'eut jamais ploré, ne
s'en tenist elle pas à ceste heure, puis qu'elle véoit d'elle
eslongier la rien en ce monde dont la présence plus luy
plaist. Pour abregier, tant luy despléust ce dolent départir, que oncques mot ne scéust dire, tant empeschoient
sa doulce langue les larmes sourdantes du parfond de
son cueur. Au fort elle s'appaisa, quant elle vist qu'autre
chose estre n'en povoit. Et quant vint environ ung mois
après le partement de son amy, désir luy eschauffa le
cueur et si luy vint ramentevoir les plaisans passetemps
qu'elle souloit avoir, dont la très dure et très maudicte
absence de son amy helas! l'avoit privée. Le Dieu
d'amours qui n'est jamais oyseux, luy mist en bouche et
en termes les haulx biens, les nobles vertus, et la très
grande beaulté d'ung marchant son voysin, qui plusieurs
fois, avant et depuis le departement de son amy, luy
avoit présenté la bataille ; et conclure luy fist que s'il
retourne plus à sa queste qu'il ne s'en yra pas escondit
mesmes si la voyoit es rues, elle tiendra telles et si
bonnes manières qu'il entendra bien qu'elle en veult à
luy. Or vint il si bien qu'à lendemain de ceste conclusion, à la première oeuvre, amours envoya nostre marchant devers la paciente, et lui présenta comme autrefois, chiens et oyseaulx, son corps, ses biens, et cent
mille choses que ces abateurs de femmes scevent tout
courant et par cueur. Il ne fut pas escondit, car s'il
avoit bonne voulenté de combattre et faire armes, elle
n'avoit pas mains de désir de lui fournir de tout ce qu'il
vouldra. Et durant que nostre gentil homme est en

guerre, nostre gentil femme fournit et accomplist au bon
marchant tout ce dont la requist ; et se plus eust osé
demander elle estoit preste de l'acomplir, et trouva en
luy tant de bonne chevalerie, de proesse et de vertu,
qu'elle oublia de tous pointz son amy par amours, qui à
ceste heure guères ne s'en doubtoit. Beaucoup plust aussi
au bon marchant la courtoisie de sa nouvelle dame ; et
tant furent conjoinctes les voulentés, désirs et pensées
de luy et d'elle, qu'ilz n'avoient pour eulx deux que ung
seul cueur. Si se pensèrent que pour se bien logier et à
leur aise, il souffiroit bien d'ung hostel pour leurs deux :
si troussa ung soir nostre gouge ses bagues avec elle, et
en l'hostel du marchant s'en alla, en abandonnant le
premier son amy, son hoste, son hostesse, et foison
d'aultres gens de bien auxquelz il l'avoit recommandée.
Et elle ne fut pas si folle, quant elle se vit bien logée,
qu'elle ne dist incontinent à son marchant qu'elle se
sentoit grosse, qui en fut très joyeux, cuidant bien que
ce fut de ses euvres. Au chief de sept moys, ou environ,
nostre gouge fist ung beau filz dont le père adoptif s'a-
cointa grandement et de la mère aussi. Advint certaine
espace après, que le bon gentil homme retourna de la
guerre et vint à Bruges, et au plustost qu'il péust hon-
nestement, print son chemin vers le logis où il laissa sa
dame. Et luy venu léans, la demanda à ceulx qui en
prindrent la charge de la penser, garder et aider en sa
gésine. Comment dirent ilz ! esse ce que vous en savés ?
Et n'avez vous pas eu les lettres qui vous furent escriptes ?
— Nennil, par ma foy, dit il, et quelle chose y a il ? —
Quelle chose ! saincte Marie ! dirent ilz, nostre Dame !
c'est bien raison que on le vous dye. Vous ne fustes pas
parti d'ung mois après, qu'elle ne troussast pygnes et
miroirs ; et s'en alla bouter cy devant en l'ostel d'ung tel
marchant qui la tient à fer et à clou. Et de fait elle a

Si fust force à nostre gentilhomme d'abandonner sa dame.
(NOUVELLE XXII.)

porté un beau filz et a géu léans. Et l'a fait le marchant
chrestienner ; et si le tient à sien. — Saint Jehan ! vécy
autre chose de nouveau, dit le bon gentil homme ; mais
au fort puis qu'elle est telle, au deable soit elle ! Je suis
content que le marchant l'ayt et la tienne ; mais quant
est de l'enfant, je suis seur qu'il est mien, si le vueil
ravoir. Et sur ce mot, part et s'en va heurter bien rudement à l'uys du marchant. De bonne adventure sa dame

qui fut, vint à ce heurt, qui ouvre l'uys, comme toute de
léans qu'elle estoit. Quant elle vit son amy oublié et
qu'il congneust aussi, chascun fut esbay. Non pourtant
lui demanda dont elle venoit en ce lieu ? Et elle respondit que fortune luy avoit amenée : Fortune, dit il, et
fortune vous y tienne ; mais je vueil ravoir mon enfant ;
vostre maistre aura la vache, mais j'auray le veau. Or le
me rendés bien tost, car je le vueil ravoir, quoy qu'il en
advienne. — Helas! ce dit la gouge, que diroit mon

homme? Je seroye desfaicte, car il cuide certainement
qu'il soit sien. — Il ne m'en chault, dit l'autre, dye ce
qu'il vouldra, mais il n'aura pas ce qui est mien. — Ha!
mon amy, je vous requier que vous laissiés et baillés cest
enfant icy à mon marchant, et vous me ferés grant plaisir et à luy aussy. Et par Dieu, se vous l'aviez véu, vous
ne seriés jà pressé de l'avoir : c'est ung lait et ort garson
tout rongneux et contrefait. — Dea, dit l'autre, tel qu'il
est il est mien, et si le vueil reavoir. — Et parlés bas,
pour Dieu, ce dit la gouge, et vous apaisiez, je vous en
supplie, et vous plaise céans laisser cest enfant, et je
vous prometz, se ainsi le faictes, de vous donner le premier enfant que jamais j'auray. Le gentil homme, à ces
motz, jasoit qu'il fust courroucé, ne se peult tenir de
soubrire, et sans plus dire, de sa bonne dame se partit,
ne jamais ne redemanda le dit enfant. Et encores le
nourrist celluy qui la mère engranga en l'absence de
nostre dit gentil homme.

NOUVELLE XXIII

PAR MONSEIGNEUR DE COMMESURAM

LA PROCUREUSE PASSE LA RAYE

N'a guères qu'en la ville de Mons, en Haynnault, un procureur de la cour du dit Mons, assés sur aage et jà ancien, entre ses aultres clercz avoit ung très beau filz

et gentil compaignon, du quel sa femme à certaine
espace de temps s'enamoura très fort; et très bien lui
sembloit qu'il estoit mieulx taillé de faire la besoigne
que n'estoit son mary. Et affin qu'elle esprouvast se son
cuider estoit vray, elle conclud en soy mesmes qu'elle
tiendra telz termes que s'il n'est plus beste que ung asne,
il se donra tantost garde qu'elle en veult à luy. Pour
excécuter ce désir, ceste vaillant femme jeune et fresche, et

en bon point, venoit souvent et menu
coustre et filer auprès de ce clerc;
et devisoit à luy de cent mille besoignes dont la pluspart tousjours en
fin sur amours retournoient. Et
devant ces devises elle n'oublia pas
de le servir d'aubades assez largement : une fois le boutoit du couste
en escripvant, une autre fois luy gettoit des pierretes, tant qu'il brouilloit
ce qu'il faisoit, et luy failloit recommencer. Ung autre
jour recommençoit ceste feste et luy ostoit papier et
parchemin, tant qu'il failloit qu'il cessast l'euvre dont
il estoit très mal content, doubtant le courroux de
son maistre. Quelque semblant que la maistresse long
temps luy eust monstré, qui tiroit fort au train de
derrière, si lui avoient jeunesse et crainte les yeulx si
bandés qu'en rien il ne s'aparcevoit du bien qu'on lui
vouloit; néantmoins en la fin il parcéut qu'il estoit bien
en grace. Et ne demoura guères après ceste délibéracion
que le procureur estant hors de l'ostel, sa femme vint
au clerc bailler l'assault qu'elle avoit de coustume, voire
trop plus aigre et plus fort que nulle foys de devant.
Tant de ruer, tant de bouter, de parler, mesmes pour le
plus empeschier et baillier destoûrbier, elle respandit sur
buffet, sur papier, sur robe, son cornet à l'encre. Et

nostre clerc, plus congnoissant et mieulx voyant que
cy dessus, saillit sur piez et assault sa maistresse et la
reboute arrière de luy, priant qu'elle le laissast escripre.
Et elle qui demandoit estre assaillie et combatre, ne
laissa pas pourtant l'emprinse encommencée. Scavés
vous, que luy a dit le clerc, ma damoiselle, c'est force
que je acheve l'escript que j'ay encommencé. Si vous
requier que vous me laissez paysible, ou par la mort bieu,
je vous livreray castille. — Et que me feriés vous, beau
sire, dit elle, la moe? — Nennil, par Dieu. — Et quoy
donc? — Quoy. — Voire quoy? — Pour ce, dit il, que
vous avez respandu mon cornet à l'encre, et avés broullié
mon escripture, je vous pourray bien brouller vostre
parchemin. Et affin que faulte d'encre ne m'empesche
d'escripre, j'en pourray bien pescher en vostre cornet.
— Par ma foy, dit elle, vous en estes bien l'omme; et
croiés que j'en ay grant paour. — Je ne say quel
homme, dist le clerc, mais je suis tel que se vous vous y
esbatés plus vous passerés par là. Et de fait vécy une
roye que je vous fais, et par Dieu, se vous la passés tant
peu que ce soit, se je vous faulx je vueil qu'on me tue.
— Et par ma foy, dit elle, je ne vous en crains, et si
passeray la roye, et puis verrai que vous ferés. Et disant
ces paroles, marcha la dureau, faisant le petit sault
outre la roye bien avant. Et le bon clerc la prent aux
grifz, sans plus enquerre, et sur son banc la rue. Et
créez qu'il la punit bien, car s'elle l'avoit broullié il ne luy
en fist pas mains, mais ce fut en autre façon, car elle le
broulla par dehors et à descouvert, et il la broullia à
couvert et par dedans. Or est il vray que là présent y
estoit ung jeune enfant de environ deux ans, filz de léans.
Il ne fault pas demander s'après ces premières armes de
la maistresse et du clerc il y eut plusieurs secrez re-
monstrez à mains de parolles que les premières. Il ne

vous fault pas céler aussi que peu de jours après ceste
adventure, ledit petit enfant ou comptoir estant où nostre
clerc escripvoit, le procureur et maistre de léans survint ; et marche avant pour tirer vers son clerc, pour
regarder qu'il escripvoit, ou pour espoir d'autre chose ;
et comme il approucha la roye que son clerc avoit
faicte pour sa femme, qui encores n'estoit pas effacée,
son filz lui crye et dit : Mon père, gardés bien que vous
ne passés ceste roye, car nostre clerc vous abatroit et
houspilleroit ainsi qu'il fist naguères ma mère. Le procureur, oyant son filz, et regardant la roye, si ne sçéust
que penser, car il se souvint que folz, yvres et enfans
ont de coustume de vérité dire, mais non pourtant il
n'en fist pour ceste heure nul semblant ; et n'est encores
point venu à ma congnoissance se il différa la chose ou
par ignorance ou par doubte d'esclandre, etc.

NOUVELLE XXIV

PAR MONSEIGNEUR DE FIENNES

LA BOTTE A DEMI

Jasoit ce que es nouvelles dessus dictes les noms de
ceulx et celles à qui elles ont touchié ou touchent, ne
soient mis et escrips, si me donne appetit grant vouloir
de nommer, en ma petite ratelée, le conte Vualeran en
son temps conte de saint Pol, et appelé le beau conte.
Entre autres seigneuries, il estoit seigneur d'ung village

en la chastellenie de Lisle nommée Vrelenchem, près du
dit Lisle environ d'une lieue. Ce gentil conte de sa bonne
et doulce nature estoit et fut tout son temps amoureux.
Oultre l'enseigne, il sceust, au rapport d'aulcuns ses serviteurs, qui en ce cas le servoient, que au dit Vrelenchem
avoit une très belle fille, gente de corps et en bon point.
Il ne fut pas si paresseux que assés tost après ceste nouvelle, il ne se trouvast en ce village. Et firent tant les
ditz serviteurs, que les yeulx de leur maistre confer-
mèrent de tous pointz leur rapport touchant la dicte
fille : Or ça qu'est il de faire, dit lors le gentil conte ;
c'est que je parle à elle entre noz deux seulement, et ne
me chault qu'il me couste. L'ung de ses serviteurs, doc-
teur en son mestier, lui dit : Monseigneur, pour vostre
honneur et celluy de la fille aussi, il me semble que
mieulx vault que je lui descouvre l'embusche de vostre
voulenté ; et selon la responce j'auray advis de parler et
poursuyvre. Comme l'autre dit il fut fait ; car il vint
devers la belle fille et très courtoisement la salua. Et
elle, qui n'estoit pas mains saige, ne bonne que belle,
courtoysement luy rendit son salut. Pour abrégier, après
plusieurs parolles d'acointances, le bon macquereau va
faire une grant prémisse touchant les biens et les honneurs que son maistre lui vouloit : et de fait se à elle
ne tenoit, elle seroit cause d'enrichir et honnourer tout
son lignaige. La bonne fille entendist tantost quelle
heure il estoit. Si fist sa responce telle qu'elle estoit,
c'est assavoir belle et bonne : car au regard de Monseigneur le conte, elle estoit celle, son honneur saulve, qui
luy vouldroit obéyr, craindre et servir en toutes choses.
Mais qui la vouldroit requérir contre son honneur qu'elle
tenoit aussi chier que sa vie, elle estoit celle qui ne le
congnoissoit et pour qui elle feroit non plus que le cinge
pour les mauvais. Qui fut esbahy et courroucé, ceste

response ouye, ce fut nostre va-lui-dire qui s'en revient
devers son maistre à tout ce qu'il avoit de poisson, car
à chair avoit il failly. Il ne faut pas demander se le
conte fut mal content quant il scéust la très fière et dure
response de celle dont il désiroit l'accointance et joys-
sance, et autant ou plus que nulle du monde. Tantost
après si va dire : Or avant laissons la là pour ceste fois ;

il m'en souviendra quant elle cuidera qu'il soit oublyé.
Il se partit de là tantost après, et n'y retourna que les
six sepmaines ne fussent passées ; et quant il revint ce
fut si très secrètement que nulle nouvelle n'en fut, tant
simplement et en tapinaige s'i trouva. Il fit tant par
ses espies qu'il scéust que nostre belle fille soyoit de
l'erbe au coing d'ung bois, asseulée de toutes gens ; il
fut bien joyeux, et tout housé encores qu'il estoit, se
met au chemin devers elle, en la compaignie de ses
espies. Et quant il fut près de ce qu'il quéroit, il leur
donna congié, et fist tant qu'il se trouva auprès de sa dame
sans ce qu'elle en scéust nouvelle sinon quant elle le vit.
S'elle fut esprinse et esbahye de se veoir saisie et tenue
de Monseigneur le conte ce ne fut pas merveilles, mesmes
elle en changea couleur, mua semblant, et à bien peu
en perdit la parolle, car elle scavoit par renommée qu'il

estoit périlleux et noyseux entre femmes. Ha Dea ! ma
damoyselle, dist lors le gentil conte qui se trouva saysi,
vous estes à merveilles fière. On ne vous peut avoir sans
siége. Or pensés bien de vous défendre, car vous estes
venue à la bataille ; et avant que de moy partez vous
en ferés à mon vouloir et tout à ma devise, des peines
et travaulx que j'ay souffers et endurés tout pour l'a-
mour de vous. — Helas, Monseigneur, ce dit la jeune
fille toute esbahye et surprinse qu'elle estoit, je vous
cry mercy ! Se j'ay dit ou fait chose qui vous desplaise,
vueillés le moy pardonner, combien que je ne pense
avoir dit ne fait chose dont me doyez scavoir mal gré.
Je ne scay, moy, qu'on vous a raporté : on m'a requise
en vostre nom de deshonneur, je n'y ay point adjousté de
foy, car je vous tien si vertueux que pour riens ne vouldriés deshonnourer une vostre simple subgecte, comme je
suis, mais la vouldriés bien garder. — Ostés ce procès,
dit Monseigneur, et soyés séure que vous ne m'eschapperés. Je vous ay fait monstrer le bien que je vous
vueil et ce pourquoy je envoyai devers vous. Et sans
plus dire, la trousse et prent entre ses bras, et dessus
ung peu d'erbe mise en ung tas qu'elle avoit assemblée, soudainement la coucha et fort roide l'acolla. Et
vistement faisoit toutes ses préparatoires d'accomplir le
désir qu'il avoit de piéça. La jeune fille que se véoit en
ce dangier et sur le point de perdre ce qu'en ce monde
plus chier tenoit, s'avisa d'ung bon tour et dit : Ha !
Monseigneur, je me rens à vous, je feray ce qu'il vous
plaira sans nul reffus ne contredit ; soiés plus content
de prendre de moy ce qu'en vouldriés par mon accord
et voulenté, que par force et malgré moy ; voz parolles
et vostre vouloir desordonné soient accomplis. — Ha
dea, dit Monseigneur, que vous m'eschappés, non ferés,
que voulez vous dire ? — Je vous requier, dit elle, puis

qu'il faut que vous obéisse, que vous me faictes ceste
honneur que je ne soie souillie de vos houseaulx qui
sont gras et ors, et vous suffise du surplus. — Et comment en pourroie je faire, ce dit Monseigneur ? — Je les
vous osteray, ce dit elle, très bien, s'il vous plaist, car
par ma foy je n'auroye cu[oe]ur ne couraige de vous faire
bonne chière avec ces paillars houseaulx. — C'est peu
de chose des houseaulx, ce dit Monseigneur, mais non
pourtant, puis qu'il vous plaist ilz seront ostés. Et alors
il abandonna sa prinse et s'assit dessus l'herbe, et tend
sa jambe; et la belle fille luy osta l'esperon et puis
lui tire l'ung de ses houseaulx qui bien estrois estoient.
Et quant il fut environ à moytyé, à quoy faire elle eust
moult de peine, pour ce que tout à propos le tira de
mauvais biays, elle part et s'en va tant que piez la
peuvent porter, aidés et soutenus de bon vouloir. Et là
laissa le gentil conte, et ne fina de courre tant qu'elle
fut en l'ostel de son père. Le bon seigneur qui se trouva
ainsi decéu, si enrageoit et plus n'en pouvoit ; et qui à
ceste heure l'eust véu rire, jamais n'eust eu les fiebvres.
A quelque meschief que ce fut, se mist sur piez, cuidant
par marchier sur son houseau l'oster de sa jambe,
mais c'est pour néant, il estoit trop estroit; si n'y trouva
autre remède que de retourner vers ses gens, de sa
bonne adventure. Il ne fut pas loing allé que tost ne
trouva ses bons disciples, sur le bort d'ung fossé qui
l'attendoient, qu'ilz ne scéurent que penser quant ilz le
véirent ainsi atourné. Il leur conta tout son cas et se fist
rehouser. Et qui l'oyoit, celle qui l'a trompé ne seroit
pas séurement en ce monde, tant luy cuyde et veult
bien faire de desplaisir. Mais quelque vouloir qu'il eust
pour lors et tant mal content qu'il fut pour ung temps,
toutesfois quant il fut ung peu refroidi, tout son courroux fut converty en cordiale amour. Et qu'il soit vray

depuis, à son pourchas et à ses chiers coustz et despens il la fit marier très richement et bien, à la contempla-c'on seulement de la franchise et loyauté qu'en elle avoit trouvé, dont il eut la vraye congnoissance par le reffus icy dessus compté.

NOUVELLE XXV

PAR PHELIPPE DE SAINT YON

FORCÉE DE GRÉ

La chose est si fresche et si nouvellement advenue dont je vueil fournir ma nouvelle, que je n'y puis ne taillier, ne rongnier, ne mettre, ne oster. Il est vray que au Quesnoy vint une belle fille naguères au prévost soy complaindre de force et violence en elle perpetrée et commise par le vouloir desordonné d'ung jeune com-

paignon. Ceste complainte au prévost faicte, le compaignon encusé de ce crime fut en l'eure prins et saisy ; et
au dit du commun peuple, ne valoit guères mieulx que
pendu au gibet, ou sans teste sur une roe mis emmy les
champs. La fille, voyant et sentant celuy dont elle se
douloit emprisonné, poursuyvoit roidement le prévost
qu'il luy en fist justice, disant que oultre son gré et vouloir violentement et par force l'avoit deshonnourée. Et
le prévost, homme discret et saige et en justice très
expert, fist assembler les hommes et puis manda le prisonnier. Et ainçois qu'il le fist venir devant les hommes
desjà tous prestz pour le jugier, s'il confessoit par
gehaine ou autrement l'orrible cas dont il estoit chargié, parla à luy à part, et si l'adjura de dire la vérité :
Vécy telle femme, dit il, qui de vous se complaint très
fort de force : est il ainsi ? L'avés vous efforcée ? Gardés
que vous dictes vérité, car se vous faillez vous estes
mort, mais se vous dictes vérité on vous fera grace. —
Par ma foy, Monseigneur le prévost, dit le prisonnier,
je ne vueil pas nyer ne celer que je ne l'aie pieça requise de son amour. Et de fait, devant hyer, après plusieurs parolles, je la ruay sur ung lit pour faire ce que
vous savés, et luy levay robe, pourpoint et chemise. Et
mon furon, qui n'avoit jamais hanté lévrier, ne scavoit
trouver la duyère de son connil ; et ne faisoit que aler
çà et là, mais elle par sa courtoisie luy dressa le chemin, et à ses propres mains le bouta tout dedens. Je
croy trop bien qu'il ne partit pas sans proye, mais
qu'il y eust autre force, par mon serment, non eust. —
Est il ainsy, dit le prévost?— Oy, par mon serment, dit
le bon compaignon. — Or bien, dit il, nous en ferons
très bien. Après ces paroles, le prévost se vient mettre
en siège pontifical, à dextre, environné de ses hommes.
Et le bon compaignon fut mis et assis sur le petit banc,

ou parquet, ce voiant tout le peuple et celle qui l'accusoit aussy : Or ça, m'amie, dit le prévost, que demandés vous à ce prisonnier ? — Monseigneur le prévost, dist elle, je me plain à vous de la force que il m'a faicte, car il m'a violée oultre mon gré et voulenté, et malgré moy, dont je vous demande justice. — Que respondés

vous, mon amy, dit le prévost au prisonnier ? — Monseigneur, ce dit il, vous ay jà dit comment il en va, et je ne pense pas qu'elle dye au contraire. — M'amye, dit le prévost, regardés bien que vous dictes et que vous faictes de vous plaindre de force, c'est grant chose : vécy qui dist qu'il ne vous fist oncques force, mesmes avés esté consentante, et à peu près requérante de ce qu'il a fait. Et qu'il soit vray, vous mesmes adressastes et mistes son furon qui s'esbatoit à l'entour de vostre terrier ; et à voz deux mains ou à tout l'une, tout dedens vostre dit terrier le mistes. Laquelle chose il n'eut péu faire sans vostre ayde ; et se vous y eussiés tant peu soit résisté, jamais n'en fust venu à chief. Se son furon a fouraigé l'ostel, il n'en peut mais, car dès lors qu'il est au terriers ou duières il est hors de son chastoy. — Ha, Monseigneur le prévost, dit la fille plaintive, comment l'entendés vous? Il est vray, je ne vueille pas nyer que voirement j'adressay son furon et le boutay en mon terrier, mais pour quoy fut ce? Par mon serment, Monseigneur, il avoit la teste roide et le museau tant dur, que je scay tout vray qu'il m'eust fait ung grant pertuis, ou deux, ou trois, ou ventre, se je ne l'éusse bien en haste bouté en celuy qui y estoit davantaige; et véla pourquoy je le fis. Pensés qu'il y eust grande risée après la conclusion de ce procès, de ceulx de la justice et de tous les assistens. Et fut le compaignon délivré, promettant de retourner à ses journées, quant sommé en seroit. Et la fille s'en alla bien courroucée qu'on ne pendoit très bien hault, en haste, celuy qui avoit pendu à ses basses fourches. Mais ce courroux, ne sa rude poursuite ne dura guère, car à ce qu'on me dit, tantost après par bons moyens la paix entre eulx si fut trouvée ; et fut abandonnée au bon compaignon garenne, conninière et terrière, toutesfois que chasser y vouldroit.

NOUVELLE XXVI

PAR MONSEIGNEUR

DE FOQUESSOLES

————————

LA DEMOISELLE CAVALIÈRE

En la duchié de Breban, n'a pas long temps que la mémoire n'en soit fresche et présente à ceste heure, advint
ung cas digne de réciter; et pour fournir une nouvelle
ne doit pas estre rebouté. Et affin qu'il soit enregistré et

en appert congnéu et déclaré, il fut tel. A l'ostel d'ung
grant baron du dit païs demouroit et résidoit ung jeune,
gent et gracieux gentil homme nommé Girard, qui s'e-
namoura très fort d'une damoiselle de léans nommée
Katherine. Et quant il vit son coup, il luy osa bien dire
son gracieux et piteux cas. La response qu'il eut de prinssault, plusieurs la pevent scavoir et penser la quelle pour
abréger je trespasse. Et viens à ce que Girard et Katherine par succession de temps s'entr'aymèrent tant fort et
si léallement que ilz n'avoient que ung seul cueur et ung
mesmes vouloir. Ceste entière, léalle et parfaicte amour
ne dura pas si peu que les deux ans ne furent accomplis
et passés, puis après certaine pièce, amours qui bande
les yeulx de ses serviteurs, les boucha si très bien que
là où ilz cuidoient le plus secretement de leurs amoureux
affairres conclure et deviser, chascun s'en apparcevoist;
et n'y avoit homme ne femme à l'ostel, qui très bien
ne s'en donnast garde; mesme fut la chose tant escriée
que on ne parloit par léans que des amours Girard et
Katherine. Mais helas! les povres aveugles cuidoient bien
seulz estre empeschés de leurs besoignes, et ne se doubtoient guères qu'on en tenist conseil ailleurs qu'en leur
présence, ou le troysiesme de leur gré n'eust pas esté
repcéu, sans leur propos changier et transmuer. Tant au
pourchas d'aucuns mauldits et detestables envieulx que
pour la continuelle noise de ce qui rien ou peu ne leurs
touche, vint ceste matière à la congnoissance du maistre
et de la maistresse de ceulx amans, et d'iceulx s'espan-
dit et saillit en audience du père et de la mère de Katherine. Si luy en chéust si très bien que par une damoiselle
de léans sa très bonne compaigne et amye, elle fut advertie et informée du long et du large de la descouverture
des amours de Girard et d'elle, tant à Monseigneur son
père et à ma dame sa mère que à Monseigneur et à ma

dame de léans : Helas ! qu'est il de faire, ma bonne seur
et m'amye, dit Katherine ? Je suis femme destruicte,
puis que mon cas est si manifeste que tant de gens le
scevent et en devisent. Conseillés moy, ou je suis femme
perdue et plus que ung autre désolée, et mal fortunée. Et
à ces motz, larmes à grans tas saillirent de ses yeulx et
descendirent au long de sa belle et clère face jusques bien
bas sur sa robe. Sa bonne compaigne, ce voyant, fut très
marrie et desplaysante de son ennuy, et pour la conforter lui dist : Ma seur, c'est follie de mener tel deul et si
grant ; car on ne vous peut, Dieu mercy, reproucher de
chose qui touche vostre honneur, ne celluy de voz amis.
Se vous avés entretenu ung gentil homme en cas d'a-
mours, ce n'est pas chose défendue en la court d'onneur,
mesmes est la sente et vraye adresse de y parvenir ; et
pour ce vous n'avés cause de douloir, et n'est ame vivant
qui à la vérité vous en puisse ou doibve chargier. Mais
toutesfois il me sembleroit bon, pour estaindre la noise
de plusieurs parolles qui courent aujourdui, à l'occasion de vos dictes amours, que Girard votre serviteur,
sans faire semblant de riens, print ung gracieux congié
de Monseigneur et de ma dame, coulourant son cas, ou
d'aler en ung loinglain voyage, ou en quelque guerre
apparente ; et soubz ceste umbre s'en alast quelque part
soy rendre en ung bon ostel, attendant que Dieu et
amours auront disposé sur voz besoignes ; et luy arresté,
vous face scavoir de son estat, et par son mesmes messaige luy ferés scavoir de voz nouvelles. Et par ce point
s'appaisera le bruit qui court à présent, et vous entray-
merés et entretiendrés l'ung l'autre parlians, en attendant
que mieulx vous vienne. Et ne pensés point que vostre
amour pourtant doyve cesser ; mesmes de bien en mieulx
se maintiendra, car par longue espace vous n'avés eu
rapport ne nouvelle, chascun de sa partie, que par la

relacion de voz yeulx qui ne sont pas les plus eureux de
faire les plus seurs jugemens, mesmes à ceulx qui sont
tenus en l'amoureux servage. Le gracieux et bon conseil de ceste gentil femme fut mis en œuvre et à effect.
Car au plus tost que Katherine scéust trouver la façon
de parler à Girard son serviteur, elle en brief luy conta
comment l'embusche de leurs amours estoit descouverte
et venue desjà à la congnoissance de Monseigneur son
père et de ma dame sa mère, et de Monseigneur et de
ma dame de léans : Et créez, dit elle, avant qu'il soit
venu si avant, ce n'a pas esté sans passer grans langaiges
au pourchas des rapporteurs devant tous ceulx de céans
et de plusieurs voisins. Et pour ce que fortune ne nous
est pas si amye de nous avoir permis longuement vivre
si glorieusement en nostre estat encommencé, et si nous
menace, advise, forge et prépare encores plus grans
destourbiers, se ne pourvoyons à l'encontre, il nous est
mestier, utile et nécessité d'avoir advis bon et hatif. Et
pour ce que le cas beaucoup me touche et plus que à vous,
quant au dangier qui sourdre en pourroit, sans vous
desdire je vous diray mon opinion. Lors luy va compter
de chief en bout l'advertissement et conseil de sa bonne
compaignie. Girard desjà ung peu adverty de ceste
mauldicte adventure, plus desplaisant que se tout le
monde fut mort, mis hors de sa dame, respondit en telle
manière : Ma léale et bonne maistresse, vécy vostre humble et obéissant serviteur qui après Dieu n'ayme riens en
ce monde si loyaulment que vous. Et suis cellui à qui
vous povés ordonner et commander tout ce que bon vous
semble, et qui vous vient à plaisir, pour estre liement et
de bon cueur sans contredit obéye. Mais pensez
qu'en ce monde ne me pourra pis advenir quant il fault-
dra que je esloigne vostre très désiré présence. Hélas !
s'il fault que je vous laisse, il m'est advis que les pre-

mières nouvelles que vous aurez de moy, ce sera ma
douleute et piteuse mort adjugée et excecutée à cause de
votre eslongier ; mais quoy que soit, vous estes celle et
seule vivante que je vueil obéir, et ayme trop plus chier
la mort en vous obéyssant, que en ce monde vivre, voire
et estre perpetuel, non acomplissant vostre noble commandement. Vécy le corps de celuy qui est tout vostre :
Taillez, rongnez, prenez, ostez et faictes tout ce qu'il
vous plaist. Se Katerine estoit marrie et desplaisante,
oyant son serviteur qu'elle aymoit plus loiaument que
nul autre, le voiant aussi plus troublé que dire on ne le
vous pourroit, il ne le fault que penser et non enquerre.
Et se ne fust pour la grant vertu que Dieu en elle n'a-
voit pas oubliée de mettre largement et à comble, elle
se fust offerte de luy faire compaignie en son voiage ;
mais espérant de quelque jour recouvrer à ce que très
ureusement faillit, le retira de ce propos : et certaine
pièce après si lui dit : Mon amy, c'est force que vous en
allés : si vous prie que vous n'oubliés pas celle qui vous
a fait le don de son cueur , et afin que vous ayés couraige de mieulx soustenir la très joyeuse et horrible bataille que raison vous livre et amaine à vostre doulou-
reux partement, encontre vostre vouloir et désir, je
vous prometz et asséure sur ma foy, que tant que je vive,
autre homme n'auray à espousé de ma voulenté et bon
gré que vous, voire tant que vous me soiés léal et entier,
comme j'espoire que vous serés. Et en approbacion de ce
je vous donne ceste verge qui est d'or esmaillié de larmes noires. Et se d'adventure on me vouloit ailleurs marier, je me défendray téllement et tiendray telz termes
que vous deverés estre de moy content, et vous monstreray que je vous vueil tenir sans faulcer ma promesse.
Or je vous prie que tantost que vous serés arresté où que
ce soit, que m'escripvés de voz nouvelles, et je vous res-

cripray des miennes. — Ha ! ma bonne maistresse, dit
Girard, or voy je bien qu'il fault que je vous abandonne
pour une espace. Je prie à Dieu qu'il vous doint plus de
bien et plus de joye qu'il ne m'appert en avoir. Vous
m'avés fait de vostre grace non pas que j'en soye digne,
une si haulte et honnorable promesse que n'est pas en
moy de vous en scavoir seulement et suffisamment mercier. Et encores ay je le povoir de le desservir, mais
pourtant ne demeure pas que je n'en aye la congnoissance;
et si vous ose bien faire la pareille promesse, vous suppliant très humblement et de tout mon cueur que mon
bon et léal vouloir me soit réputé de tel et aussi grant
mérite que s'il partoit de plus homme de bien que moy.
Et adieu, ma dame, mes yeulx demandent à leur tour
audience qui coupent à ma langue son parler. Et à ces
motz la baisa et elle luy très serrément; et puis s'en
allèrent chascun en sa chambre plaindre ses douleurs ;
Dieu scait s'ilz ploroient des yeulx, du cueur et de la
teste. Au fort, à l'eure qu'il se convint monstrer, chascun s'efforça faire aultre chière de semblant et de bouche que le désolé cueur me faisoit. Et pour abrégier,
Girard fist tant en peu de jours qu'il obtint congié de
son maistre qui ne fut pas trop difficile à impetrer, non
pas pour faulte qu'il eust fait, mais à l'occasion des
amours de luy et de Katerine, dont les amys d'elle
estoient mal contens, pourtant que Girard n'estoit pas
de si grant lieu ne de si grant richesse comme elle estoit;
et pour ce doubtoient qu'il ne la fiançast. Ainsi n'en advint
pas et si se partit Girard, et fist tant par ses journées qu'il
vint ou pays de Barrois et trouva retenance à l'ostel d'ung
grant baron du païs. Et luy arresté, tantost manda et
fist savoir à sa dame de ses nouvelles qui en fut très
joyeuse, et par son messaiger mesmes lui rescripvit de
son estat et du bon vouloir qu'elle avoit et auroit vers

luy, tant qu'il vouldroit estre loyal. Or vous fault il savoir que, tantost que Girard fut parti de Breban, plusieurs gentilz hommes, escuyers et chevaliers, se vindrent
accointer de Katerine, désirans sur toutes autres sa bien-
veillance et sa grace ; qui durant le temps que Girard
servoit et estoit présent ne se monstroient, n'apparoient,
saichans de vray qu'il alloit devant eulx à l'offrande.
Et de fait plusieurs la requirent à Monseigneur son père
de l'avoir en mariage ; et entre autres luy en vint ung
qui luy fut aggréable. Si manda plusieurs ses amys et
sa belle fille aussi ; et leurs remonstra comment il estoit
desja ancien, et que ung des grans playsirs qu'il pourroit en ce monde avoir, ce seroit de veoir sa fille en son
vivant bien aliée. Leur dit au surplus : Ung tel gentil
homme m'a fait demander ma fille ; ce me semble très
bien son fait, et se vous le me conseillés et ma fille me
veuille obéir, il ne sera pas escondit en sa très honnorable requeste. Tous ses amys et parens louèrent et accordèrent beaucoup ceste aliance, tant pour les vertus et
richesses que autres biens du dit gentil homme. Et quant
vint à scavoir la voulenté de la bonne Katherine, elle se
cuida excuser de non soy marier, remonstrant et allé-
guant plusieurs choses dont elle le cuidoit désarmer, et
eslongier ce mariage ; mais en la parfin elle fut à ce menée que s'elle ne vouloit estre en la male grace de père,
de mère, de parens, d'amis, de maistre et de maistresse,
qu'elle ne tiendroit pas la promesse qu'elle a faite à Girard son serviteur. Si s'advisa d'ung très bon tour pour
contenter tous ses parens, sans enfraindre la loyaulté
qu'elle veult à son serviteur et dit : Mon très redoubté
seigneur et père, je ne suis pas celle qui vous vouldroye
en nulle manière du monde désobéir, voire sans la promesse que j'auroye faicte à Dieu mon créateur de qui je
tiens plus que de vous. Or est il ainsi que je m'estoie

résolute en Dieu, et proposay et promis en mon cueur
avoye, non pas de jamais moy marier, mais de le non
faire encores, ne encores, attendant que par sa grace me
voulsist enseigner cest estat, ou aultre plus séur, pour
saulver ma povre ame. Néantmoins pource que je suis
celle qui pas ne vous vueil troubler, ou je puisse bonnement à l'encontre, je suis contente d'emprendre l'estat de mariage, ou aultre tel qu'il vous plaira, moyennant qu'il vous plaise moy donner congié de ainçois
faire un pélerinage à saint Nicolas de Varengeville,
lequel j'ay voué et promis avant que jamais je change
l'estat où je suis. Et ce dit elle affin qu'elle péust veoir
son serviteur en chemin et luy dire comment elle estoit
forcée et menée contre son veu. Le père ne fut pas
moyennement joyeux de ouyr le bon vouloir et la saige
response de sa fille. Si luy accorda sa requeste et prestement voulut disposer de son partement ; et disoit desjà
à ma dame sa femme, sa fille présente : Nous luy baille-
rons ung tel gentil homme, ung tel et ung tel ; Ysabeau,
Marguerite et Jehanneton c'est assez pour son estat. —
Ah ! Monseigneur, dit Katherine, nous ferons autrement,
s'il vous plaist. Vous savez que le chemin de cy à sainct
Nycolas n'est pas bien seur, mesmement pour gens qui
mènent et conduissent femmes, et à quoy on doit bien
prendre garde. Je n'y pourroie aussi aler sans grosse
despence ; et aussi c'est une grant voie, et s'il nous ad-
venoit meschief d'estre prins ou destroussez de biens ou
de nostre honneur, que jà Dieu ne vueille, ce seroit ung
merveilleux desplaisir. Si me sembleroit bon, saulve
toutesfois vostre bon plaisir, que me fissiez faire ung
habillement d'homme et me baillassiez en la conduite
de mon oncle le bastard, chacun monté sur un petit
cheval. Nous irions plus tost, plus séurement, et à mains
de despens ; et s'ainsi le vous plaist, je l'entreprendray

plus hardiment que d'y aller en estat. Ce bon seigneur
pensa ung peu sur l'advis de sa fille, en parla à ma
dame, si leur sembla que l'ouverture qu'elle faisoit lui
partoit d'ung grant sens, et d'ung très bon vouloir. Si
furent ses choses prestes et ordonnées tantost pour partir. Et ainsi se méirent au chemin la belle Katherine, et
son oncle le bastard sans aultre compaignie. Habillés à
la façon d'Alemaigne bien et gentement estoient Katerine, le maistre, l'oncle et le varlet. Ilz firent tant par
leurs journées que leur pélerinage, voire de saint Nicolas, fut acomply. Et comme ils se mettoient au retour,
louant Dieu qu'ilz n'avoient encores eu que tout bien,
et devisant d'aultres plusieurs choses, Katherine à son
oncle va dire : Mon oncle, mon amy, vous scavez qu'il
est en moy, la mercy Dieu, qui suis seule héritière de
Monseigneur mon père, de vous faire beaucoup de biens;
laquelle chose je feray voulentiers quant en moy sera,
se vous me voulez servir en une menue queste que j'ay
entreprinse : c'est d'aler à l'ostel d'ung seigneur de Barrois qu'elle luy nomma, veoir Girard que vous savez.
Et affin que, quant nous reviendrons, puisse compter
quelque chose de nouveau, nous demanderons léans
retenance; et se nous le povons obtenir, nous y serons
par aulcuns jours et verrons le pays; et ne faictes
nulle doubte que je n'y garde mon honneur, comme
une bonne fille doit faire. L'oncle, espérant que mieulx
luy en sera cy après, et qu'elle est si bonne qu'il n'y
fault jà gait sur elle, fut content de la servir, et de l'ac-
compaignier en tout ce qu'elle vouldra. Il fut beaucoup
mercyé, n'en doubtez; et dès lors conclurent qu'il ap-
pelleroit sa niepce Conrard. Ilz vindrent assez tost,
comme on leurs enseigna, ou lieu désiré; et s'adres-
sèrent au maistre d'ostel du seigneur, qui estoit ung
ancien escuyer, qui les recéust comme estrangiers très

lyement et honnorablement. Conrard luy demanda se Monseigneur son maistre ne vouldroit
pas le service d'ung jeune gentil
homme qui quéroit adventure et
demandoit à veoir pais. Le maistre d'ostel demanda dont il es-
toit, et il dist que il estoit de Breban : Or bien, dist il,
vous viendrez disner céans et après disner j'en parleray
à Monseigneur. Il les fit tantost conduire en une belle
chambre et envoya couvrir sa table, et faire ung très
beau feu et apporter la soupe, et la pièce de mouton,
et le vin blanc, attendant le disner. Et s'en alla devers

son maistre et luy compta la venue d'ung jeune gentil
homme de Breban, qui le vouldroit bien servir, se le
seigneur estoit content et si luy semble que ce soit son
fait. Pour abrégier, tantost qu'il eut servi son maistre il
s'en vint devers Conrard pour lui tenir compaignie au
disner et avec luy amena, pour ce qu'il estoit de Breban,
le bon Girard dessus nommé et dist à Conrard : Vécy
ung gentil homme de vostre pays. — Il soit le très bien
trouvé, ce dist Conrard. — Et vous le très bien venu, ce dist
Girard. Mais créez qu'il ne recongnéust pas sa dame, mais
elle luy très bien. Durant que ces accointances se faisoient,
la viande fut apportée, et assise emprès le maistre d'ostel,
chascun en sa place. Ce disner dura beaucoup à Conrard,
espérant après, d'avoir de bonnes devises avec son serviteur, pensant aussi qu'il la recongnoistra tantost, tant à sa
parolle comme aux responses qu'il lui fera de son pays de
Breban, mais il ala tout aultrement. Car oncques durant
le disner le bon Girard ne demandoit après homme né
femme de Breban, dont Conrard ne scavoit que penser.
Ce disner fut passé, et après disner Monseigneur retint
Conrard en son service. Et le maistre d'ostel, très scient
homme, ordonna que Girard et Conrard, pour ce qu'ilz
sont tous d'ung pays, auroyent chambre ensemble. Et
après ceste retenue, Girard et Conrard se prindrent à
bras, et s'en vont veoir leurs chevaulx ; mais au regard
de Girard s'il parla oncques, ne demanda rien de Breban. Si se print à doubter le povre Conrard, c'est assavoir la belle Katherine, qu'elle estoit mise avec les péchiez oubliez, et que s'il en estoit rien à Girard, il ne se
pourroit tenir qu'il n'en demandast, ou au moins du seigneur ou de la dame où elle demouroit. La povrète estoit,
sans guères le monstrer, en grant destresse de cueur ;
et ne scavoit lequel faire, ou de soy encores céler, et de
l'esprouver par subtilles parolles, ou de soy prestement

faire congnoistre. Au fort elle s'arresta que encores
demourera Conrard et ne demandera pas Katherine se
Girard ne tient autre manière. Ce soyr se passe comme
le disner. Et vindrent en leur chambre Girard et Conrard,
parlans de beaucoup de choses, mais il ne venoit nulz
propos en termes que guères pléussent au dit Conrard.
Quant il vit qu'il ne diroit rien se on ne luy met en bouche, elle luy demanda de quelz gens il estoit de Breban,

ne comment il estoit là venu ; et comment on se portoit
au dit pays de Breban depuis qu'elle n'y avoit esté, et il
en respondit tout ce que bon luy sembla : Et congnoissés
vous pas, dist elle, ung tel seigneur et ung tel ? — Saint
Jehan ! ouy, dist il. Et au derrenier elle luy nomma le
seigneur. Et il dist qu'il le congnoissoit bien, sans dire
qu'il y eust demouré, ne aussi que jamais en sa vie y eust
esté. On dit, ce dit elle, qu'il y a de belles filles léans,
en congnoissés vous nulles ? — Bien peu, dit il, et aussy
il ne m'en chault, laissez moy dormir, je meurs de sommeil. — Comment, dit elle, povés vous dormir ; puis
que on parle de belles filles, ce n'est pas signe que vous
soiés amoureux. Il ne respondit mot, mais s'endormit
comme ung pourceau ; et la povre Katherine se
doubta tantost de ce qui estoit, mais elle conclud
qu'elle l'esprouvera plus avant. Quant vint à lendemain, chascun s'abilla, parlant et devisant de ce que

plus luy estoit, Girard de chiens et d'oiseaulx, et Conrard des belles filles de léans et de Breban. Quant vint
après disner, Conrard fist tant qu'il destourna Girard des
aultres, et luy va dire que le pays de Barrois desjà luy
desplaisoit, et que vrayment Breban est toute aultre marche, et en son langaige luy donna assez à congnoistre
que le cueur luy tiroit fort devers Breban : A quel propos, ce dit Girard, que voyés vous en Breban qui n'est
icy ? et n'avés vous pas icy les belles forestz pour la
chasse, les belles rivières et les plaines tant plaisantes
qu'à souhaitier, pour le déduit des oyseaux et tant de

gibier et autre? — Encores n'est ce rien, ce dit Conrard,
les femmes de Breban sont bien autres qui me plaisent
bien autant et plus que vos chasses et volières. — Sainct
Jehan! c'est autre chose, ce dist Girard, vous y seriés hardiment amoureux en vostre Breban, je l'oz bien. — Par
ma foy, ce dit Conrard, il n'est jà mestier qu'il soit celé,
car je suis amoureux voirement. Et à ceste cause me y
tire le cueur tant rudement et si fort que je fais doubte
que force me sera d'abandonner ung jour vostre Barrois, car il ne me sera pas possible à la longue de longuement vivre sans veoir ma dame. — C'est folie donc, ce
dit Girard, de l'avoir laissie, se vous vous sentiez si inconstant. — Inconstant, mon amy? Et où est celuy qui
peult mestrier loyaulx amoureux? Il n'est si saige ne
si advisé qui s'i saiche seurement conduire. Amours ban-

nist souvent de ses servans et sens et raison. Ce propos
sans plus avant le desduire se passa, et fut heure de souper; et ne se ratellèrent au deviser, tant qu'ils furent
au lict couchiez. Et créez que de par Girard jamais n'estoit nouvelles que de dormir se Conrard ne l'eust assailly
de procès qui commença une piteuse, longue, et doulou-
reuse plainte après sa dame, que je passe, pour abrégier.
Et si dit en la fin : Helas, Girard, et comment povez vous
avoir envie ne fain de dormir auprès de moy qui suis
tant esveillié, qui n'ay esperit qui ne soit plain de regretz,
d'ennuy et de soucis? C'est merveilles que vous n'en estes
ung peu touchié; et croyez se c'estoit maladie conta-
gieuse, vous ne seriez pas séurement si près sans avoir
des esclabotures. Helas! je vous prie, se vous n'en sen-
tez nulles, ayés au mains pitié et compassion de moy
qui meur sur bout se je ne vois brief ma dame par amours.
— Je ne vy jamais si fol amoureux, ce dist Girard; et
pensés vous que je n'aye point esté amoureux? Certes je
scay bien que c'est, car j'ay passé par là comme vous,
certes si ay; mais je ne fus oncques si enraigé que d'en
perdre le dormir ne la contenance, comme vous faictes
maintenant : vous estes beste, et ne prise point votre
amour ung blanc. Et pensés vous qu'il en soit autant à
vostre dame? nennil, nennil. — Je suis tout séur que si,
ce dit Conrard, elle est trop léale. — Ha dea, vous direz
ce que vouldrez, ce dit Girard, mais je ne croiray
jà que femmes soient si léales que pour tenir telz termes; et ceulx qui le cuydent sont parfais coquars. J'ay
aimé comme vous, et encores en ayme je bien une. Et
pour vous dire mon fait, je partis de Breban à l'occasion
d'amours, et à l'eure que je partis, j'estoye bien en la
grace d'une très belle, bonne et noble fille que je laissay
à très grant regret; et me despléust beaucoup par
aucuns peu de jours d'avoir perdu sa présence, non pas

que j'en laissasse le dormir, ne boire, ne menger, comme
vous. Quant je me vis ainsi d'elle eslongié je voulus
user pour remède du conseil de Ovide, car je n'eus pas
si tost accointance et entrée céans que je ne priasse une
des belles qui y soit ; et ay tant fait, la Dieu mercy !
qu'elle me veult beaucoup de bien, et je l'ayme beaucoup aussi. Et par ce point me suis je deschargié de celle
que par avant aymoie, et ne m'en est à présent non plus
que de celle que oncques ne vis, tant m'en a rebouté ma
dame de présent. — Et comment, ce dit Conrard, est il
possible, se vous amiez bien l'aultre, que vous la puis-
siez si tost oublier ne abandonner? Je né le scay entendre, moy, ne concepvoir comment il se peut faire. — Il
s'est fait toutesfois ; entendez le se vous scavez. — Ce
n'est pas bien gardé loyaulté, ce dit Conrard ; quant à
moy, j'aymeroye plus chier mourir mille fois, se possible m'estoit, que d'avoir fait à ma dame si grant faul-
seté. Et jà Dieu ne me laisse tant vivre que j'aye non pas
le vouloir seulement, mais une seule pensée de jamais
aymer ne prier aultre qu'elle. — Tant estes vous plus
beste, ce dist Girard, et se vous maintenez ceste folie,
jamais vous n'aurez bien et ne ferés que songer et muser ;
et secherez sur terre comme la belle herbe dedans le
four, et serez homicide de vous mesmes ; et si n'en aurés
jà gré, mesmes vostre dame n'en fera que rire, se vous
estes si eureux qu'il vienne jusques à sa congnoissance.
— Comment, ce dit Conrard, vous savez d'amours bien
avant ; je vous requiers dont que veuillez estre mon
moyen céans ou autre part, que je face dame par amours,
assavoir se je pourroie garir comme vous. — Je vous
diray, ce dit Girard, je vous feray demain deviser à ma
dame, et aussi je luy diray que nous sommes compaignons et qu'elle face vostre besoigne à sa compaigne ; et
je ne doubte point se vous voulés que encore n'ayons du

bon temps, et que bien brief se passera la rêverie qui
vous affole, voire se à vous ne tient. — Se ce n'estoit pour
faulser mon serment à ma dame, je le désireroye beaucoup, ce dit Conrard, mais au fort j'essaieray comment
il m'en prendra. Et à ces motz se retourna Girard et s'endormit. Et Katherine estoit de mal tant oppressée, voyant
et oyant la desloyauté de celluy qu'elle aymoit plus que
tout le monde, qu'elle se souhaitoit morte et plus que
morte. Non pourtant elle adossa la tendreur féminine,
et s'adouba de virile vertu. Car elle eust bien la constance
de lendemain longuement et largement deviser avec celle
qui par amours aymoit celuy au monde que plus chier
tenoit; mesmes força son cueur, et ses yeulx fist estre
notaires de plusieurs entretenances à son très grant et
mortel préjudice. Et comme elle estoit en parolles avec
sa compaigne, elle apparcéust la verge que au partir
donna à son desloyal serviteur qui luy parcréust ses douleurs; mais elle ne fut pas si folle, non pas par convoi-
tise de la verge, qu'elle ne trouvast une gracieuse façon
de la regarder et bouter en son doy. Et sur ce point,
comme non y pensant, se part et s'en va. Et tantost que
le souper fut passé, elle vint à son oncle et lui dit : Nous
avons assez esté en Barrois, il est temps de partir, soiés demain prest au point du jour, et aussi seray je. Et gardés
que tout notre bagaige soit bien attinté. Venés si matin
qu'il vous plaist. — Il ne vous fauldra que monstrer, re-
pondit l'oncle. Or devez vous scavoir que tandis, puis
souper, que Girard devisoit avec sa dame, celle qui fut
s'en vint en sa chambre et se met à escripre unes lettres
qu'ilz narroient tout du long et du large les amours
d'elle et Girard, comme les promesses qui s'entrefirent
au partir, comment on l'avoit voulu marier, le refus
qu'elle en fist, et le pélerinaige qu'elle entreprinst pour
sauver son serment, et se rendre à luy; la desloyauté

dont elle l'a trouvé garny, tant de bouche comme de
oeuvre et de fait. Et pour les causes dessus dictes, elle
se tient pour acquittée et desobligée de la promesse
qu'elle jadis luy fist. Et s'en va vers son pays, et ne le
quiert jamais ne veoir, ne rencontrer, comme le plus
desléal qu'il est qui jamais priast femme. Et si emporte
la verge qu'elle luy donna qu'il avoit desjà mise en main
sequestre. Et si se peult venter qu'il a couchié par troys
nuytz au plus près d'elle; s'il y a que bien, si le dye, car
elle ne le craint. Escript de la main de celle dont il peut
bien congnoistre la lettre, et au dessoubz : Katherine,
etc. surnommée Conrard; et sur le dos : au desléal Girard, etc. Elle ne dormist guères la nuyt, et aussitost que
on vit du jour, elle se leva tout doulcement, et s'abilla
sans ce que oncques Girard s'esveillast. Et prent sa lettre qu'elle avoit bien close et fermée, et la boute en la
manche du pourpoint de Girard ; et à Dieu le commanda
tout en basset, en plourant tendrement, pour le grant
deul qu'elle avoit du très faulx et mauvais tour qu'il luy
avoit joué. Girard dormoit qui mot ne respondit. Elle
s'en vient devers son oncle qui lui bailla son cheval, et
elle monte et puis tirent pays, tant qu'ilz vindrent en
Breban où ilz furent recéuz joyeusement, Dieu le scait.

Et pensés qui leur fust bien demandé des nouvelles et
adventures de leurs voyages : comment ilz s'i estoient
gouvernez, mais quoy qu'ilz respondissent ilz ne se ven-
tèrent pas de la principale. Pour parler comment il advint à Girard : quant vint le jour du partement de la bonne
Katherine, environ dix heures, il s'esveilla; et regarda
que son compaignon Conrard estoit jà levé, si se pensa
qu'il estoit tard, et sault tout en haste et chercha son
pourpoint: et comme il boutoit son bras dedans l'une
des manches, il en saillit unes lettres dont il fut assez
esbahy ; car il ne lui souvenoit pas que nulles y en eust

boutées. Il les releva toutesfois, et voit qu'elles sont fermées : et avoit au dos escript : au desloial Girard, etc. Se par avant avoit esté esbay, encores le fut il beaucoup plus. A certaine pièce après, il les ouvrit et voit la subscription qui disoit Katerine surnommée Conrard, etc. Si ne scait que penser : il les list néantmoins, et en lisant, le sang lui monte et le cueur lui frémist, et devint tout altéré de manière et de couleur. A quelque meschief que ce fut, il acheva de lire sa lettre par laquelle il congnéut que sa desloyauté estoit venue à la congnoissance de celle qui lui vouloit tant de bien ; non qu'elle le scéust estre tel au rapport d'autruy, mais elle mesmes, en personne, en a faicte la vraye informacion ; et qui plus près du cueur lui touche, il a couché troys nuytz avec elle, sans l'avoir guerdonnée de la peine qu'elle a prinse que de si très loing le venir esprouver. Il ronge son frain et enraige tout vif quant il veoit en celle peleterie. Et après beaucoup d'avis, il ne scet autre remède que de la suir ; et bien lui semble qu'il la rataindra. Si prent congié de son maistre, et se met à la voie, suyvant le froye des chevaulx de ceulx que oncques ne rataignit tant qu'ilz fussent en Breban, où il vint si à point que c'estoit le jour des nopces de celle qu'il l'a esprouvé. Laquelle il cuida bien aller baiser et saluer, et faire une orde excusance de ses faultes, mais il ne luy fut pas souffert, car elle luy tourna l'espaule, et ne scéust tout ce jour ne oncques puis après, trouver manière ne façon de deviser avecques elle. Mesmes il s'advança une fois pour la mener dancer, mais elle le reffusa plainement devant tout le monde, dont plusieurs à ce prindrent garde. Ne demoura guères après que ung aultre gentil homme entra dedans qui fist corner les ménestriers ; et s'advança par devant elle et elle descendist, ce voyant Girard, et s'en ala dancer. Ainsi dont comme avez ouy, perdit le desloyal sa dame. S'il

en est encores d'autres telz, ilz se doibvent mirer en cest
exemple qui est notoire et vray, et advenu depuis naguères.

NOUVELLE XXVII

PAR MONSEIGNEUR DE BEAUVOIR

LE SEIGNEUR AU BAHU

Ce n'est pas chose peu accoustumée, especialement en ce royaulme, que les belles dames et damoiselles se trouvent voulentiers et souvent en la compaignie des gentilz compaignons. Et à l'ocasion des bons et joyeux passetemps qu'elles ont avec eulx, les gracieuses et doulces requestes qu'ilz leurs font, ne sont pas si diffi-

ciles à impétrer. A ce propos n'a pas long temps que ung
très gentil seigneur que on peut bien mettre ou reng et
du cousté des princes, dont je laisse le nom en la plume,
se trouva tant en grace d'une très belle damoiselle qui
mariée estoit, dont le bruit d'elle n'estoit pas si peu
congnéu que le plus grant maistre de ce royaulme ne se
tenist pour très eureux d'en estre retenu serviteur. Laquelle luy voulut de fait monstrer le bien qu'elle luy
vouloit. Mais ce ne fut pas à sa première voulenté, tant
l'empeschoient les anciens adversaires et ennemis d'a-
mours. Et par espécial plus lui nuysoit son bon mari,
tenant le lieu en ce cas du très mauldit dangier; car se
ce ne fut il, son gentil serviteur n'eust pas encores à luy
tollir ce que bonnement et par honneur donner ne luy
povoit. Et pensés que ce serviteur n'estoit pas moienne-
ment mal content de ceste longue attente, car l'acheve-
ment de sa gente chasse luy estoit plus grand eur, et
trop plus désiré que nul autre bien quesconque que advenir jamais luy povoit. Et à ceste cause, tant continua
son pourchas que sa dame lui dit : Je ne suis pas mains
desplaisante que vous, par ma foy, que je ne vous puis
faire autre chière : mais vous scavez, tant que mon
mary soit céans, force est qu'il soit entretenu. — Helas !
dit il, et n'est il moyen qui se puisse trouver d'abréger
mon dur et cruel martyre? Elle qui, comme dessus est
dit, n'estoit pas en maindre désir de soy trouver à part
avec son serviteur que luy mesmes, si luy dit : Venez à
nuyt, à telle heure, heurter à ma chambre, je vous feray
mettre dedans; et trouveray façon d'estre délivrée de mon
mary, se fortune ne destourne mon entreprinse. Le serviteur ne ouyt jamais chose qui mieulx luy pléust; et
après les remerciments gracieux et déuz en ce cas, dont
il estoit bon maistre et ouvrier, se part d'elle, attendant
et désirant son heure assignée. Or devez vous savoir

que environ une bonne heure, ou plus ou mains devant
l'eure assignée dessus dicte, nostre gentille damoiselle,
avec ses femmes et son mary qui va derrière, pour ceste
heure estoit en sa chambre retraicte puis le souper ; et
n'estoit pas, croiés, son engin oyseux, mais labouroit à
toute force pour fournir la promesse à son serviteur,
maintenant pensoit d'ung, puis maintenant d'ung autre,
mais rien ne luy venoit à son entendement, qui péust
eslongier ce mauldit mary; et toutesfois approchoit
fort l'eure très désirée. Comme elle estoit en ce parfond
penser, fortune lui fut si très amye que mesmes son
mary donna le très doulx advertissement de sa dure
chance et male aventure convertie en la personne de son
adversaire, c'est assavoir du serviteur dessus dit, en joie
non pareille de déduit, soulas et liesse. Regardant par
la chambre, tant regarda qu'il apparcéut d'aventure aux
piedz de la couchete ung bahu qui estoit à sa femme.
Et affin de la faire parler et l'oster de son penser, demanda de quoy servoit ce bahu en la chambre ? Et à
quel propos on ne le portoit point à la garderobe ou en
quelque autre lieu, sans en faire léans parement : Il n'y
a point de péril, monseigneur, ce dit ma damoiselle,
ame ne vient icy que nous, aussi je lui ay fait laissier
tout à propos pour ce que encores sont aucunes de mes
robes dedans ; mais n'en soyés jà mal content, mon
amy; ces femmes l'osteront tantost. — Mal content, dit
il, nenny par ma foy, je l'ayme autant icy que ailleurs,
puis qu'il vous plaist, mais il me semble bien petit pour
y mettre voz robes bien à l'aise, sans les froissier, attendu les grandes et longues traynées qu'on fait au jour
duy. — Par ma foy, Monseigneur, dit elle, il est assés
grant. — Il ne le me peut sembler, dit il, vraiment, et
le regardés bien. — Or ça, Monseigneur, dit elle, voulés
vous faire un gaige à moy? — Ouy vraiement, dit il,

quel sera il ? — Je gaigeray, s'il vous plaist, pour demie
douzaines de bien fines chemises encontre le satin d'une
cote simple, que nous vous bouterons bien dedans tout
ainsy que vous estes. — Par ma foy, dit il, je gaige que
non. — Et je gaige que si. — Or avant, ce dirent les
femmes, nous verrons qui le gaignera. — A l'esprouver
le scaura on, dit Monseigneur. Et lors s'avance et fist
tirer du bahu les robes qui estoient dedens ; et quant il
fut vuide, ma damoiselle et ses femmes, à quelque meschief que ce fut, firent tant que Monseigneur fut dedans
tout à son aise. Et à cest coup, fut grande la noise, et
autant joyeuse, et ma damoiselle alla dire : Or, Monseigneur, vous avés perdu la gaigeure, vous le congnoissés
bien, faictes pas ? — Oy, dit il, c'est raison. Et en disant
ces parolles, le bahu fut fermé, et tout jouant, riant et
esbatant, prindrent toutes ensemble et homme et bahu,
et l'emportèrent en une petite garde robe assés loing de
la chambre. Et il crie et se demaine, faisant grant bruit
et grant noise, mais c'est pour néant, car il fut là laissé
toute la belle nuit. Pense, dorme, face du mieulx qu'il
peut, car il est ordonné par ma damoiselle et son estroit
conseil qu'il n'en partiroit meshuyt pource qu'il a tant
empesché le lieu. Pour retourner à la matière de nostre
propos encommencé, nous laisserons nostre homme et
nostre bahu, et dirons de ma damoiselle qui attendoit
son serviteur avec ses femmes qui estoient telles et si
bonnes et si secretes que riens ne leurs estoit célé de
ses affaires. Lesquelles scavoient bien que le bien aymé
serviteur, se à luy ne tenoit, tiendroit, la nuyt, le lieu
de celuy qui au bahu fait sa pénitence. Ne demoura
guères que le bon serviteur, sans faire effroy, ne bruit,
vint heurter à la porte; et au heurter qu'il fist on le congnéut tantost, et là estoit celle qui le bouta dedans. Il
fut recéu joyeusement et lyement, et entretenu doulce-

ment de ma damoiselle et de sa compaignie. Et ne se
donna garde qu'il se trouva tout seul avecques sa dame
qui lui compta bien au long la bonne fortune que Dieu
leur a donnée, c'est assavoir comment elle fist la gai-

gure à son mary d'entrer ou bahu, comment il y entra,
et comment elle et ses femmes l'ont porté en une garderobe : Comment, ce dit le serviteur, je ne cuydoie point
qu'il fust céans; par ma foy je pensoie, moy, que vous
eussiés trouvé aucune façon de l'envoyer ou faire aler
dehors, et que j'eusse icy tenu meshuyt son lieu. —

Vous n'en yrés pas pourtant, dit elle, il n'a garde de
yssir dont il est, et si a beau crier, il n'est ame de nulz
sens qui le puist ouyr, et croyés qu'il demourra meshuyt
par moy ; se vous le voulés desprisonner, je m'en rap-
porte à vous. — Nostre dame, dit il, s'il n'en sailloit tant
que je l'en fisse oster, il auroit bel attendre. — Or faisons donc bonne chière, dit elle, et n'y pensons plus.
Pour abrégier, chascun se despoilla et se couchèrent
les amans dedans le beau lit, ensemble, bras à bras,
et firent ce pourquoy ils estoient assemblés, que mieulx
vault estre pensé des lisans qu'estre noté de l'escripvant.
Quant vint au point du jour, le gentil serviteur se partit
de la dame le plus secretement qu'il péult, et vint à son
logis dormir comme j'espoire, ou desjeuner, car de tous
deux avoit besoin. Ma damoiselle, qui n'estoit pas mains
subtille que saige et bonne, quant il fut heure se leva et
dit à ses femmes : Il seroit desormais heure de oster
nostre prisonnier ; je vois véoir qu'il dira et s'il se vouldra mettre à finance. — Mettez tout sur nous, dirent
elles, nous l'appaiserons bien. — Croiés que si feray je,
dit elle. Et à ces motz se seigne et s'en va ; et comme
non pensant à ce qu'elle faisoit, tout d'aguet et à propos
entra dedans en la garderobe où son mary encores estoit dedans le bahu clos. Et quant il ouyt, il commença
à faire grant noise et crier à la volée : Qu'esse cy, me
laissera on cy dedans? Et sa bonne femme qui l'oyt
ainsi demener, respondit effréement, et comme crainti-
vement, faisant ignorante : Hemy ! qui esse là que j'ay
ouy crier ? — C'est moy, de par Dieu, c'est moy, dist le
mary. — C'est vous, dit elle, et dont venés vous à ceste
heure ? — Dont je viens, dit il, et vous le scavez bien,
ma damoiselle, il ne fault jà qu'on le vous dye ; mais
vous faictes de moy, au fort je feray quelque jour de
vous. Et s'il eust enduré, ou osé, il se fut voulentiers

courroucé et eust dit villennie à sa bonne femme. Et elle,
qui le congnoissoit, luy coupa la parolle et dit : Monseigneur, pour Dieu je vous crie mercy, par mon serment, je vous asséure que je ne vous cuidoie pas icy à
ceste heure : et croiés que je ne vous y eusse pas quis,
et ne me scay assés esmerveillier dont vous venés à y
estre encore, car je chargeay hier au soir à ces femmes
qu'elles vous missent dehors, tandis que je disoie mes
heures, et elles me dirent que si feroient elles. Et de fait
l'une me vint dire que vous estiés dehors et desjà allé en
la ville, et que ne reviendriés meshuit. Et à ceste cause,
je me couchay assés tost après sans vous attendre. —
Saint Jehan ! dit il, vous voyés que c'est, or vous advancés de moy tirer d'icy, car je suis tant las que je
n'en puis plus. — Cela feroye bien, Monseigneur, dit
elle, mais ce ne sera pas devant que vous n'ayés promis
de moy payer de la gaigeure que avez perdue ; et
pardonnés moy toutesfois, car autrement ne le puis
faire. — Et advancés vous de par Dieu ; je le paieray
vraiement. — Et ainsi vous le promettés ? — Ouy, par
ma foy. Et ce procès finé ma damoiselle defferma le
bahu et Monseigneur yssit dehors, lassé, froissé et travaillé. Et elle le prent à bras et baise et accolle tant
doulcement que on ne pourroit plus, en lui priant pour
Dieu qu'il ne soit point mal content. Adonc le povre co-
quart dist que non estoit il, puisqu'elle n'en scavoit
rien, mais il punira trop bien ses femmes, s'il y scait
advenir. Par ma foy, Monseigneur, dit elle, elles s'en
sont oires bien vengées de vous ; je ne doubte point que
vous ne leur ayés fait quelque chose. — Non ay, certes,
que je saiche, mais croiés que le tour qu'elles m'ont
joué leur sera chier vendu. Il n'eut pas finé ce propos
que toutes ses femmes entrèrent dedans, qui si très fort
rioient, et de si grant cueur qu'elles ne sceurent mot

dire grant pièce après. Et Monseigneur qui devoit faire
merveilles, quant il les vit rire en ce point, ne se .péust
tenir de les contrefaire. Et ma damoiselle, pour lui
faire compaignie, ne s'i faignit point. Là véissiés
vous une merveilleuse risée, et d'ung costé et d'autre,
mais celuy qui en avoit le mains cause ne s'en povoit
ravoir. Après certaine pièce ce passetemps cessa et dit
Monseigneur : Ma damoiselle, je vous mercye beaucoup
de la courtoisie que m'avés anuyt fait. — A vostre commandement, monseigneur, respondit l'une, encores
n'estes vous pas quitte : vous nous avez fait et faictes
toujours tant de peine et de meschief que nous vous avons
gardé ceste pensée ; et n'avons autre regret que vous
n'y avez esté. Et se n'eussions scéu de vray qu'il n'eust
pas bien pléu à ma damoiselle, encores y fussiés vous
et prenez en gré. — Esse cela? dit il. Or bien, bien :
vous verrez comment il vous en prendra; et par ma foy
je suis bien gouverné quant avec tout le mal que j'ay eu
on ne me fait que farcer ; et encores, qui pis est, il me
faut payer la cote simple de satin. Et vraiement je ne
puis à mains que d'avoir les chemises de la gaigeure,
en récompensacion de la peine qu'on m'a faicte. — Il
n'y a, par Dieu, que raison, dirent les damoiselles, nous
voulons à ceste heure estre pour vous, Monseigneur, et
vous les aurés; n'aura pas, ma damoiselle ? — Et à quel
propos, dit elle ? il a perdu la gaigeure. — Dea nous
scavons trop bien cela, il ne les peut avoir de droit,
aussi ne les demande il pas, à ceste intencion, mais il les
a bien desservics en aultre manière.— A cela ne tiendra
il pas, dit elle, je feray voulentiers finance de la toille
pour l'amour de vous, mes damoiselles, qui tant bien
procurez pour luy, et vous prendrés bien la peine de les
coutre.— Ouy vraiement, ma damoiselle. Comme celluy
qui ne fait que escourre la teste, au matin quant il se

lièvе qu'il ne soit prest, ainsi estoit Monseigneur, car il ne luy faillit que une secousse de verges à nettoyer sa robe et ses chausses qu'il ne fut prest. Et ainsi à la messe s'en va, et ma damoiselle et ses femmes le suyvent, qui faisoient de luy, je vous asséure, grans risées. Et croyez que la messe ne se passa pas sans foyson de ris soudains, quant il leur souvient du giste que Monseigneur a fait au bahu, lequel ne le scet, encores qui fut celle nuyt enregistré ou livre qui n'a point de nom. Et se n'est que d'aventure ceste hystoire vienne entre ses mains, jamais n'en aura, se Dieu plaist, congnoissance, ce que pour rien je ne vouldroie. Si prye aux lisans qui le congnoissent que bien se gardent de luy monstrer.

NOUVELLE XXVIII

PAR MESSIRE MICHAULT DE CHANGY

LE GALANT MORFONDU

Se au temps du très renommé et éloquent Bocace
l'adventure, dont je vueil fournir ma nouvelle, fut advenue à son audience, et congnoissance parvenue, je ne
doubte point qu'il ne l'eust adjoustée et mise ou reng
des nobles hommes mal fortunez. Car je ne pense pas
que noble homme, jamais pour ung coup, eust guères

fortune plus dure à porter que le bon seigneur, que
Dieu pardoint, dont je vous compteray l'aventure. Et se
sa male fortune n'est digne d'estre ou dit livre de Bocace, j'en fais juges tous ceux qui l'orront racompter. Le
bon seigneur dont je vous parle, en son temps estoit
ung des beaux princes de ce royaulme, garny et adressié
de tout ce qu'on scauroit louer et priser en ung noble
homme. Et entre aultres ses propriétez, il estoit tel destiné qu'entre les dames jamais homme ne le passa de
gracieuseté. Or lui advint que, au temps que ceste renommée et destinée florissoit, et qu'il n'estoit bruit que
de luy, amours, qui sème ses vertus où mieulx luy plaist
et bon luy semble, fist aliance à une belle fille, jeune,
gente, gracieuse et en bon point en sa façon, ayant bruit
autant et plus que nulle de son temps, tant par sa grant
et non pareille beauté, comme par ses très belles meurs
et vertus : et qui pas ne nuysoit au jeu, tant estoit en la
grace de la royne du pays, qu'elle estoit son demy lit,
les nuys que la dicte royne point ne couchoit avec le
roi. Ces amours que je vous dis, furent si avant con-
duictes qu'il ne restoit que temps et lieu pour dire et
faire, chascun à sa partie, la chose au monde que plus
lui pourroit plaire. Ilz ne furent pas peu de jours pour
adviser lieu et place convenable à ce faire ; mais en la
fin celle qui ne desiroit pas mains le bien de son serviteur que la salvacion de son ame, s'advisa d'ung bon
tour, dont tantost l'avertit, disant ce qui s'ensuit : Mon
très loyal amy, vous scavés comment je couche avec la
roine, et que nullement ne m'est possible, se je ne vouloie tout gaster, d'abandonner cest honneur et avancement dont la plus femme de bien de ce royaulme
se tiendroit pour bien eureuse et honnorée; combien
que par ma foy je vous vouldroie complaire, et faire
vostre playsir et d'aussi bon cueur comme à elle. Et

qu'il soyt vray je le vous monstreray de fait, sans abandonner toutesfois celle qui me fait et peut faire tout le
bien et l'onneur du monde. Je ne pense pas aussi que
vous voulsissiez que aultrement je fisse. — Non, par ma
foy, m'amye, respondit le bon seigneur ; mais toutesfois,
je vous prie qu'en servant votre maistresse, vostre léal
serviteur ne soit point arrière du bien que faire luy povés, qui ne luy est pas maindre chose de à vostre grace
et amour parvenir que de gaigner le surplus du monde.
— Vécy que je vous feray, Monseigneur, dit elle : la
roine a une levrière, comme vous scavez, dont elle est
beaucoup assotée, et la fait couchier en sa chambre ; je
trouveray façon à nuyt de l'enclore hors de la chambre
sans qu'elle en saiche rien ; et quant chacun sera retrait,
je feray ung sault jusques en la chambre de parement,
et deffermeray l'uys et le laisseray entreouvert. Et quant
vous penserez que la royne pourra estre au lit, vous
viendrés tout secrètement, et entrerez en la dicte
chambre et fermerez l'uys ; vous y trouverez la levrière
qui vous congnoist assez, si se laissera bien approuchier
de vous, vous la prendrés par les oreilles et la ferés bien
hault crier ; et quant la royne l'orra, elle la congnoistra
tantost : je ne doubte point qu'elle ne me fasse lever incontinent pour la mettre dedans. Et en ce point viendray je vers vous, et ne faillés point se jamais vous voulés
parler à moy. — Ha! ma très chière et loiale amye, dit
Monseigneur, je vous mercye tant que je puis, pensés
que je n'y fauldray pas. Et à tant se part et s'en va, et
sa dame aussi, chascun pensant et désirant d'achever ce
qui est proposé. Qu'en vauldroit le long compte, la levrière se cuida rendre, quant il fut heure, en la chambre
de sa maistresse, comme elle avoit accoustumé, mais
celle qui l'avoit condamnée, dehors la fist retraire en
la chambre, au plus près. Et la royne se coucha sans

qu'elle s'en donnast de garde; et assez tost après luy
vint faire compaignie la bonne damoyselle qui n'attendoit que l'eure d'ouyr crier la levrière et la semonce de
bataille. Ne demoura guères que le gentil seigneur se
mist sur les rens, et tant fit qu'il se trouva en la chambre
où la levrière se dormoit; il la quist tant au pié que à
la main qu'il la trouva, et puis la print par les oreilles,
et la fist hault crier deux ou trois fois. Et la royne qui

l'oyoit, congnéut
tantost que c'es-
toit sa levrière,
et pensoit qu'elle
vouloit estre de-
dans. Si appella
sa demoiselle et
luy dist : M'amye,
véla ma levrière
qui se plaint là de-
hors, levez vous
si la mettez de-
dans. — Voulen-
tiers, ma dame,
dit la damoiselle,
et jasoit qu'elle
attendit la ba-
taille dont elle
mesmes avoit l'eure et le jour assigné, si ne s'arma
elle que de sa chemise; et en ce point en vint à
l'uys et l'ouvrit, où tantost luy vint à l'encontre
celuy qui l'attendoit. Il fut tant joyeux et tant surprins,
quant il vit sa dame si belle et en si bon point, qu'il
perdit force, sens et advis; et ne fut en sa puissance
adoncques tirer sa dague pour esprouver s'elle pourroit prendre sur ses cuyrasses. Trop bien de baiser,

d'accoler, de manier le tetin, et du surplus il faisoit assez diligence, mais du parfait nichil. Si fut force à la gente damoiselle qu'elle retournast, sans lui laisser ce qu'avoir ne povoit se par force d'armes ne le conquéroit. Et ainsi qu'elle se voulut partir il la cuidoit retenir par force et par doulces paroles, mais elle n'osoit demourer : si luy ferma l'uys au visaige et s'en revint par devers la royne qui luy demanda s'elle avoit mis sa levrière dedans. Et elle dit que non, car oncques puis ne l'avoit sceu trouver, et si avoit beaucoup regardé. Or bien, dist la royne, couchez vous, tousjours l'aura on bien. Le povre amoureux estoit à celle heure bien mal content, qui se véoit ainsi deshonnorer et anéantir : et si cuidoit au par avant, et bien tant en sa force se fioit, qu'en mains d'eure qu'il n'avoit esté avec sa dame, il en eust bien combattu telles trois, et venu au dessus d'elles à son honneur. Au fort il reprint couraige et dist bien en soy mesme s'il est jamais si eureux que de trouver sa dame en si belle, elle ne partira pas comme elle a fait l'autre fois. Ainsi animé et esguillonné de honte et de désir, il reprent la levrière par les oreilles, et la tira si rudement, tout courroucé qu'il estoit, qu'il la fist crier beaucoup plus hault qu'elle n'avoit devant. Si hucha arrière à ce cry la royne sa damoiselle qui revint ouvrir l'uys, comme devant, mais elle s'en retourna devers sa maistresse sans conquester, ne plus ne mains qu'elle fit à l'autre fois. Or revint la tierce fois que ce povre gentil homme faisoit tout son pouvoir de besoigner comme il avoit le désir, mais au deable de l'omme s'il péust oncques trouver manière de fournir une povre lance à celle qui ne demandoit aultre chose, et qui l'attendoit tout de pié quoy. Et quant elle vit qu'elle n'auroit pas son panier percié, et qu'il n'estoit pas en l'autre mettre seulement sa lance en son arrest, quelque advantaige

qu'elle luy fist, tantost congnéut qu'elle avoit à la jouste
failly dont elle tint beaucoup mains de compte du jous-
teur. Elle ne voulut, n'osa là plus demourer, pour conqueste qu'elle y fist. Si voulut rentrer en la chambre, et
son amy la retiroit à force et disoit : Helas! m'amye, de-
meurés encores ung peu, je vous en prie. — Je ne puis,
dit elle, laissez moy aler; je n'ay que trop demouré pour
chose que j'aye prouffité. Et à tant se tourne vers la
chambre, et l'autre la suyvoit qui la cuidoit retenir. Et
quant elle vit ce, pour le bien payer, et la royne contenter, alla dire tout en hault : Passés, passés, orde
caigne que vous estes, par Dieu vous n'y entrerés meshuy, meschante beste que vous estes. Et en ce disant,
ferma l'uys. Et la royne qui l'ouyt demanda : A qui
parlez vous, m'amie? — C'est à ce paillart chien, ma
dame, qui m'a fait tant de peine de le quérir; il s'estoit
bouté soubz ung bang là dedans et cachié tout de plat
le museau sur la terre, si ne le scavoye trouver. Et quant
je l'ay eu trouvé, il ne s'est oncques daingné lever, pour
quelque chose que je luy aye fait. Je l'eusse très voulentiers bouté dedens, mais il n'a oncques daigné lever la
teste, si l'ay laissé là dehors et à son visage tout par
despit ay fermé l'uys. — C'est très bien fait, m'amye,
dist la royne, couchez vous, si dormirons. Ainsi que
vous avés ouy, fut mal fortuné ce gentil seigneur; et
pour ce qu'il ne péust, quant sa dame voulut, je tien
moy, quant il eust bien depuis la puissance à commandement le vouloir de sa dame fust hors de la ville.

NOUVELLE XXIX

PAR MONSEIGNEUR

LA VACHE ET LE VEAU

N'a pas cent ans du jour duy que ung gentil homme
de ce royaulme voulut scavoir et esprouver l'aise qu'on
a en mariage; et pour abrégier fist tant que le très désiré jour de ses nopces fut venu. Après les très bonnes
chières, et aultres passetemps accoustumez, l'espousée
fut couchée, et une certaine pièce après, la suyvit et se

coucha au plus près d'elle, et sans delay incontinent bailla l'assault à sa forteresse. A quelque meschief que ce fut, il entra dedans et la gaigna ; mais vous devez entendre qu'il ne fist pas ceste conqueste sans faire foison d'armes qui longues seroient à racompter, car ainçois qu'il venist au donjon du chasteau, force luy fust de gaignier et emporter bellèvres, baublières, et plusieurs

aultres forts dont la place estoit bien garnie, comme celle qui jamais n'avoit esté prinse, au moins dont fut encores grant nouvelle, et que la nature avoit mis à defence. Quant il fut maistre de la place il rompit sa lance, et lors cessa l'assault et ploya l'oeuvre. Or ne fait pas à oublier que la bonne damoiselle qui se vit en la mercy de ce gentil homme son mary, qui desjà avoit fourraigé la pluspart de son manoir, luy voulut monstrer ung prisonnier qu'elle tenoit en ung secret lieu encloz et enfermé : et pour parler plain, elle se délivra cy prins cy mis, après ceste première course, d'ung très beau filz dont son mary se trouva si très honteux et tant esbahy qu'il ne savoit sa manière si non de soy taire. Et pour honnesteté et pitié qu'il eust de ce cas, il servit la mère et l'enfant de ce qu'il savoit faire. Mais créez que la povre gentil femme à cest coup, getta ung bien hault et dur cry qui de plusieurs fut clerement ouy et entendu, qu'ilz cuidoient à la vérité qu'elle gettast ce cry à la despuceller, comme c'est la coustume en ce royaulme. Pendant ce temps, les gentilz hommes de l'hostel où ce nouveau marié demouroit, vindrent heurter à l'uys de ceste

chambre et apportoient le chaudeau; ils heurtèrent
beaucoup sans ce que ame respondist. L'espousée en estoit bien excusée, et l'espousé n'avoit pas cause de trop
caqueter : Et qu'esse cy ? dirent ilz, n'ouvrerez vous pas
l'uys? Se vous ne vous hastez nous le romprons; le chaudeau que nous vous aportons, sera tantost tout froit.
Et lors recommencèrent à heurter de plus belle. Mais le
nouveau marié ne eust pas dit ung mot pour cent frans,
dont ceulx du dehors ne scavoient que penser, car il
n'estoit pas muet de coustume. Au fort il se leva, et print
une longue robe qu'ilz avoit, et laissa ses compaignons
entrer dedans, qui tantost demandèrent se le chaudeau
estoit gaigné et qu'ilz l'apportoient à l'adventure. Et
lors ung d'entre eulx couvrit la table et mist le banquet
dessus, car ilz estoient en lieu pour ce faire, et où rien
n'estoit espargné en telz cas et aultres semblables. Ilz
s'assirent tous au mengier, et bon mary print sa place
en une chaire à doz assez près de son lit, tant simple et
tant piteux qu'on ne le vous scauroit dire. Et quelque
chose que les autres dissent il ne sonnoit pas ung mot,
mais se tenoit comme une droite statue ou une ydole
entaillie : Et qu'esse cy ? dist l'ung, ne prenez vous point
garde à la bonne chière que nous fait nostre hoste ? encores a il à dire ung seul mot. — Ha dea, dist l'autre,
ses bourdes sont rabaissies. — Par ma foy, dist le tiers,
mariage est chose de grant vertu : regardés quant à
une heure qu'il a esté marié il a jà perdu la force de sa
langue. S'il est jamais longuement je ne donneroye pas
maille de tout le surplus; et à la vérité dire, il estoit au
par avant ung très gracieux farseur, et tant bien lui
séoit que merveilles; et ne disoit jamais une parolle
puis qu'il estoit en goguez qu'elle n'apportast avec elle
son ris; mais il en estoit pour l'eure bien rebouté.
Ces gentilz hommes et ces compaignons bevoient d'au-

tant et d'autel, et à l'espousé et à l'espousée, mais au
deable des deux s'ilz avoient fain de boire; l'ung enraigeoit tout vif et l'aultre n'estoit pas mains malaisée : Je
ne me congnois en ceste manière, dist ung gentil homme,
il nous fault festoier de nous mesmes. Je ne vis jamais
homme de si hault esternu si tost rassis pour une femme :
j'ay véu que on n'eust ouy pas Dieu tonner en une
compaignie où il fust; et il se tient plus quoy que ung
feu couvert; ha dea ses haultes paroles sont bien bas
entonnées maintenant. — Je boy à vous, espousé, disoit l'autre. Mais il n'estoit pas pleigié : car il jeunoit de
boire, de mangier, de bonne chière faire, et de parler.
Non pourtant assez bonne pièce après, quant il eust bien
esté reprouvé et rigolé de ses compaignons, et, comme
un sanglier mis aux abais de tous coustez, il dit : —
Messeigneurs, quant je vous ay bien entendus qui me
semonnés si très fort de parler, je veuil bien que vous
saichiez que j'ay bien cause de beaucoup penser, et de
moy taire tout quoy; et si suis seur qu'il n'y a nul qui
n'en fist autant s'il en avoit le pour quoy comme j'ay. Et
par la mort bieu, se j'estoie aussi riche que le roi, que
Monseigneur, et que tous les princes chrestiens, si ne
scaurois je fournir ce qui m'est apparent d'avoir à entretenir : vécy pour ung povre coup que j'ay accollé ma
femme elle m'a fait ung enfant. Or regardez, se à chascune fois que je recommenceray elle en fait autant, de
quoy je pourray nourrir le mesnage ? — Comment, un
enfant ? dirent ses compaignons. — Voire, voire, vraiement ung enfant, vécy de quoy, regardez. Et lors se
tourne vers son lit et liève la couverture et leur monstre : Tenez, dit il, véla la vache et le veau, suis je pas
bien party ? Plusieurs de la compagnie furent bien es-
bahys et pardonnèrent à leur hoste sa simple chière; et
s'en allèrent chascun en sa chascune. Et le povre nou-

veau marié abandonna ceste première nuyt, la nouvelle accouchée, et doubtant que elle n'en fist une autre fois autant, oncques puis ne s'y trouva.

———————

NOUVELLE XXX

PAR MONSEIGNEUR DE BEAUVOIR

LES TROIS CORDELIERS

Il est vray, comme l'Évangille, que trois bons marchans de Savoye se mindrent au chemin avec leurs

femmes pour aler en pélerinage à Saint Antoine de
Viennois. Et pour y aler plus dévotement rendre à Dieu
et à monseigneur saint Anthoine leur voyage plus agréa-
ble, ilz conclurent avec leurs femmes, dès le partir de
leurs maisons, que, tout le voyaige, ilz ne coucheroient
pas avecques elles, mais en continence yront et viendront. Ilz arrivèrent ung soir en la ville à ung très bon
logis, et firent au souper très bonne chière comme ceux
qui avoient très bien de quoy, et qui très bien le scéurent faire ; et croy et tiens fermement, se ne féust la
promesse du voyage, que chascun eust couché avec sa
chascune. Toutesfois ainsi n'en advint pas, car quant il
fut heure de soy retraire, les femmes donnèrent la bonne

nuyt à leurs maris et les laissèrent ; et se boutèrent en
une chambre, au plus près, où elles avoient fait couvrir
chacune son lit. Or devez vous scavoir que ce soir propre, arrivèrent léans troys cordeliers qui s'en aloient à
Genesve, qui furent ordonnez à coucher en une chambre
non pas trop loingtaine de la chambre aux marchandes.
Lesquelles, puis qu'elles furent entre elles, commencèrent à deviser de cent mille propos et sembloit, pour
trois qu'il y en avoit, qu'on en oyoit la noise qu'il suffi-
roit oyr d'un quarteron.

Ces bons cordeliers, oyans ce bruit de femmes, saillirent de leurs chambres sans faire effroy ne bruyt, et
tant approchèrent de l'uys sans estre ouys, qu'ilz par-

céurent ces troys belles damoiselles qui estoient chacune
à part elles, en ung beau lit assez grant et large pour
le deusième recevoir d'autre cousté ; puis se revirent, et
entendirent les maris qui se couchoient en l'autre chambre, et puis dirent que fortune et honneur à ceste heure
leur court seur, et qu'ilz ne sont pas dignez d'avoir jamais nulle bonne adventure se ceste, qu'ilz n'ont pas à
pourchasser, par laschelé leur eschapoit. Si dit l'ung,
il ne fault aultre déliberation en nostre fait ; nous sommes trois et elles troys, chascun prenge sa place quand
elles seront endormies. S'il fut dit, aussi fut il fait : et

si bien vint à ces bons frères cordeliers qu'ilz trouvèrent
la clef de la chambre aux femmes dedens l'uys, si l'ou-
vrirent si très souefvement qu'ilz ne furent d'ame ouys.
Ilz ne furent pas si folz, quant ilz eurent gaigné ce premier fort, pour plus séurement assaillir l'autre, qu'ilz
ne tirassent la clef par devers eulx et resserrèrent très
bien l'uys ; et puis après, sans plus enquerre, chacun
print son quartier et commencèrent à besongnier chacun au mieux qu'il péut. Mais le bon fut, car l'une cuidant avoir son mary parla, et dist : Que voulés vous
faire, ne vous souvient il de vostre veu ? Et le bon cordelier ne disoit mot, mais faisoit ce pour quoy il estoit venu

de si grant cueur qu'elle ne se péut tenir de luy ayder
à parfournir. Les autres deux, d'autre part, n'estoient
pas oyseux, et ne savoient ces bonnes femmes qui menoit leurs maris de si tost rompre et casser leur promesse. Néantmoins toutesfois, elles qui doivent obéyr,
le prindrent bien en patience, sans dire mot, chascune
doubtant d'estre ouye de sa compagnie, car n'y avoit celle
qui, à la vérité, ne cuidast avoir seule et emporter ce bien.
Quant ces bons cordeliers eurent tant fait que plus ne
povoyent, ilz se partirent sans dire mot, et retournèrent
en leur chambre, chacun comptant son adventure. L'ung
avoit rompu trois lances, l'autre quatre, l'autre six. Ilz se
levèrent matin, pour toute séureté, et tirèrent pays. Et ces
bonnes femmes qui n'avoyent pas toute la nuyt dormy,
ne se levèrent pas trop matin, car sur le jour sommeil les
print qui les fist lever tart. D'autre costé leurs maryz,
qui avoient assez bien béu le soir, et qui se attendoyent
à l'appeau de leurs femmes, dormoient au plus fort à
l'eure, car ès autres jours avoient jà cheminé deux
lieues. Au fort elles se levèrent après le repos du matin,
et s'abillèrent le plus roide qu'elles peurent, non pas
sans parler. Et entre elles celle qui avoit la langue plus
preste a la dire : Entre vous, mes damoiselles, comment
avez vous passé la nuyt? voz mariz vous ont ilz reveil-
lées comme a fait le mien? Il ne cessa annuyt de faire
la besongne. — Saint Jehan, dirent elles, si vostre mary
a bien besongnié ceste nuyt, les nostres n'ont pas esté
oyseux; ilz ont tantost oublié ce qu'ilz promirent au
partir, et croyez que on ne leur oubliera pas à dire. —
— J'en advertis trop bien le myen, dist l'une, quant il
commença, mais il n'en cessa pourtant oncques l'euvre;
et comme homme affamé, pour deux nuytz qu'il a couchié sans moy, il a fait raige de diligence. Quant elles
furent prestes, elles vindrent trouver leurs mariz qui

desjà estoient tous prestz et en pourpoint : Bon jour,
bon jour à ces dormeurs, dirent elles. — Vostre mercy,
dirent ilz, qui nous'avés si bien huchiez. — Ma foy, dit
l'une, nous avions plus de regret de vous appeller matin
que vous n'avés fait annuit de conscience de rompre et
quasser vostre veu. — Quel veu? dist l'un. — Le veu,
dit elle, que vous fistes au partir : c'est de non couchier
avec vostre femme. — Et qui y a couchié? dit il. —Vous
le savés bien, dit elle, et aussi fais je. — Et moy aussi,
dist sa compaigne, véla mon mary qui ne fut pieça si
roide qu'il fut la nuyt passée; et s'il n'éust si bien fait
son devoir je ne seroie pas si contente de la rompéure
de son veu; mais au fort je le passe, car il a fait comme
les jeunes enfans qui veulent amploier leur basture quant
ilz ont desservi le punir. — Saint Jehan, si a fait le
myen, dist la tierce, mais au fort je n'en feray jà procès,
se mal y a il en est cause. — Et je tiens par ma foy, dit
l'ung, que vous rêvez et que vous estez yvres de dormir.
Quant est de moi, j'ay icy couchié tout seul et n'en partis annuyt. — Non ay je moy, dit l'autre. — Ne moy,
par ma foy, dit le tiers, je ne voudroye pour rien avoir
enfraint mon veu. Et si cuide estre seur de mon compère
qui est cy et de mon voisin qu'ilz ne l'eussent pas promis pour si tost l'oublier. Ces femmes commencèrent à
changier couleur, et se doubtèrent de tromperie dont
l'ung des mariz d'elle tantost se donna garde, et luy
jugea le cueur de la vérité du fait. Si ne leur bailla pas
induce de respondre, ainçois faisant signe à ses compaignons, dit en riant : Par ma foy, ma damoiselle, le bon
vin de céans et la bonne chière du soir passé nous ont
fait oublier nostre promesse; si n'en soyés jà mal contentes. A l'aventure se Dieu plaist, nous avons fait annuyt, à vostre aide, chascun ung bel enfant, qui est
chose de si hault mérite qu'elle sera suffisante d'effacer

la faute du cassement de nostre veu. —Or Dieu le vueille,
dirent elles. Mais ce que si afferméement disiés que n'a-
viez pas esté vers nous nous a fait ung petit doubter.
—Nous l'avons fait tout à propos, dit l'autre, affin d'ouyr
que vous diriez. — Et vous aviez fait double peché
comme de faulcer vostre veu et de mentir à escient, et
nous mesmes aussi aviez beaucoup troublées. —Ne vous
chaille non, dit il, c'est peu de choses, mais allez à la
messe et nous vous suyverons. Elles se misdrent à chemin devers l'église. Et leurs maris demeurèrent ung peu
sans les suivir trop roide, puis dirent tous ensemble,
sans en mentir de mot : Nous sommes trompez, ces déa-
bles de cordeliers nous ont decéuz; ilz se sont mis en
nostre place et nous ont monstré nostre folie, car se
nous ne voulions pas coucher avec noz femmes, il n'estoit jà mestier de les faire coucher hors de nostre chambre, et s'il y avoit danger de litz, la belle paillade est en
saison. — Dea, dist l'ung d'eux, nous en sommes chas-
tiés pour une aultre foiz; et au fort il vault myeulx que
la tromperie soit seulement scéue de nous que de nous
et de elles, car le dangier est bien grant s'il venoit à leur
congnoissance. Vous ouez par leur confession que ces
ribaulx moynes ont fait merveilles d'armes, et espoire
plus et mieulx que nous ne sçavons faire. Et se elles le
sçavoient, elles ne se passeroient pas pour celle foiz
seulement; s'en est mon conseil que nous l'avalons sans
macher. — Ainsi me aist Dieu, ce dit le tiers, mon compère dit très bien; quant à moy je rapelle mon veu, car
ce n'est pas mon intention de plus moy mettre en ce
dangier. — Puis que vous le voulez, dirent les deux aultres, et nous vous ensuyvrons. Ainsi couchèrent tout le
voyage et femmes et mariz tout ensemble, dont ilz se
gardèrent trop bien de dire la cause qui à ce les mouvoit. Et quant les femmes virent ce, si ne fut pas sans

demander la cause de ceste reherse. Et ilz respondirent
par couverture, puis qu'ilz avoient commencé de leu
veu entrerompre, il ne restoit que du parfaire. Ains
furent les trois bons marchans des trois bons cordelier
trompés, sans qu'il venist jamais à la congnoissance d
celles qui bien en fussent mortes de deul, s'elles e
eussent scéu la vérité, comme on voit tous les jour
mourir femmes de maindre cas et à mains d'occasion.

NOUVELLE XXXI

RACOMPTÉE

PAR MONSEIGNEUR DE LA BARDE

LA DAME A DEUX

Un gentil escuier de ce royaulme, bien renommé et
de grant bruit, devint amoureux, à Rohan, d'une très

belle damoiselle, et fist toutes ses diligences de parvenir
à sa grace. Mais fortune lui fut si contraire, et sa dame
si peu gracieuse qu'enfin il abandonna sa queste comme
par desespoir. Il n'eut pas trop grant tort de ce faire,
car elle estoit ailleurs pourvéue, non pas qu'il en scéust
rien, combien qu'il s'en doubtast, toutesfois celuy qui en
joyssoit, qui chevalier et homme de grant auctorité estoit,
n'estoit pas si peu privé de luy qu'il n'estoit guères chose
au monde dont il ne se fust bien à luy descouvert sinon
de ce cas. Trop bien luy disoit il souvent : Par ma foy,
mon amy, je vueil bien que tu saches que j'ay un retour
en cette ville dont je suis beaucoup assoté ; car quant
je n'y suis, je suis tant parforcé de travail et si rebouté,
qu'on ne tireroit point de moy une lieuette de chemin ;
et se je me treuve vers elle, je suis homme pour en
faire troys ou quatre, voire les deux tout d'une alaine. —
Et n'est il requeste, ne prière, disoit l'escuyer, que je
vous scéusse faire que je scéusse tant seulement le nom
de celle ? — Nenny par ma foy, dist l'autre, tu n'en
sçauras plus avant. — Or bien, dist l'escuier, quant je
seray si heureux que d'avoir riens de beau je vous seray
aussi peu pryvé que vous m'estes estrange. Advint ce
temps pendant que ce bon chevalier le pria de souper au
chasteau de Rohan, où il estoit logié. Et il y vint, et firent
très bonne chière. Et quant le souper fut passé et aulcun
peu de devises après, le gentil chevalier qui avoit heure
assignée d'aller vers sa dame, donna congé à l'escuier,
et dist : Vous scavés que nous avons demain beaucoup à
besoingner, et qu'il nous fault lever matin pour telle
matière, et pour telle qu'il faut expédier ; c'est bon
de nous coucher de bonne heure, et pour ce je vous
donne la bonne nuyt. L'escuier qui estoit subtil, en
ce voyant, doubta tantost que ce bon chevalier vouloit aller coucher, et qu'il se couvroit pour luy donner

Estes-vous là, faulx chevalier et desloyal?

(Nouvelle XXXI.)

ongié des besoingnes de landemain, mais il n'en fist
uelque semblant, ainçoys dist en prenant congié et
onnant la bonne nuyt : Monseigneur, vous dictes bien,
evés vous matin et aussi feray je. Quant ce bon escuier
ut en bas descendu, il trouva une petite mullette au pié
u chasteau, et ne vit ame qui la gardast : si pensa tan-
ost, que le paige qu'il avoit rencontré en descendant
loit quérir la housse de son maistre, et aussi faisoit il :
Ia ! dit il en soy mesme, mon hoste ne m'a pas donné
ongié de si haulte heure sans cause ; vécy sa mulette
ui n'attent aultre chose que je soye en voye, pour aler
ù on ne veult pas que je soye. Ha ! mulette, dit il, se
u savois parler tu diroys de bonnes choses ; je te prie
ue tu me maines où ton maistre veult estre. Et à ce
oup il se fist tenir l'estrief par son paige et monta des-
us ; et lui mist la resne sur le col, et la laissa aler où
on lui sembla tout le beau pas. Et la bonne mulette le
iena par rues et ruelles, deçà et delà, tant qu'elle vint
rrester au devant d'ung petit guichet qui estoit en une
ue oblique où son maistre avoit acoustumé de venir. Et
stoit l'uys du jardin de la damoiselle qu'il avoit tant
ymée et par desespoir abandonnée. Il mist pié à terre
t puis heurta ung petit coup au guichet, et une damoi-
elle que faisoit le guet par une faulce treille, cuidant
ue ce fust le chevalier, s'en vint en bas et ouvrit l'uys,
t dit : Monseigneur, vous soyez le très bien venu, véla
ia damoiselle en sa chambre qui vous attent. Elle ne le
ongnéut point pource qu'il estoit tard, et avoit une cor-
ette de veloux devant son visaige. Adonc l'escuier res-
ondit : Je vois vers elle. Et puis dit à son paige tout
as en l'oreille : Va t'en bien à haste, et remaine la muette où je l'ay prinse, et puis t'en va couchier. — Si
eray je, dit il. La damoiselle reserra le guichet, et s'en
etourna en sa chambre. Et nostre bon escuier, très

fort pensant à sa besongne, marcha très serréement
vers la chambre où sa dame estoit, laquelle il trouva
desjà mise en sa cotte simple, la grosse chaine d'or
au col. Et comme il estoit gracieux, courtois et bien
emparlé, la salua bien honnorablement. Et elle qui fut
tant esbaye que se cornes lui fussent venues, de prinsault ne sceut que respondre, sinon à une pièce après
qu'elle lui demanda qu'il quéroit léans, et dont il venoit
à ceste heure, et qui l'avoit bouté dedens : Ma damoiselle, dit il, vous povez assés penser que se je n'eusse
eu autre ayde que moy mesmes que je ne fusse pas icy,
mais la Dieu mercy, ung qui a plus grant pitié de moy
que vous n'avez encores eu, m'a fait cest avan-
taige. — Et qui vous a amené, sire? dist elle. — Par ma
foy, ma damoiselle, je ne le vous quiers jà celer, ung
tel seigneur, c'est assavoir son hoste du soupper, m'y a
envoié. — Ha! dit elle, le traitre et desloyal chevalier
qu'il est, se trompe il en ce point de moy? Or bien, bien,
j'en seray vengée quelque jour. — Ha! ma damoiselle,
dit l'escuier, ce n'est pas bien dit à vous, car ce n'est
pas traïson de faire plaisir à son amy, et lui faire secours et service quant on le peut faire. Vous savez bien
la grant amitié qui est de pieça entre lui et moy, et
qu'il n'y a celui qui ne dye à son compaignon tout ce
qu'il a sur le cueur. Or est ainsi qu'il n'y a pas long
temps que je lui complay et confessay tout le long de la
grant amour que je vous porte, et que à ceste cause je
n'avoye nul bien en ce monde; et se par aucune façon
je ne parvenoye en vostre bonne grace, il ne m'estoit
pas possible de longuement vivre en ce douloreux martire. Quant le bon seigneur a congnéu à la vérité que
mes parolles n'estoient pas faintes, doublant le grant inconvénient qui en pourroit sourdre, a fait bien de me dire
ce qui est entre vous deux; et ayme mieux vous aban-

onner en moy saulvant la vie, qu'en moy perdant ma-
eureusement vous entretenir. Et se vous éussiez esté
elle que vous deveriez, vous n'eussiez pas tant attendu
e bailler confort ou guérison à moy vostre obéyssant
erviteur, qui savez certainement que je vous ay loyaul-
lent servie et obéye. — Je vous requiers, dit elle, que
ous ne me parlez plus de cela et vous en alez hors d'icy.
lauldit soit celuy qui vous y fist venir ! — Savez vous
u'il y a, ma damoiselle, ce n'est, dit il, pas mon inten-
ion de partir d'icy qu'il ne soit demain. — Par ma foy,
it elle, si ferez tout maintenant. — Par la mort bieu,
on feray, car je coucheray avecques vous. Quant elle
it que c'estoit à bon escient et qu'il n'estoit pas homme
our enchacier par rudes parolles, elle lui cuida donner
ongié par doulceur et dit : Je vous prie tant que je puis,
lez vous en pour meshuy; et par ma foy je feray une
ultre fois ce que vous vouldrez. — Dea, dit il, n'en par-
ez plus, car je coucheray annuyt avecques vous. Et lors
ommence à soy despouiller et prent la damoiselle et la
naine banqueter. Et fit tant, pour abrégier, qu'elle se
oucha et lui emprès elle. Ilz n'eurent guères esté cou-
hiez, ne plus couru d'une lance que vécy bon chevalier
ui va venir sur sa mullette, et vint heurter au guichet.
t le bon escuier qui l'ouyt le congnéut tantost, si com-
nença à glappir, contrefaisant le chien très fièrement.
e chevalier, quant il ouyt, il fut bien esbay et autant
ourroucé. Si reheurte de plus belle très rudement au
uichet, et l'autre de recommencer à glappir plus fière-
nent que devant : Qui est ce là qui grongne? dit celui de
lehors, par la mort bieu, je le sauray. Ouvrez l'uys ou
e le porteray en la place. Et la bonne gentil femme qui
nraigeoit toute vive, saillit à la fenestre, en sa cotte
imple et dist : Estes vous faulx et desloyal chevalier ?
Vous avés beau heurter, vous n'y entrerez pas. — Pour-

quoy n'y entreray je pas? dit il. — Pource, dit elle, que
vous estes le plus desloyal qui jamais femme accointast ;

et n'estes pas digne de vous trouver avecques gens de
bien. — Ma damoiselle, dit il, vous blasonnez très bien
mes armes, je ne scay qui vous meut, car je ne vous ay
pas fait desloyauté, que je saiche. — Si avez, dit elle, et la
plus grande que jamais homme fist à femme. — Non
ay, par ma foy, mais dictes moy qui est là dedens. —
Vous le savez bien, dit elle, traistre mauvais que vous
estes. Et à ceste foys bon escuier qui estoit ou lit, commença à glappir, contrefaisant le chien, comme par avant.
Ha dea, dist celluy de dehors, je n'entens point cecy; et
ne sauray je point qui est ce grongneur? —Saint Jehan!
si ferez, dit l'escuier; et il sault sus et vint à la fenestre
d'emprès sa dame et dit: Que vous plaist il, Monseigneur?
vous avez tort de nous ainsi resveiller. Le bon chevalier,

quant il congnéut qu'il parloit à luy, fut tant esbahy
que merveilles. Et quant il parla il dit : Et dont viens
tu cy ? — Je vien de souper de vostre maison pour coucher céans. — A male faulte, dit il. Et puis adreça sa
parolle à la damoiselle et luy dist : Ma damoiselle, heber-
gés vous telz hostes céans ? — Nenny, Monseigneur, dist
elle, la vostre mercy qui me l'avés envoyé. — Moy, dit
il, saint Jehan ! non ay ; je suis mesmes venu pour y
trouver ma place, mais c'est trop tart. Et au mains je
vous prie, puis que je n'en puis avoir aucune chose, ou-
rés moy l'uys, si boiray une foys. — Vous n'y entrerés
par Dieu jà, dit elle. — Saint Jehan ! si fera, dit l'escuier.
Lors descendit et ouvrit l'uis, et s'en vint recouchier, et
elle aussi, Dieu scait bien honteuse et bien mal contente.
Quand le bon seigneur fut dedens, et il eut alumé de la
chandele, il regarde la belle compaignie dedens le lit,
et dist : Bon preu vous fasse, ma damoiselle, et à vous
aussy, mon escuier. — Bien grant mercis, Monseigneur,
dit il. Mais la damoiselle qui plus ne pouvoit se le cueur
ne lui sailloit dehors du ventre, ne peult oncques dire
ung seul mot. Et cuidoit tout certainement que l'escuier
fut léans arrivé par l'advertissement et conduicte du
chevalier, si luy en vouloit tant de mal que on ne
vous le scairoit dire : Et qui vous a ensaigné la voie
de céans, mon escuier, dist le chevalier ? — Vostre mullette, Monseigneur, dit il, que je trouvay en bas, ou chasteau, quant j'éu souppé avec vous ; elle estoit là, seule
et esgarée, si luy demanday qu'elle attendoit, et elle me
respont qu'elle n'attendoit que sa housse et vous. Et pour
où aller ? dis je. Où avons de coustume, dist elle. Je scay
bien, dis je, que ton maistre ne ira meshuy dehors, car
il se va couchier ; mais maine moy là où tu scais qu'il
va de coustume et je t'en prie. Elle en fut contente, si
montay sur elle, et elle m'adreça céans, la sienne bonne

mercy ! — Dieu mette en mal an l'orde beste, dit le bon
seigneur, qui m'a encusé. — Ha! que vous le valés
loyaulment, Monseigneur ! dist la damoiselle, quant
elle péut prendre la paine de parler. Je voy bien que
vous vous trompés de moy, mais je veul bien que vous sachiés que vous n'y aurés guères d'honneur. Il n'estoit
jà mestier, se vous n'y vouliés plus venir, de y envoyer
aultruy soubs umbre de vous ; mal vous congnoist qui
oncques ne vous vit. — Par la mort bieu, je ne luy ay
pas envoyé, dit il ; mais puis qu'il y est, je ne l'en cha-
ceray pas ; et aussi il y en a assés pour nous deux ; n'a
pas, mon compaignon ? — Ouy, Monseigneur, dit il, tout
au butin, et je le vueil, si nous fault boire du marché.
Et lors se tourna vers le dressoir, et versa du vin en une
grant tasse que y estoit, et dist : Je boy à vous, mon
compaignon, et puis fist verser de l'aultre vin, et le
bailla à la damoiselle qui ne vouloit nullement boire ;
mais en la fin, voulsist ou non, elle baisa la tasse. Or
ça, dist le gentil chevalier, mon compaignon, je vous
laisseray icy, besoignés bien vostre tour aujourdui, le
mien sera demain, se Dieu plaist ; si vous prie que vous
me soiés aussi gratieux, quant vous m'y trouverés, que
je vous suis maintenant. — Nostre dame, mon compaignon, aussi seray je, ne vous doubtez. Ainsi s'en ala le
bon chevalier et lessa l'escuier qui fist au mieulx qu'il
péult ceste première nuyt. Et advertit la damoiselle de
tous poins de la vérité de son adventure dont elle fut
ung peu plus contente que se l'aultre luy eust envoyé.
Ainsi fut la belle damoiselle decéue par la mulette et
contrainte d'obéir et au chevalier et à l'escuier, chascun
à son tour, dont en la fin elle s'acoustuma et très bien le
print en patience. Mais tant de bien y eut que se le chevalier et l'escuier s'entraimoient bien par avant ceste
adventure, l'amour d'entre eulx à ceste occasion fut

redoublée, qui entre aucuns mal conseiliés eust engen-
dré discort et mortelle haine.

NOUVELLE XXXII

PAR MONSEIGNEUR DE VILLIERS

LES DAMES DISMÉES

Affin que je ne soye seclus du très heureux et haut
mérite du à ceux qui travaillent, et labeurent à l'aug-
mentation des histoires de ce présent livre, je vous
racompteray en brief une adventure nouvelle par
laquelle on me tiendra excusé d'avoir fourny la nouvelle

ont j'ay naguères esté sommé. Il est notoire vérité
u'en la ville de Hostelerie, en Castelloine, arrivèrent
lusieurs frères mineurs, qu'on dit de l'observance,
nchacés et deboutés par leur mauvais gouvernement et
 aincte dévocion du royaulme d'Espaigne. Et trouvèrent
açon d'avoir entrée devers le seigneur de la ville, qui
esjà estoit ancien; et tant firent, pour abréger, qu'il
eur fonda une belle église et beau couvent et les main-
int et entretint toute sa vie le mieulx qu'il scéut. Et
prez régna son filz aisné qui ne leur fist pas mains de
ien que son bon père. Et de fait ilz prospérèrent en
eu de ans, si bien qu'ilz avoient suffisaument tout ce
ue on sairoit demander en ung couvent de mendians.
t affin que vous sachiés qu'ilz ne furent pas oiseux
lurant le temps qu'ilz acquirent ces biens, ils se mirent
u prescher tant en la ville que par les villaiges voisins,
t gaignèrent tout le peuple, et tant firent qu'il n'estoit
as bon crestien qui ne s'estoit à eulx confessé, tant
voient grant bruit et bon los de bien remonstrer aux
echeurs leurs defaultez. Mais qui les louast et eust bien
n grace les femmes estoient du tout données, tant les
voient trouvés sainctes gens de grant charité et de par-
onde dévotion. Or entendés la mauvaitie, déception et
orrible trayson que ces faulx ypocrites pourchassèrent
ceulx et celles qui tant de biens de jour en jour leur
aisoient : ilz baillèrent entendre généralement à toutes
es femmes de la ville qu'elles estoient tenues de rendre
Dieu la disme de tous leurs biens, comme au seigneur
le telle chose et de telle, à vostre paroisse et curé de
elle chose et telle : et à nous vous devez rendre et livrer
a disme du nombre des fois que vous couchiez char-
ellement avec vostre mary. Nous ne prenons sur vous
utre disme, car, comme vous scavez, nous ne portons
oint d'argent; car il ne nous est rien des biens tempo-

relz et transitoires de ce monde. Nous quérons et demandons seulement les biens espirituelz. Les dismes que
nous demandons et que vous nous devez n'est pas
des biens temporelz; c'est à·cause du saint sacrement
que vous avez recéu qui est une chose divine et espiri-
tuelle. Et de celui n'appartient à nul recevoir la disme
que nous seulement qui sommes religieux de l'observance. Les povres simples femmes, qui mieulx cuidoient
ces bons frères estre anges que hommes terriens, ne
refusèrent pas ce disme à payer. Il n'y eust celle qui ne
la paiast à son tour, de la plus haulte jusques à la maindre; mesme la femme du seigneur n'en fut pas excusée.
Ainsi furent toutes les femmes de la ville appaties à
ces vaillans moines; et n'y avoit celuy d'eulz qui n'eust
à sa part de quinze à seize femmes la disme à recevoir;
et à ceste occasion, Dieu scait les présens qu'ilz avoient
d'elles tout soubz umbre de dévocion. Ceste manière de
faire dura longuement sans ce qu'elle vint à la congnoissance de ceulx qui se fussent bien passez de ce
nouveau disme. Il fut toutesfois descouvert en la façon
qui s'ensuit : Ung jeune homme nouvellement marié
fut prié de soupper à l'ostel d'ung de ses parens, lui et
sa femme; et comme ilz retournoient, en passant par
devant l'église des bons cordeliers dessus ditz, la cloche
de l'Ave Maria sonna tout à ce coup, et le bon homme
s'enclina sur la terre pour faire ses dévocions. Sa femme
lui dit : Je entreroye voulentiers dedens ceste église. —
Et que ferés vous là dedens à ceste heure? dit le mary,
vous y reviendrez bien quant il sera jour, demain ou
une autre fois. — Je vous requiers, dist elle, que je y
aille et je reviendray tantost. — Nostre Dame, dit il,
vous n'y entrerez jà maintenant. — Par ma foy, dit
elle, c'est force, il m'y convient aller : je ne demoure-
ray riens : si vous avez haste d'estre à l'ostel, alez tou-

ours devant, je vous suivray tout à ceste heure. — Piquez, piquez devant, dit il, vous n'y avez pas tant à faire :
si vous voulez dire vostre Paster noster ou vostre Ave
maria, il y a assez place à l'ostel, et vous vauldra autant
à le dire que en ce monastère, où l'en ne voit maintenant goute. — Ha dea, dit elle, vous direz ce qu'il vous
plaira, mais par ma foy, il fault nécessairement que
j'entre ung peu dedens. — Et pourquoy ? dist il ; voulez vous aller couchier avec les frères de léans ? Elle, qui
cuidoit à la vérité que son mary sçéust bien qu'elle
payast la disme, luy respondit : Nenny, je n'y vueil
pas couchier, je vouloie aler payer. — Quoy payer ?
dit il. — Vous le scavez bien, dit elle, et si le demandez. — Que scay je bien ? dit il ; je ne me mesle pas de
voz debtes. — Au mains, dit elle, scavez vous bien qu'il
me fault payer la disme. — Quelle disme ? — Ha hay, dit
elle, c'est ung jamais ; et la disme de nuyt de vous et de
moy ; vous avez bon temps, il fault que je paye pour
nous deux. — Et à qui le paiez vous ? dit il. — A frère
Eustace, dit elle ; alez tousjours à l'ostel, et si m'y laissez
aler que j'en soye quitte ; c'est si grant pêchié de ne la
point payer que je ne suis jamais aise quant je lui doy
rien. — Il est meshuy trop tart, dit il, il est couchié
passé à une heure. — Ma foy, dit elle, je y ay esté ceste
année beaucoup plus tard ; puis que on veult payer, on
y entre à toute heure. — Alons, alons, dit il, une nuyt
n'y fait rien. Ainsi s'en retournèrent le mary et la
femme mal contens tous deux, la femme pource qu'on
ne l'a pas laissée paier son disme, et le mary, pource
qu'il se veoit ainsi decéu, estoit tout esprins d'yre et de
mal talent qui encores redoubloit sa peine qui ne l'ou-
soit monstrer. A certaine pièce après toutesfois, ilz se
couchèrent, et le mary, qui estoit assez subtil, interroga
sa femme de longue main, se les autres femmes de la

ville ne paient pas aussi ceste disme qu'elle fait? Quoy
donc, dit elle, par ma foy si font; quel previlège auroient
elles plus que moy? Nous sommes encores seize ou vingt
qui le paions à frère Eustace. Ha! il est tant dévot; et
croiez que ce luy est une grande pacience. Frère Berthe-
lemieu en a autant ou plus, et entre les autres, ma dame
est de son nombre. Frère Jacques aussi en a beaucoup,
frère Antoine aussi, il n'y a celui d'eulz qui n'ait son
nombre. — Saint Jehan, dit le mary, ilz n'ont pas euvre
laissée; or congnois je bien qu'ilz sont beaucoup plus
devotz qu'il ne semble; et vrayement je les vueil avoir
céans tous l'ung après l'autre, pour les festoier et ouyr
leurs bonnes devises. Et pource que frère Eustace reçoit
la disme de céans, ce sera le premier; faictes que nous
ayons demain bien à disner, car je le ameneray. — Très
voulentiers, dit elle; au mains ne me fauldra il pas aller
en sa chambre pour le paier, il le recevera bien céans.
— Vous dictez bien, dit il; or dormons. Mais créez qui
n'en avoit garde; et en lieu de dormir il pensa tout à
son aise ce qu'il vouloit à lendemain exécuter. Ce disner
vint, et frère Eustace, qui ne scavoit pas l'intention de
son hoste, fist assez bonne chière soubz son chaperon.
Et quant il véoit son point, il prestoit ses yeulx à l'hostesse, sans espargner par dessoubz la table le gracieux
jeu des piedz, de quoy s'appercevoit bien l'oste sans en
faire semblant, combien que ce fut à son préjudice.
Aprez les gracez, il apela frère Eustace, et luy dist qu'il
luy vouloit monstrer une ymage de Nostre Dame, et une
très belle oraison qu'il avoit en sa chambre; et il respondit qu'il le voirroit voulentiers. Adonc ilz entrèrent dedans la chambre, et puis l'hoste ferma l'uis dessus eulx
que il ne péust sortir; et puis empoigna une grande
hache, et dit à nostre cordelier : Par la mort bieu, beau
père, vous ne partirez jamais d'icy, sinon les piez devant,

se vous ne confessez vérité. — Hélas! mon hoste, je vous
crie mercy, que me demandez vous? — Je vous demande,
dit il, le disme du disme que vous avez prins sur ma
femme. Quant le cordelier ouyt parler de ce disme, il
pensoit bien que ses besongnes n'estoient pas bonnes; si
ne scéust que respondre, sinon de crier mercy, et de soy
excuser le plus beau qu'il pouvoit : Or me dictes, dit
l'oste, quelle disme esse que vous prenez sur ma femme
et sur les autres? — Le povre cordelier estoit tant effroyé
qu'il ne povoit parler, et ne respondoit mot. — Dictes
moy, dit l'oste, la chose comment elle va; et par ma foy
je vous lairray aler, et ne vous feray jà mal, ou si non
je vous tueray tout roide. Quant l'autre se ouyt asséurer,
il ayma mieulx confesser son pêché et celui de ses compaignons et eschapper, que le celer et tenir cloz et estre
en dangier de perdre sa vie; si dist : Mon hoste, je vous
crie mercy, je vous diray vérité. Il est vray que mes
compaignons et moy avons fait accroire à toutes les
femmes de ceste ville qu'elles doyvent la disme des fois
que vous couchiez avec elles; elles nous ont créu, si les
payent et jeunes et vieilles, puis qu'elles sont mariées, il
n'en y a pas une qui en soit excusée; ma dame mesmes
la paye comme les aultres, ses deux niepces aussi, et
généralement nulle n'en est exemptée. — Ha dea, dit
l'autre, puis que Monseigneur et tant de gens de bien la
payent, je n'en doy pas estre quitte, combien que je
m'en passasse bien. Or vous en alez, beau père, par
tel fin que vous me quitterez la disme que ma femme
vous doit. L'autre ne fut oncques si joyeux quant il se
fut saulvé déhors, si dit que jamais n'en demanderoit
rien, aussi ne fist il, comme vous ourrez. Quant l'oste du
cordelier fut bien informé de sa femme et de ceste nouvelle disme, il s'en vint à son seigneur et luy compta
tout du long le cas du disme, comme il est touché si des-

sus. Pensez qu'il fut bien esbay et dit : Oncques ne me
pléurent ces papelars, et me jugeoit bien le cueur qu'ilz
n'estoient pas telz par dedens comme ilz se monstrent
par déhors. Ha mauldictes gens qu'ilz sont! mauldicte
soit l'eure qu'onques Monseigneur mon père, à qui Dieu
pardont, les accointa. Or sommes nous par eulz gastez
et deshonnorez. Et encore feront ilz pis s'ilz durent longuement. Qu'est il de faire ? — Par ma foy, Monseigneur,
dit l'autre, s'il vous plaist et semble bon, vous assem-
blerez tous voz subjetz de ceste ville : la chose leur
touche comme à vous : si leur declairez ceste adventure, et puis aurés advis avec eulz d'y pourveoir
et remédier avant qu'il soit plus tard. Monseigneur le
voulut ; si manda tous ses subjetz mariez tant seulement.
et ilz vindrent vers lui ; et en la grant sale de son hostel,
il leur déclaira tout au long la cause pourquoy il les
avoit assemblez. Se Monseigneur fut bien esbay de prinsault, quant il scéust premier ces nouvelles, aussi furent
toutes bonnes gens qui là estoient. Adoncques les ungz
disoyent : il les fault tuer ; les autres : il les fault pendre ;
les aultres : noyer. Les autres disoient qu'ilz ne pourroient croire que ce fust vérité, et qu'ilz sont trop dévotz
et de trop saincte vie. Ainsi dirent les ungz d'ung et les
autres d'autre. Je vous diray, dist le seigneur : nous
manderons icy noz femmes, et ung tel maistre Jehan, etc.,
fera une petite colacion, laquelle enfin cherra de parler
des dismes, et leur demandera au nom de nous tous
s'elles s'en acquittent, car nous voulons qu'elles soyent
payées ; nous ourrons leur response. Et après advis sur
cela, ilz s'accordèrent tous au conseil et à l'oppinion de
Monseigneur. Si furent toutes les femmes mariées de la
ville mandées ; et vindrent en la sale où tous leurs mariz
estoient. Monseigneur mesmes fist venir ma dame qui
fust toute esbaye de veoir l'assemblée de ce peuple.

Puis après ung sergent commanda de par Monseigneur
faire silence. Et maistre Jehan se mist un peu au dessus
des autres et commença sa petite colacion comme il
s'ensuit : Mes dames et mes damoiselles, j'ay la charge
de par Monseigneur qui cy est et ceulx de son conseil,
vous dire en brief la cause pourquoy estes icy mandées :
Il est vray que Monseigneur et son conseil et son peuple
qui cy est, ont tenu à ceste heure ung chapitre du fait
de leurs consciences : la cause si est qu'ilz ont voulenté,
devant Dieu, dedens brief temps faire une belle proces-
sion et dévote à la louenge de Nostre Seigneur Jesu Crist,
et de sa glorieuse mère, et à icelui jour se mettre tous
en bon estat, affin qu'ilz soyent mieulx exaulsiez en
leurs plus dévotes prières et que les euvres qu'ilz feront
soient à icelui nostre Dieu plus aggréables. Vous savez
que, la mercy Dieu, nous n'avons eu nulles guerres de
nostre temps, et noz voisins en ont esté terriblement
persécutez, et de pestillences et de famine. Quant les
autres en ont esté ainsi examinez, nous avons péu dire
et encores faisons que Dieu nous a préservez. C'est bien
raison que nous congnoissons que ce vient non pas de
noz propres vertuz, mais de la seule large et libérale
grace de nostre benoit créateur et rédempteur qui huche
et appelle et invite au son des dévotes prières qui se
font en nostre église, et où nous adjoustons très grant
foy et tenons en fermes dévocions. Aussi le dévot couvent des cordeliers de ceste ville nous a beaucoup valu
et vault à la conservacion des biens dessus ditz. Au sur
plus nous voulons savoir se vous acquittez à faire ce à
quoy vous estez tenues; et combien que nous tenons
assez estre en vostre mémoire l'obligacion qu'avez à
l'église, il ne vous desplaira pas se je vous en touche
aucuns des plus grans points : Quatre fois l'an, c'est
assavoir aux quatre nataulx, vous vous devez confesser

à vostre curé, ou à quelque religieux ayant sa puissance;
et se receviez vostre créateur à chaque fois vous feriez
bien; à tout le mains le devez vous faire une fois l'an.
Alez à l'offrande tous les dimanches, et payez léaument
les dismes à Dieu, comme de fruitz, de poulailles,
aigneaulx, et aultres telz usaiges acoustumez. Vous
devez aussi une autre disme aux dévots religieux du couvent de saint François, que nous voulons expressement
qu'elle soit payée; c'est celle qui plus nous touche au
cueur, et dont nous désirons plus l'entretenance; et
pourtant s'il y a nulle de vous qui n'en ait fait son
devoir aucunement, que ce soit par sa négligence ou par
faulte de le demander, ou aultrement, si s'avance de le
dire. Vous savez que ces bons religieux ne peuvent
venir aux hostelz quérir leur disme, ce leur seroit trop
grant peine et trop grant destourbier; il doit bien suffire
s'ils prenent la peine de le recevoir en leur couvent. Véla
partie de ce que je vous ay à dire; reste à savoir celles
qui ont payé et celles qui doivent. Maistre Jehan n'eust
pas finé son dire que plus de vingt femmes commencèrent
à crier toutes d'une voix : J'ay payé, moy, j'ay payé,
moy, je n'en doy rien; ne moy, ne moy. D'autre cousté
dirent un cent d'autres, et généralement, qu'elles ne
devoient rien; mesmes saillirent avant quatre ou six
belles jeunes femmes qui dirent qu'elles avoient si bien
payé qu'on leur devoit sur le temps avenir, à l'une quatre
fois, à l'autre six fois, à l'autre dix fois. Il y avoit aussi
d'autre costé je ne scay quantes vieilles qui ne disoient
mot; et maistre Jehan leur demanda s'elles avoient bien
payé leur disme? et elles respondirent qu'elles avoient
faict traictié avec les cordeliers : Comment, dit il, ne
paiez vous pas? vous devez semondre et contraindre les
autres de ce faire, et vous mesmes faictes la faulte. —
Dea, dit l'une, ce n'est pas moy; je me suis presentée

plusieurs fois de faire mon devoir, mais mon confesseur
n'y veult jamais entendre; il dit toujours qu'il n'a loisir.

— Saint Jehan, dirent
les autres vieilles, nous
composons par traictié
fait avecques eulz, la disme
que devos, en toille, en draps, en cous-
sins, en bancquiers, en orilliers, et en
autres telles bagues; et ce par leur conseil et advertissement, car nous aymerions mieulx la payer comme les
autres. — Nostre dame, dit maistre Jehan, il n'y a point
de mal, c'est très bien fait. — Elles s'en peuvent doncques
bien aller, dit Monseigneur à maistre Jehan. — Ouy,
dit il, mais quoy que ce soit, que ces dismes ne soyent

pas oubliées. Quant elles furent toutes hors de la sale,
l'uis fut serré, si n'y eust celuy des demourez qui ne
regardast son compaignon : Or ça, dit Monseigneur,
qu'est il de faire ? Nous sommes acertez de la thraïson
que ces ribaulx moynes nous ont fait, par la dépo-
sition de l'ung d'eulz et par noz femmes; il ne nous
fault plus de tesmoings. Après plusieurs et diverses opi-
nions, la finale et dernière résolucion si fut, qu'ilz yront
bouter le feu ou couvent, et bruleront et moynes et
moustier. Si descendirent en bas en la ville, et vindrent
au monastère; et ostèrent hors le *Corpus Domini*, et
aucun autre reliquaire qui là estoit, et l'envoièrent en
la paroisse ; et puis sans plus enquerir, boutèrent le feu
en divers lieux léans, et ne s'en partirent tant que tout
fut consummé, et moynes, et couvent, et église, et dor-
toir, et le surplus des édiffices dont il y avoit foison
léans. Ainsi achetèrent bien chièrement les povres cordeliers la disme non acoustumée qu'ilz midrent sur.
Dieu, qui n'en pouvoit mais, en eut bien sa maison
brulée.

NOUVELLE XXXIII

PAR

MONSEIGNEUR

___

MADAME TONDUE

Ung gentil cheval-
lier des marches de

Bourgoigne, saige, vaillant, et très bien adrecié, digne d'avoir bruit et los, comme il eust tout son temps entre les plus renommés, se trouva tant et si bien en la grace d'une si belle damoiselle qu'il en fut retenu serviteur, et d'elle obtint à petit de pièce tout ce que par honneur elle donner luy pouvoit; et au surplus, par force d'armes à ce la mena que refuser ne ly péut nullement ce que par devant et après ne péust obtenir. Et de ce se print et très bien donna garde ung très grant et gentil seigneur, très clervoyant, dont je passe le nom et les vertus, lesquelles, se en moy estoit de les scavoir racompter, il n'y a celuy de vous qui tantost ne congnéust de quoy ce conte se feroit, ce que pas ne vouldroye. Ce gentil seigneur que je vous dy, qui se apparcéut des amours du vaillant homme dessus dit, quant il vit son point, si luy demanda s'il n'estoit point en grace d'une telle damoiselle, c'est assavoir de celle dessus dite? Et il luy respondit que non; et l'autre qui bien scavoit le contraire, luy dist qu'il congnoissoit très bien que si. Néantmoins quelque chose qu'il luy dist ou remontrast, il ne luy devoit pas celer ung tel cas, et que se il luy en estoit advenu ung semblable, ou beaucoup plus grant, il ne luy celeroit jà. Si ne luy voulut il oncques dire ce qu'il scavoit certainement. Adonc se pensa, en lieu d'autre chose faire et pour passer temps, s'il scait trouver voie ne façon en lieu que celuy qui luy est tant estrange, et prent si peu de fiance en luy, il s'acointera de sa dame et se fera privé d'elle. A quoy il ne faillit pas, car en peu d'heure il fut vers elle si très bien venu, comme celuy qui le valoit, qu'il se povoit vanter d'en avoir autant obtenu, sans faire guères grant queste ne poursuite, que celuy qui mainte peine et foyson de travaulx en avoit soustenu, et si avoit ung bon point qu'il n'en estoit en rien féru. Et l'autre qui ne pensoit point avoir compaignon, en avoit tout au long

u bras et autant que on en pourroit entasser à toute
orce, au cueur d'ung amoureux. Et ne vous fault pas
enser qu'il ne fust entretenu de la bonne gouge, autant
t mieulx que par avant qui lui faisoit plus avant bou-
er et entretenir en sa fole amour. Et affin que vous sa-
hiez que ceste vaillante gouge n'estoit pas oyseuse, qui
n avoit à entretenir deux du mains, lesquelz elle eust à
rant regret perduz, et espécialement le dernier venu,
ar il estoit de plus hault estoffe et trop mieulx garny
u pongnet que le premier venu. Et elle leur bailloit et
ssignoit tousjours heure de venir l'ung après l'autre,
omme l'ung aujourduy et l'autre demain. Et de ceste
nanière de faire scavoit bien le dernier venu, mais il
'en faisoit nul semblant, et aussi à la vérité, il ne luy
n chailloit guères, si non que ung peu lui desplaisoit la
olie du premier venu qui trop fort à son gré se boutoit
n chose de petite value. Et de fait se pensa qu'il l'en
dvertiroit tout du long, ce qu'il fist. Or savoit il bien
ue les jours que la gouge luy deffendoit de venir vers
lle, dont il faisoit trop bien le mal content, estoient
gardés pour son compaignon le premier venu. Si fit le
guet par plusieurs nuytz ; et le véoit entrer vers elle par
e mesme lieu et à celle heure que es autres ses jours
aisoit. Si lui dist ung jour entre les autres : Vous m'avés
rop célé les amours d'une telle et de vous ; et n'est ser-
nent que vous ne m'ayez fait au contraire, dont je
n'esbahis bien que vous prenez si peu de fiance en moy,
voire quant je scay davantaige et véritablement ce qui
st entre vous et elle. Et affin que vous sachiez que je
scay qu'il en est, je vous ay véu entrer vers elle à telle
heure et à telle : et de fait, hier n'a pas plus loing, je
tins sur vous et d'ung lieu là où j'estoie, je vous y vy
arriver ; vous savez bien se je dy vray. Quant le premier
venu ouyt si vives enseignes, il ne sceut que dire, si luy

fut force de confesser ce qu'il eust voulentiers celé, et
qu'il cuydoit que ame ne le séust que lui. Et dit à
son compaignon le dernier venu, que vraiement il ne lui
peut plus, ne veult celer qu'il en soit bien amoureux,
mais il luy prie qu'il n'en soit nouvelle.— Et que diriés
vous, dit l'autre, se vous aviés compaignon ?— Compai-

gnon, dit il, quel compaignon ? En amours, je ne le
pense pas, dit il. — Saint Jehan, dist le dernier venu,
et je le scay bien ; il ne fault jà aller de deux en troys,
c'est moy. Et pour ce que je vous voy plus féru que la
chose ne vault, vous ay pieça voulu advertir, mais ne y
avés voulu entendre ; et se je n'avoye plus grant pitié de
vous que vous mesmes n'avez, je vous lairroie en ceste
follye, mais je ne pourroye souffrir que une telle gouge
se trompast et de vous et de moy si longuement. Qui
fut bien esbahy de ces nouvelles ce fut le premier venu,
car il cuidoit tant estre en grace que merveilles, voire
et si croioit fermement que la dicte gouge n'aymoit
aultre que luy. Si ne savoit que dire ne penser, et fut
longue espace sans mot dire. Au fort, quant il parla il
dit : Par nostre dame, on m'a bien baillé de l'oignon, et
si ne m'en doubtoye guères ; si en ay esté plus aisé à

ecepvoir ; le déable emporte la gouge quant elle est
elle ! — Je vous diray, dist le dernier venu, elle se
uide tromper de nous, et de fait elle a desja très bien
ommencé, mais il la nous fault mesmes tromper. — Et
e vous en prie, dist le premier venu, le feu de saint
Anthoine l'arde quant oncques je l'acointay ! — Vous
cavés, dist le dernier venu, que nous allons vers elle
our à tour, il fault qu'à la première foiz que vous yrés
u moy, que vous dictes que vous avoys bien congnéu
et appercéu que je suis amoureux d'elle, et que vous
n'avés véu entrer vers elle, à telle heure, et ainsi habillé ;
et que par la mort bieu, se vous m'y trouvés plus, que
ous me turez tout roide, quelque chose qui vous en
loye advenir. Et je diroy ainsi de vous, et nous verrons
ur ce qu'elle fera et dira et aurons advis du surplus. —
C'est très bien dit et je le vueil, dist le premier venu.
Comme il fut dit il en fut fait, car je ne scay quans jours
aprés, le dernier venu eut son tour d'aler besoigner,
si se mist au chemin et vint au lieu assigné. Quand il se
rouva seul à seul avec la gouge qui le recéut très dou-
cement et de grant cueur, comme il sembloit, il faindit,
comme bien le scavoit faire, une mathe chière et monstra semblant de couroux. Et celle qui l'avoit acoustumé
le veoir tout autrement, ne scéut que penser ; si lui demanda qu'il avoit et que sa manière monstroit que son
cueur n'estoit pas à son aise. — Vrayment, ma damoiselle, dit il, vous dites vray, que j'ay bien cause d'estre
mal content et desplaisant ; la vostre mercy toutesfois
que le m'avez pourchassé. — Moy, se dist elle. Hélas !
dist elle, non ay, que je saiche : car vous estes le seul
homme en ce monde à qui je vouldroye faire le plus de
plaisir, et qui plus près me toucheroit l'ennuy et le desplaisir. — Il n'est pas dampné qui ne le croyt, dit il, et
pensés vous que je ne me soye bien apperçéu que vous

avez tenu ung tel, c'est assavoir le premier venu. Si fait,
par ma foy, je l'ai trop bien véu parler à vous à part ;
et qui plus est, je l'ay espié et véu entrer céans. Mais
par la mort bieu, se je l'y trouve jamais, son dernier
jour sera venu, quelle chose qu'il en doye advenir; que
je seuffre ne puisse véoir qu'il me fist ce desplaisir, j'aymeroye mieulx à mourir mille foys, s'il m'estoit possible.
Et vous estes aussi bien desléale qui saviez certainement
et de vray que, après Dieu, je n'ayme riens que vous,
qui à mon très grant préjudice le voulés entretenir. —
Ha Monseigneur, dit elle, et qui vous a fait ce raport ?
Par ma foy, je vueil bien que Dieu et vous sachés que la
chose va tout aultrement, et de ce je le pren à tesmoing
que onques jour de ma vie je ne tins terme à celuy dont
vous parlés, ne à aultre, quel qu'il soit, par quoy vous
ayez tant soit peu de cause d'en estre mal content de
moy. Je ne vueil pas nyer que je n'aye parlé et parle à
luy tous les jours, et à plusieurs aultres, mais qu'il y ayt
entretenance riens ; ains tiens que soit le maindre de
ses pensées et aussi par dieu il se abuseroit. Jà Dieu ne
me laisse tant vivre que aultruy que vous ayt part ne
demie en ce qui est entièrement vostre. — Madamoiselle,
dit il, vous le scavez très bien dire, mais je ne suis pas
si beste que de le croire. Quelque maulcontent qu'il y
eust, elle scéust ce pourquoy il estoit venu, et au partir
lui dit : Je vous ay dit et de rechief vous fais savoir que
se je me perçoys jamais que l'autre vienne céans, je le
mettray ou feray mettre en tel point qu'il ne courrou-
cera jamais, ne moy ne aultre. — Ha, Monseigneur, dit
elle, par dieu vous avez tort de prendre vostre ymaginacion sur lui et croyez que je suis seure qu'il n'y pense
pas. Ainsi se partit nostre derrenier venu. Et à lendemain son compaignon le premier venu ne faillit pas à
son lever pour savoir des nouvelles; et il luy en compta

largement et bien au long tout le demené, comment il
fist le courroucé et comme il la menaça de tuer, et les
responses de la gouge. — Par mon serment, c'est bien
joué, dit il. Or laissez moy avoir mon tour : se je ne fais
bien mon personnaige, je ne fus oncques si esbay. Une
certaine pièce après, son tour vint et se trouva vers la
gouge qui ne lui fist pas mains de chière qu'elle avoit
de coustume, et que le derrenier venu en avoit emporté
naguères. Se l'autre son compaignon le derrenier venu
avoit bien fait du mauvais cheval et en maintien et en
parolles, encores en fist il plus, et dit en telle manière :
Je doiz bien mauldire l'eure et le jour qu'oncques j'euz
vostre accointance ; car il n'est pas possible au monde
d'amasser plus de douleurs, regretz et d'amers plaisirs
au cueur d'ung povre amoureux que j'en treuve aujourduy, dont le mien est environné et assiégé. Helas, je
vous avoye entre autres choisie comme la non pareille
de beaulté, genteté, et gracieuseté, et que je y trouve-
roye largement et à comble de loyauté : et à ceste cause
m'estoye de mon cueur deffait, et du tout mis l'avoye en
vostre mercy, cuidant à la vérité que plus noblement
ne en milleur lieu asseoir ne le pourroye; mesmes
m'avez à ce mené que j'estoie prest et délibéré d'attendre
la mort ou plus, se possible eust esté, pour vostre honneur saulver. Et quant j'ay cuidé estre plus seur de
vous, que je n'ay pas scéu seulement par estrange rapport, mais à mes yeulx percéu ung autre estre venu de
costé, qui me toult et rompt tout l'espoir que j'avoie en
vostre service d'estre de vous tout le plus chier tenu. —
Mon amy, dit la gouge, je ne scay qui vous a troublé,
mais vostre manière et voz parolles portent et jugent
qu'il vous fault quelque chose, que je ne sauroye penser
que ce peut estre, se vous n'en dictes plus avant, si non
ung peu de jalousie qui vous tourmente, ce me semble,

I.   33

de laquelle se vous estiez bien saige, n'auriez cause de
vous accointer. Et là où je le sauroye, je ne vous en vouldroye pas bailler l'occasion ; toutesfois vous n'estes pas
si peu accoint de moy que je ne vous aye monstré la
chose qui plus en peut baillier la cause d'asséurance, à
quoy vous me feriez tantost avoir regret, pour me servir
de telles parolles. — Je ne suis pas homme, dit le premier venu, que vous doyez contenter de paroles, car
excusance n'y vault rien : vous ne povez nyer que ung
tel, c'est assavoir le derrenier venu, ne soit de vous entretenu ; je le scay bien, car je m'en suis donné garde,
et si ay bien fait le guet, car je le vy hier venir vers
vous à telle heure et à telle, et ainsi habillé. Mais je
voue à Dieu qu'il en a prins ses caresmeaux, car je tiendray sur lui ; et fust il plus grant maistre cent fois, se je
le y puis rencontrer je luy osteray la vie du corps, ou
lui à moy, ce sera l'ung des deux ; car je ne pourroie
vivre voyant ung autre jouyr de vous. Et vous estez bien
faulse et desloyale, qui m'avés en ce point deceu ; et non
sans cause mauldis-je l'heure que oncques vous accoin-
tay, car je scay tout certainement que c'est ma mort, se
l'autre scait ma voulenté, comme j'espère que ouy. Et
par vous je scay de vray que je suis mort ; et s'il me
laisse vivre, il aguyse le cousteau qui sans mercy à ses
derreniers jours le menera. Et s'ainsi est, le monde
n'est pas assez grant pour me saulver que mourir ne me
faille. La gouge n'avoit pas moyennement à penser pour
trouver soudaine et suffisante excusance pour contenter
celui qui est si mal content. Toutefois ne demoura pas
qu'elle ne se mist en ses devoirs pour l'oster hors de
ceste mélencolie, et pour assiete en lieu de cresson, elle
lui dit : Mon amy, j'ai bien au long entendu vostre grant
ratelée qui, à la vérité dire, me baille à congnoistre que
je n'ay pas esté si saige comme je déusse, et que j'ay trop

ost adjousté foy à voz semblans et decevantes paroles,
ar elles m'ont conclut et rendue en vostre obéissance ;
ous en tenez à ceste heure trop mains de biens de moy.
\utre raison aussi vous meut, car vous savez assez que
e suis prinse et que amours m'ont à ce menée que sans
ostre présence je ne puis vivre ne durer. Et à ceste
:ause et plusieurs aultres qu'il ne fault jà dire, vous me
oulez tenir vostre subgette en esclave, sans avoir loy
le parler ne deviser à nul autre que à vous. Puis qu'il
ous plaist, au fort j'en suis contente, mais vous n'avez
nulle cause de moy souspeçonner en rien de personne
jui vive, et si ne fault aussi jà que je m'en excuse : vé-
·ité que tous vaint en fin m'en deffendra s'il lui plaist.
— Par dieu, ma mye, dit le premier venu, la vérité est
:elle que je vous ay dicte, si vous en sera quelque jour
prouvée et chier vendue pour autruy et pour moy, se
autre provision de par vous n'y est mise. Après ces pa-
·oles et autres trop longues à raconter, se partit le premier venu qui pas n'oublia lendemain tout au long raconter à son compaignon le derrenier venu. Et Dieu
scait les risées et joyeuses devises qu'ils eurent entre
eulx deux. Et la gouge en ce lieu avoit des estouppes en
sa quenoille, qui veoit et scavoit très bien que ceux
qu'elle entretenoit se doubtoient et percevoient aucunement chascun de son compaignon, mais non pourtant ne laissa pas de leur baillier tousjours audiance,
chascun à sa fois, puis qu'ilz la requéroient, sans en
donner à nul congié. Trop bien les advertissoit qu'ilz
venissent bien secrètement vers elle, affin qu'ilz ne fussent de nulz percéuz. Mais vous devez savoir quant le
premier venu avoit son tour, qu'il n'oublioit pas à faire
sa plainte comme dessus ; et n'estoit rien de la vie de
son compaignon s'il le povoit rencontrer. Pareillement
le derrenier jour de son audience, s'efforcoit de mons-

trer semblant plus desplaisant que le cueur ne lui donnoit ; et ne valoit son compaignon, qui oyoit son dire,
guères mieulx que mort, s'il le treuve en belles. Et la
subtille et double damoiselle les cuidoit abuser de parolles qu'elle avoit tant à main et si prestes, que ses
bourdes sembloient autant véritables que l'Evangile. Et
si cuidoit bien que quelque doubte ne suspicion qu'ilz
eussent, que jamais la chose ne seroit plus avant enfon-
sée, et qu'elle estoit femme pour les fournir tous deux
trop mieulx que l'ung d'eux à part n'estoit pour la seule
servir à gré. La fin fut aultre, car le derrenier venu
qu'elle craignoit beaucoup à perdre, quelque chose que
fust de l'autre, lui dit ung jour trop bien sa leçon. Et de
fait lui dit qu'il n'y retourneroit plus ; et aussi ne fit il
de grant pièce après, dont elle fut très desplaisante et
malcontente. Or ne fait pas à oublier, affin qu'elle eust
encores mieulx le feu, il envoya vers elle ung gentil
homme de son estroit conseil, affin de lui remonstrer
bien au long le desplaisir qu'il avoit d'avoir compaignon
en son service ; et brief et court, s'elle ne lui donne
congié qu'il n'y reviendra jour qu'il vive. Comme vous
avez ouy dessus, elle n'eust pas voulentiers perdu son
accointance : si n'estoit saint ne saincte qu'elle ne par-
jurast, en soy excusant de l'entretenance du premier ; et
en fin comme toute forcenée dist à l'escuyer : Et je
monstreray à vostre maistre que je l'aime ; et me baillez
vostre cousteau. Adonc quant elle eut le cousteau, elle
se desatourna, et si couppa tous ses cheveux de ce cousteau, non pas bien uniment. Toutesfois l'autre print ce
présent, qui bien savoit la vérité du cas, et se offrit du
présent faire devoir, ainsi qu'il fist tantost après. Le
derrenier venu recéut ce beau présent qu'il destroussa
et trouva les cheveulx de sa dame qui beaux estoient et
beaucoup longz ; si ne fut puis guères aise tant qu'il

trouvast son compaignon à qui il ne cela pas l'ambassade que on lui a mise sus, et à lui envoyée, et les gros
présens qu'on luy envoye qui n'est pas peu de chose ; et
lors monstra les beaux cheveulx : Je croy, dit il, que je
suis bien en grace ; vous n'avez garde qu'on vous en
face autant. — Sainct Jehan, dit l'autre, vécy autre
nouvelle ; or voy je bien que je suis frit. C'est fait, vous
avez bruit tout seul ; sur ma foy, je croy fermement
qu'il n'en est pas encore une pareille : je vous requiers,
dit il, pensons qu'il est de faire ? Il lui fault monstrer à
bon escient que nous la congnoissons telle qu'elle est. —
Et je le vueil, dit l'autre. Tant pensèrent et contrepen-
sèrent qu'ilz s'arrestèrent de faire ce qui s'ensuit. Le
jour ensuyvant, ou tost après, les deux compaignons se
trouvèrent en une chambre ensemble où leur loyale
dame avec plusieurs autres estoit ; chascun saisit sa
place au mieulx qu'il lui pléut. Le premier venu auprès
de la bonne damoiselle, à laquelle tantost après plusieurs
devises, il monstra les cheveux qu'elle avoit envoyez à
son compaignon. Quelque chose qu'elle en pensast, elle
n'en monstra nul semblant, ne d'effroy ; mesme disoit
qu'elle ne les congnoissoit, et qu'ils ne venoient point
d'elle. — Comment, dit il, sont ilz si tost changiez et
descongnéuz ? — Je ne scay qu'ilz sont, dit elle, mais je
ne les congnois. Et quant il vit ce, il se pensa qu'il estoit
heure de jouer son jeu ; et fist manière de mettre son
chaperon qui sur son espaule estoit ; et en faisant ce
tour, à propos lui fist heurter si rudement à son atour
qu'il l'envoya par terre, dont elle fut bien honteuse, et
malcontente. Et ceux qui là estoient percéurent bien
que ses cheveulx estoient couppez, et assez lourdement.
Elle faillit sus en haste et reprint son atour et s'en entra
en une autre chambre pour se ratourner, et il la suivit.
Si la trouva toute courroucée et marie, voire bien fort

pleurant de deul qu'elle avoit d'avoir esté desatournée.
Si lui demanda qu'elle avoit à pleurer, et à quel jeu elle
avoit perdu ses cheveulx ? Elle ne savoit que respondre,
tant estoit à celle heure surprinse. Et luy qui ne se
peult plus tenir de exécuter la conclusion prinse entre
son compaignon et luy, dit : Faulse et desloyale que
vous estes, il n'a pas tenu à vous que ung tel et moy ne
nous sommes entretuez et deshonnourez. Et je tien moy
que vous l'eussiez bien voulu à ce que vous avés monstré, pour en racointer deux autres nouveaux ; mais Dieu
mercy, nous n'en avons garde. Et affin que vous sachiez
son cas et le mien, vécy voz cheveulx que luy avez envoyez dont il m'a fait présent ; et ne pensez pas que
nous soyons si bestes, que nous avez tenuz jusques icy.
Lors appella son compaignon et il vint, puis dist : J'ay
rendu à ceste bonne damoiselle ses cheveux et lui ay
commencé à dire comment de sa grâce, elle nous a bien
tous deux entretenuz ; et combien que à sa manière de
faire elle a bien monstré qu'il ne luy challoit, se nous
deshonnourions l'ung l'autre, Dieu nous en a gardez.
Saint Jehan, sa mon, dit il. Et lors mesmes adreça sa
parolle à la gouge ; et Dieu scait s'il parla bien à elle,
en lui remonstrant sa très grant lacheté et desloyauté
de cueur. Et ne pense pas que guères oncques femme
fut mieulx capitulée qu'elle fut à l'heure, puis de l'ung,
puis de l'autre. A quoy elle ne savoit en nulle manière
que dire ne respondre, comme surprinse en meffait évident, sinon de larmes qu'elle n'espargnoit pas. Et ne
pense pas qu'elle eust guères oncques plus de plaisir en
les entretenant tous deux qu'elle avoit à ceste heure de
desplaisir. La conclusion fut telle toutesfois qu'ilz ne
l'abandonneront point, mais par acort doresnavant
chascun aura son tour ; et s'ils y viennent tous deux
ensemble l'ung fera place à l'autre et seront bons amys,

comme par avant, sans plus jamais parler de tuer ne de
batre. Ainsi en fut il fait et maintindrent assez longuement les deux compaignons ceste vie et plaisant passetemps, sans que la gouge les osast oncques desdire. Et
quant l'ung aloit à sa journée, il le disoit à l'autre ; et
quant d'avanture l'ung eslongeoit le marchié, le lieu à
l'autre demouroit. Très bon faisoit ouyr les recomman-
dacions qu'ilz faisoient au départir ; mesmement ilz
firent de très bons rondeaux, et plusieurs chansonnettes
qu'ilz mandèrent et envoyèrent l'ung à l'autre, dont il
est aujourduy grant bruit, servans au propos de leur
matière dessus dicte, dont je cesseray de parler, et si
donneray fin au compte.

NOUVELLE XXXIV

PAR MONSEIGNEUR DE LA ROCHE

SEIGNEUR DESSUS, SEIGNEUR DESSOUS

J'ay congnéu en mon temps une notable femme et digne de mémoire, car les vertuz ne doivent estre cellées ne estainctes, mais en commune audiance publiquement blasonnées. Vous ourrez, s'il vous plaist, en ceste nouvelle, la chose de quoy j'entens parler, c'est d'acroistre sa très cureuse renommée. Ceste vaillant preude femme mariée à ung tout oultre noz amis, avoit plusieurs serviteurs en amours, pourchassans, et désirans sa grace

[q]ui n'estoit pas trop difficile de conquerre, tant estoit
[d]oulce et piéable celle qui la pouvoit et vouloit dépar-
[t]ir largement par tout où bon et mieulx luy sembloit.
[A]dvint ung jour que les deux vindrent vers elle, comme
[il]z avoient de coustume, non saichans l'un de l'autre,
[d]emandans lieu de cuire et leur tour d'audiance. Elle
[q]ui pour deux ne pour troys n'eust jà reculé ne dés-
[m]archié, leur bailla jour et heure de se rendre vers elle,
[c]omme à lendemain, l'ung à huyt heures du matin, et
['a]utre à neuf ensuyvant, chargeant à chascun par
[e]xprès et bien acertes qu'il ne faille pas à son heure
[a]ssignée. Ilz promirent sur leur foy et sur leur honneur,
[s]'ilz n'ont mortel exsoine, qu'ilz se rendront au lieu et
[t]erme limité. Quant vient à lendemain, environ cinq
[h]eures du matin, le mary de ceste vaillante femme se
[l]iève et se habille, et se met en point ; et puis la huche
[e]t appelle pour se lever, mais il ne luy fut pas accordé,
[a]ins reffusé tout plainement : Ma foy, dit elle, il m'est
[p]rins un tel mal de teste que je ne sauroie tenir en piez,
[s]i ne me pourroye encores lever pour mourir, tant
[s]uis foible et travaillée ; et que vous le saichiez, je ne
[d]ormy annuyt. Si vous prie que me laissiez icy, et j'espoire que quant je seray seule je prendray quelque peu
de repos. L'autre, combien qu'il se doubtast, n'osa contredire ne repliquer, mais s'en alla comme il avoit de
coustume besongnier en la ville. Tandiz sa femme ne
fut pas oyseuse à l'ostel, car huyt heures ne furent pas
si tost sonnées que vécy bon compaignon, du jour de
devant en ce point assigné, qui vient heurter à l'ostel ;
et elle le bouta dedens. Il eut tantost despouillié sa
robe longue, et le surplus de ses habillemens, et puis
vint faire compaignie à ma damoiselle, affin qu'elle ne
s'espoventast. Et furent eulx deux tant et si longuement
bras à bras qu'ilz ouyrent assez rudement heurter à

l'uys. Ha, dit elle, par ma foy, vécy mon mary, avancez
vous, prenez vostre robe. — Vostre mary, dit il, et le
congnoissez vous à heurter ? — Ouy, dit elle, je scay
bien que c'est il ; abregez vous, qu'il ne vous treuve icy.
— Il le faut bien, se c'est il, qu'il me voye ; je ne me
sauroye où saulver. — Qu'il vous voye, dit elle, non
fera, se Dieu plaist, car vous seriez mort et moy aussi ;
il est trop merveilleux. Montez en hault, en ce petit grenier, et vous tenez tout quoy, sans mouvoir, qu'il ne
vous oye. L'autre monta, comme elle lui dit, en ce petit
grenier qui estoit d'ancien édifice, tout desplanché,
deslaté et pertuisé en plusieurs lieux. Et ma damoiselle
le sentant là dessus, fait ung sault jusques à l'uys, très
bien saichant que ce n'estoit pas son mary ; et mit
dedens celuy qui avoit à neuf heures promis devers elle
se rendre. Ilz vindrent en la chambre, où pas ne furent
longement debout, mais tout de plat s'entre accolèrent
et embrassèrent en la mesme ou semblable façon que
celui du grenier avoit fait ; lequel par ung pertuis véoit
à l'oeil la compaignie dont il n'estoit pas trop content.
Et fist grant procès en son couraige, assavoir se bon
estoit qu'il parlast ou se mieulx lui valoit se taire. Il
conclud toutesfois tenir silence et nul mot dire jusques
à ce qu'il verra trop mieulx son heure et son point ; et
pensez qu'il avoit belle pacience. Tant attendit, tant
regarda sa dame avec le survenu, que bon mary vint a
l'ostel pour savoir de l'estat et santé de sa très bonne
femme, ce qu'il estoit très bien tenu de faire. Elle l'ouyt
tantost, si n'eust autre loisir que de faire subit lever sa
compaignie ; et elle ne le savoit où sauver, pour ce que
ou grenier ne l'eust jamais envoié : et elle le fit bouter
en la ruelle du lit, et puis le couvrit de ses robes, et lui
dit : Je ne vous sauroye où mieulx logier, prenez en pacience. Elle n'eut pas achevé son dire que son mary

entra dedens, qui aucunement, si lui sembloit avoir
noise entreouye, si trouva le lit tout defroissié et des-
poillié, la couverture mal honnye et d'estrange biays ;
et sembloit mieulx le lit d'une espousée que la couche
d'une femme malade. Le doubte qu'il avoit auparavant,
avec l'apparence de présent, lui fist sa femme appeler
par son nom, et lui dit : Paillarde meschante que vous
estes, je n'en pensoye pas mains huy matin, quant vous
contrefistes la malade : Où est vostre houlier ? Je voue
à Dieu, si je le treuve, qu'il aura mal finé et vous aussi.
Et lors mist la main à la couverture, et dit : Vécy bel

appareil, il semble que les pourceaux y ayent couchié.
— Et qu'avez vous, ce dit elle, meschant yvrongne,
fault il que je compare le trop de vin que vostre gorge
a entonné ? Est ce la belle salutacion que vous me
faictes de m'appeler paillarde ? Je vueil bien que vous
sachiez que je ne suis pas telle ; mais suis trop léale et
trop bonne pour ung tel paillard que vous estes ; et
n'ay autre regret sinon de quoy je vous ay esté si bonne
et si loyale, car vous ne le valez pas. Et ne scay qui me
tient que je ne me liève et vous esgratine le visaige par
telle façon, qu'à tousjours mais ayez mémoire de m'avoir
ainsi villennée. Et qui me demanderoit comment elle

osoit en cest point respondre, et à son mary parler, je y
treuve deux raisons : La première si est qu'elle avoit
bon droit en sa querelle, et l'autre qu'elle se sentoit la
plus forte en la place. Et fait assez à penser, se la chose
fust venue jusques aux horions, celui du grenier et
l'autre l'eussent servie et secourue. Le povre mary ne
savoit que dire qui ouoyt le déable sa femme ainsi
tonner ; et pource qu'il véoit que hault parler et fort

tenser n'avoit pas lors son lieu, il print le procès tout
en Dieu qui est juste et droiturier. Et à chief de sa méditation, entre autres parolles il dit : Vous vous excusez
beaucoup de ce dont je scay tout le vray ; au fort il ne
m'en chault pas tant qu'on pourroit bien dire ; je n'en
quiers jamais faire noise, celui de là hault paiera tout.
Et par celui d'enhault il entendoit Dieu. Mais le galant
qui estoit ou grenier, qui oyoit ces parolles, cuidoit à
bon escient que l'autre l'eust dit pour lui, et qu'il fut
menacié de porter la paste au four pour le meffait d'au-

truy ; si respondit tout en hault : Comment, sire, il
suffit bien que j'en paye la moitié ; celui qui est en la
ruelle du lit peut bien payer l'autre moitié, car certainement je croy qu'il y est autant tenu que moy. Qui fut
bien esbahy ce fut l'aultre, car il cuidoit que Dieu parlast
à luy, et celuy de la ruelle ne savoit que penser, car il
ne savoit rien de l'aultre. Il se leva toutefois, et l'autre
se descendit qui le congnéut. Si se partirent ensemble et
laissèrent la compaignie bien troublée et mal contente,
dont il ne leur chaloit guères et à bonne cause.

NOUVELLE XXXV

PAR MONSEIGNEUR DE VILLIERS

L'ÉCHANGE

Ung gentil homme de ce royaulme, très vertueux et de grande renommée, grant voiagier et aux armes très preux et vaillant, devint amoureux d'une très belle et gente damoiselle ; et en brief temps fut si bien en sa grace que rien ne luy fut escondit de ce qu'il osa demander. Advint ne scay combien après ceste alliance, que ce bon chevalier, pour mieulx valoir et honneur acquerre, se partit de ses marches, très bien en point et acompaignié, portant entreprinse d'armes du congié de son maistre. Et s'en alla es Espaignes et en divers lieux, où il se conduisit tellement que à son retour il fut recéu à grant triumphe. Pendant ce temps, sa dame fut mariée à ung ancien chevalier qui gracieux et saichant homme estoit, qui tout son temps avoit hanté la court et estoit au vray dire le registre d'honneur. Et n'estoit pas ung petit dommaige qu'il ne fut mieulx allié, combien toutesfois que encore n'estoit pas descouverte l'embusche de son infortune si avant, ne si commune comme elle fut depuis, ainsi comme vous orrés. Car ce bon chevalier aventureux dessusdit retourna d'accomplir ses armes. Et comme il passoit par le pays, il arriva d'aventure à ung soir, au chasteau où sa dame demouroit. Et Dieu scait la bonne chière que Monseigneur son mary et elle luy firent, car il avoit de pieça grant acointance et amitié entre eulx. Mais vous debvés savoir que tandis que le seigneur de léans pensoit et s'efforçoit de faire finance de plusieurs choses pour festoyer son hoste, l'hoste se devisoit avec sa dame qui fut ; et s'efforçoit de trouver manière de la festoyer comme il avoit fait avant que Monseigneur fut son mary. Elle qui ne demandoit autre chose, ne se excusoit en rien sinon du lieu : Mais il n'est pas possible, dist elle, de le pouvoir trouver. — Ah, dit le bon chevalier, ma chière dame, par ma foy, si vous le voulés bien, il n'est manière qu'on ne treuve. Et que saura vostre mary, quant il sera couchié et endormy, si vous me venez véoir jusques en ma chambre, ou se mieulx vous plaist et bon vous semble, je viendray bien vers vous. — Il ne se peut ainsi faire, ce dit elle, car le dangier y est trop grant : car Monseigneur est de légier somme, et jamais ne s'esveille qu'il ne taste après moy ; et s'il ne me trouvoit point, pensez que ce seroit. — Et quant il s'est en ce point trouvé que vous fait il ? — Autre chose, dit elle, il se vire d'ung et revire d'autre. — Ma foy, dit il, c'est ung très maulvais mesnagier, il vous est bien venu que je suis venu pour vous secourir, et lui aider et parfaire ce qui n'est pas bien en sa puissance d'achever. — Si m'aïst Dieu, dit elle, quant il besoingne une fois le mois, c'est au mieulx venir ; il ne faut jà que j'en fasse la petite bouche ; croyez fermement que je prendroye bien mieulx. — Ce n'est pas merveille, dit il, mais regardez comment nous ferons, car c'est force que je couche avec vous. — Il n'est tour ne manière que je voye, dit elle, comment il se puisse faire. — Et comment, dit il, n'avez vous point céans femme en quoy vous ousissiez fier de lui desceler vostre cas ? — J'en ay par Dieu, une, dit elle, en qui j'ay bien tant de fiance que de lui dire la chose en ce monde que plus vouldroie estre celée, sans avoir suspicion ne doubte que jamais par elle fut descouverte. — Que nous fault il donc plus ? dit il, regardez vous et elle du surplus. La bonne dame, qui vous avoit la chose à cueur, appella ceste damoiselle et luy dit : M'amie, c'est force annuit que tu me serves, et que tu me aydes à achever une des choses en ce monde qui plus au cueur me touche. — Ma dame, dit la damoiselle, je suis preste et contente comme je doy, de vous servir et obéyr en tout ce qu'il me sera possible ; commandez, je suis celle qui accompliray vostre commandement. — Et je te mercye, m'amie, dit la dame, et soyes séure que tu n'y perdras rien. — Vécy le cas : Ce chevalier qui céans est, c'est l'homme au monde que j'aime le plus ; et ne vouldroye pour rien qu'il se partist de moy sans aucunement avoir parlé à luy. Or ne me peult il bonnement dire ce qu'il a sur le cueur sinon entre nous deux

t à part; et je ne m'y puis trouver si tu ne vais tenir
na place devers Monseigneur. Il a de coustume, comme
u scais, de soy virer par nuyt vers moy; et me taste
ung peu et puis me laisse et se rendort. — Je suis con-
ente de faire vostre plaisir, ma dame; il n'est rien qu'à
rostre commandement je ne fisse. — Or bien, m'amie,
lit elle, tu te coucheras comme je fais, assez loing de
Monseigneur; et garde bien, quelque chose qu'il face,
que tu ne dye ung seul mot; et quelque chose qu'il voul-
lra faire, seuffre tout. — A vostre plaisir, ma dame, et
e le feray. L'eure du soupper vint, et n'est jà mestier de
vous compter du service; seulement vous souffise que
on y fist très bonne chière, et il y avoit bien de quoy.
Après soupper, la compaignie s'en ala à l'esbat; le chevalier estrange tenant ma dame par le bras, et aucuns
aultres gentils hommes tenans le surplus des damoiselles de léans. Et le seigneur de l'ostel venoit derrière;
et enqueroit des voyaiges de son hoste à ung ancien
gentil homme qui avoit conduit le fait de sa despense en
son voyaige. Ma dame n'oublya pas de dire à son amy
que une telle de ses femmes tiendra annuyt sa place et
son lieu, et qu'elle viendra vers lui. Il fut très joyeux, et
largement l'en mercya, désirant que l'heure fut venue.
Ilz se mirent au retour et vindrent jusques en la chambre
de parement, où Monseigneur donna la bonne nuyt à son
hoste et ma dame aussi. Et le chevalier estrange s'en
vint en sa chambre qui estoit belle à bon escient, bien
mise à point; et estoit le beau buffet garni d'espices, de
confitures et de bon vin de plusieurs façons. Il se fit
tantost desabiller, et béut une fois, puis fist boire ses
gens et les envoya couchier. Et demoura tout seul,
attendant sa dame, laquelle estoit avec son mary, qui
tous deux se despoulloient et se mettoyent en point pour
entrer ou lit. La damoiselle qui estoit en la ruelle du lit,

tantost que Monseigneur fut couchié, se vint mettre en
la place de sa mestresse ; et elle qui autre part avoit le
cueur, ne fist que ung sault jusques à la chambre de
celui qui l'attendoit de pié quoy. Or est chascun logié,
Monseigneur avec sa chamberière, et son hoste avec
ma dame. Et sait assez à penser qu'ilz ne passèrent pas

toute la nuyt à dormir. Monseigneur, comme il avoit de
coustume, environ une heure devant jour, se resveilla,
et vers sa chamberière, cuydant estre sa femme, se vira ;
et au taster qu'il fist heurta sa main à son tetin,
qu'il sentit très dur et poignant ; et tantost congnéut que
ce n'estoit point celuy de sa femme, car il n'estoit point
si bien troussé : Ha, dit il en soy mesme, je vois bien
que c'est, et j'en bailleray ung autre. Il se vire vers celle

belle fille, et à quelque meschief que ce fut, il rompit
une lance, mais elle le laissa faire sans oncques dire
ung seul mot, ne demy. Quant il eut fait, il commence à
appeller tant qu'il put celuy qui couchoit avec sa femme :
Hau ! Monseigneur de tel lieu, où estes-vous ? parlez à
moy. L'autre qui se ouyt appeller fut beaucoup esbay et
la dame fut toute esperdue. Et bon mary recommence
rehuchier : Hau ! Monseigneur mon hoste, parlez à moy.
Et l'autre s'avantura de respondre et dit : Que vous plaist
il, Monseigneur ? — Je vous feray tousjours ce change
quant vous vouldrez. — Quel change ? dit il. — D'une
vieille jà toute passée et desloyale à une belle et bonne
et fresche jeune fille ; ainsi m'avez vous party, la vostre
mercy. La compaignie ne sçéut que respondre ; mesme
la povre chambcrière estoit tant surprinse que s'elle fut
à la mort condamnée, tant pour le deshonneur et desplaisir de sa maistresse comme pour le sien mesme qu'elle
avoit meschamment perdu. Le chevalier estrange se partit
de sa dame au plus toust qu'il sçéust, sans mercier son
hoste, et sans dire adieu. Et oncques puis ne s'y trouva,
car il ne sçait encores comme elle se conduit depuis
avec son mary. Ainsi plus avant ne vous en puis dire.

NOUVELLE XXXVI

PAR MONSEIGNEUR DE LA ROCHE

A LA BESOGNE

Ung très gracieux gentil homme, désirant employer
son service et son temps en la très noble court d'amours,

soy sentant de dame impourvéu, pour bien choisir et
son temps emploier, donna cueur, corps et biens à une
belle damoiselle et bonne, qui mieulx vault; laquelle
faite et duite de façonner gens, l'entretint bel et bien
longuement. Et trop bien lui sembloit qu'il estoit bien
avant en sa grace; et à dire la vérité, si estoit il comme
les autres dont elle avoit plusieurs. Advint ung jour que
ce bon gentil homme trouva sa dame d'aventure à la
fenestre d'une chambre, ou millieu d'ung chevalier et
d'un escuyer, ausquelz elle se devisoit par devises communes. Aucunes fois parloit à l'ung à part, sans ce que
l'autre en ouyst riens; d'autre costé faisoit à l'autre la
pareille pour chascun contenter; mais qui fut bien à
son aise, le povre amoureux enrageoit tout vif, qui n'o-
soit approuchier de la compaignie. Et si n'estoit en luy
d'eslongnier, tant fort désiroit la présence de celle qu'il
aymoit mieulx que le surplus des aultres. Trop bien luy
jugeoit le cueur que ceste assemblée ne se départiroit
point sans conclure ou procurer aucune chose à son préjudice; dont il n'avoit pas tort de ce penser et dire. Et
s'il n'eust eu les yeux bandez et couverts, il povoit voir
appertement ce dont ung autre à qui riens ne touchoit,
se percéust à l'oeil. Et de fait lui monstra et vécy comment : Quant il congnéut et percéut à la lectre que sa
dame n'avoit loisir ne voulenté de l'entretenir, il se bouta
sur une couche et se coucha; mais il n'avoit garde de
dormir, tant estoient ses yeulx empeschez de veoir son
contraire. Et comme il estoit en ce point, survint ung
gentil chevalier qui salua la compaignie, lequel voyant
que sa damoiselle avoit sa charge, se tira devers l'escuier qui sur la couche n'estoit pas pour dormir. Et
entre autres devises, luy dit l'escuier : Par ma foy, Monseigneur, regardez à la fenestre, véla gens bien aises. Et
ne voyez vous pas comment plaisamment ilz se demai-

nent ? — Saint Jehan, tu diz vray, dit le chevalier. En
cores font ilz bien autre chose que ne devisez. — Et
quoy ? dit l'autre. — Quoy ? dit il; et ne voys tu pas
comment elle tient chascun d'eulz par la resne. — Par
la resne ! dit il. — Voyre vrayment, povre beste, par la
resne. Où sont tes yeulx ? Mais il y a bien chois des
deux, voire quant à la façon, car celle qu'elle tient de
gauche n'est pas si longue ne si grande que celle qui
ample sa destre main.— Ha ! dit l'escuier, par la mort
bieu, vous dictes vray; sainct Anthoine arde la loupve !
Et pensez qu'il n'estoit pas bien aise : Ne te chaille, dit
le chevalier, portes ton mal le plus bel que tu peuz ; ce
n'est pas icy que tu dois dire ton couraige, force est
que tu fasses de nécessité vertuz. Aussi fit il, et vécy
bon chevalier qui s'approuchoit de la fenestre où la ga-
lée estoit, si percéut d'aventure que le chevalier à la
resne gauche se lieve en piez, et regardoit que faisoient
et disoient la damoiselle gracieuse et l'escuier son compaignon. Si vint à lui, en lui donnant ung petit coup
sur le chapeau : Entendez à vostre besongne, de par le
Deable, ne vous souciez des autres. L'autre se retira et
commença de rire ; et la damoiselle, qui n'estoit point à
effrayer de légier, ne se mua oncques ; trop bien tout
doulcement laissa sa prinse, sans rougir ne changier de
couleur. Regret eut elle en soy mesmes d'abandonner de
la main ce que autre part lui eust bien servi. Et fait assez
à croire que par avant et depuis n'avoit celuy des deulx
qui ne luy fist très voulentiers service; aussi eust bien
fait, qui eust voulu, le dolent amoureux malade qui fut
contraint d'estre notaire du plus grant desplaisir qu'au
monde advenir luy pourroit, et dont la seule pensée en
son povre cueur rongée estoit assez, et trop puissant de
le mettre en désespoir. Se raison ne l'eust à ce besoing
secouru qui lui fist tout abandonner sa queste en amours,

r de ceste cy il ne pourroit ung seul bon mot à son
antaige compter.

NOUVELLE XXXVII

PAR MONSEIGNEUR DE LA ROCHE

LE BÉNITIER D'ORDURE

Tandis que les autres penseront et à leur mémoire
rameneront aucuns cas advenuz et perpetrez, abilles et
suffisans d'estre adjoustez à l'istoire présente, je vous

compteray, en briefz termes, en quelle façon fut decéu
e plus jaloux de ce royaume pour son temps. Je
croy assez qu'il n'a pas esté seul entaiché de ce mal,
mais toutefois pource qu'il le fut outre l'enseigne,
je ne me sauroye passer sans faire savoir le gracieux tour qu'on lui fist. Ce bon jaloux que je vous
compte, estoit très grant hystorien et avoit véu et beaucoup léu et reléu de diverses hystoires, mais en la fin,
la principale à quoy tendoit son exercice et toute son
estude, estoit de savoir et congnoistre les façons et
manières comment femmes pevent décevoir leurs mariz.
Car la Dieu mercy, les hystoires anciennes, comme
Matheolet, Juvenal, les quinze Joyes de mariaige et
autres plusieurs dont je ne scay le compte, font mencion
de diverses tromperies, cautelles, abusions, et decepcions
en cest estat advenues. Notre jaloux les avoit tousjours
en ses mains, et n'en estoit pas mains assoté que ung fol
de sa marote; tousjours lisoit, tousjours estudioit, et
d'yceux livres fist ung petit extrait pour lui, ou quel
estoyent descriptes, comprinses, et nottées plusieurs manières de tromperies, au pourchas et entreprinses de
femmes, et es personnes de leurs maris exécutées. Et ce
fist il tendant à fin d'estre mieulx prémuni sur sa garde
de sa femme, s'elle lui en bailloit point de telles comme
celles qui en son livret estoient chroniquées et registrées.
Qu'il ne garda sa femme d'aussi près que ung jaloux
Ytalien, si faisoit, et si n'estoit pas bien asséuré tant
estoit féru du maudit mal de jalousie. Et en cest estat
et aise délectable fut ce bon homme trois ou quatre ans
avec sa femme, laquelle pour passetemps n'avoit autre
loisir d'estre hors de sa présence infernale, sinon alant
et retournant à la messe, en la compaignie d'une vieille
serpente qui d'elle avoit charge. Ung gentil compaignon,
ouyant la renommée de ce gouvernement, vint rencon-

trer ung jour ceste bonne damoiselle qui belle, gracieuse
et amoureuse à bon escient estoit ; et lui dit le plus gracieusement que oncques scéust, le bon vouloir qu'il
avoit de lui faire service, plaignant et soupirant pour
l'amour d'elle sa mauldicte fortune, d'estre aliée au plus
jaloux que terre soustienne. Et disant au surplus qu'elle
estoit la seule en vie pour qui plus vouldroit faire : Et
pource que je ne vous puis pas icy dire combien je suis
à vous, et plusieurs aultres choses dont j'espoire que
vous ne serez que contente, s'il vous plaist, je les mettray par escript et demain je vous les bailleray, vous
suppliant que mon petit service partant de bon vouloir
et entier, ne soit pas refusé. Elle l'escouta voulentiers,
mais pour la présence du dangier qui trop près estoit,
guères ne respondit : toutesfois elle fut contente de
veoir ses lettres quant elles viendront. L'amoureux
print congié assez joyeux et à bonne cause ; et la damoiselle, comme elle estoit doulce et gracieuse, le congié lui donna ; mais la vieille qui la suivoit ne faillit
point à demander quel parlement avoit esté entre elle
et celui qui s'en va ? Il m'a, dit elle, apporté nouvelle de ma mère, dont je suis bien joyeuse, car elle est
en bon point. La vieille n'enquist plus avant ; si vindrent
à l'ostel. A lendemain, l'autre garny d'une lettre Dieu
scait comment dictée, vint rencontrer sa dame, et tant
subitement et subtilement lui bailla ces lettres que
oncques le guet de la vieille servante n'en eust congnoissance. Ces lettres furent ouvertes par celle qui voulentiers les vit quand elle fut à part. Le contenu en gros
estoit comment il estoit esprins de l'amour d'elle, et que
jamais ung seul jour de bien n'auroit se temps et loisir
prestez ne lui sont, pour plus avant l'en advertir, requérant en conclusion qu'elle lui vueille de sa grace
jour et lieu convenable assigner pour ce faire. Elle fit

une lettre par laquelle très gracieusement s'excusoit de
vouloir entretenir en amours autre que celuy auquel elle
doit foy et loyauté; néantmains pource qu'il est tant
fort esprins d'amours à cause d'elle, qu'elle ne vouldroit
pour rien qu'il n'en fust guerdonné, elle seroit très contente d'ouyr ce qu'il veult dire, se nullement povoit ou
scavoit, mais certes nenny, tant près la tient son mary
qui ne la laisse d'ung pas sinon à l'eure de la messe,
qu'elle vient à l'église, gardée, et plus que gardée par
la plus pute vielle qui jamais aultruy destourba. Ce
gentil compaignon tout aultrement habillé et en point
que le jour passé vint rencontrer sa dame, qui très bien
le congnéut; et au passer qu'il fist assez près d'elle recéut de sa main sa lettre dessus dicte. S'il avoit fain de
veoir le contenu ce n'estoit pas merveilles; il se trouva
en ung destour où tout à son aise et beau loisir vit et
congnéut l'estat de sa besongne qui lui sembloit estre
en bon train. Si regarda qu'il ne lui fault que lieu pour
venir au dessus et à chief de sa bonne entreprinse, pour
laquelle achever il ne finoit nuyt ne jour de adviser et
penser comment il la pourroit conduire. Si s'advisa
d'ung bon tour qui ne fait pas à oublier; car il s'en vint
à une sienne bonne amye qui demouroit entre l'église
où sa dame aloit à la messe et l'ostel d'elle; et luy compta
sans rien celer le fait de ses amours, en priant très af-
fectueusement qu'elle à ce besoing le voulsist aider et
secourir : Ce que je pourray faire pour vous ne pensez
pas que je ne m'y emploie de très bon cueur.— Je vous
mercye, dit il, et seriez vous contente qu'elle venist
céans parler à moi ? — Ma foy, dit elle, il me plaist
bien. — Or bien, dit il, s'il est en moy de vous faire autant de service pensez que j'auray congnoissance de la
courtoisie. Il ne fut oncques si aise, ne jamais ne cessa
tant qu'il eut rescript et baillé ses lettres à sa dame qui

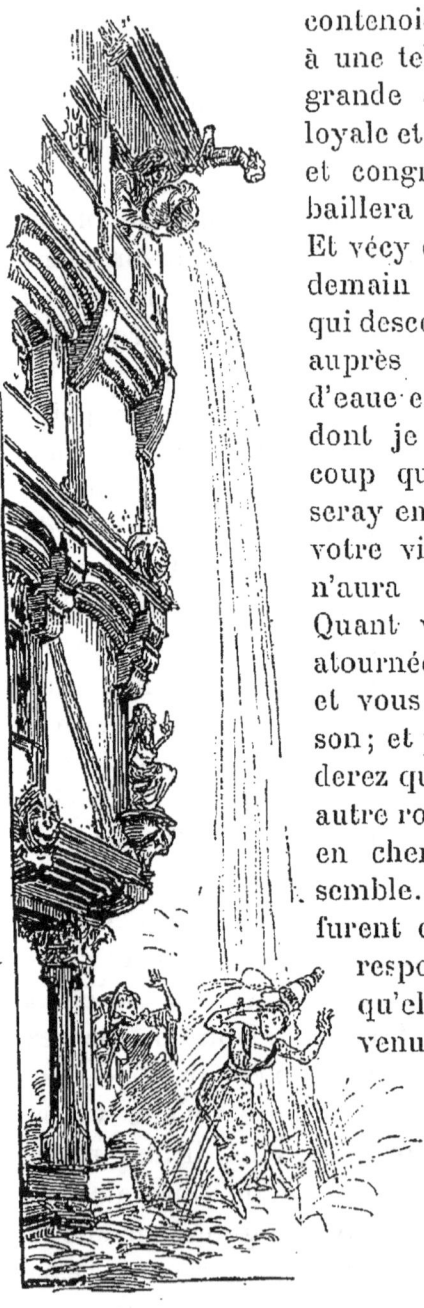

contenoient qu'il avoit tant fait
à une telle qu'elle estoit sa très
grande amye, femme de bien,
loyale et secrète, et qui vous ayme
et congnoist bien; qu'elle nous
baillera sa maison pour deviser.
Et vécy que j'ay advisé : je seray
demain en la chambre d'enhault
qui descovre sur la rue, et si auray
auprès de moy un grant seau
d'eaue et de cendres entremeslé,
dont je vous affubleray tout à
coup que vous passerez. Et si
seray en habit si descongnéu que
votre vieille, ne ame du monde
n'aura de moy congnoissance.
Quant vous serez en ce point
atournée, vous ferez bien l'esbaye
et vous saulverez en ceste maison; et pour vostre dangier man-
derez quérir en vostre hostel une
autre robbe. Et tandiz qu'elle sera
en chemin nous parlerons ensemble. Pour abrégier, ces lettres
furent escriptes et baillées, et la
response fut rendue par elle
qu'elle estoit contente. Or fut
venu ce jour, et la damoiselle
affublée par son serviteur
d'ung seau d'eaue et de
cendre, voire par telle façon que son queuvrechief,
sa robbe et le surplus de
ses habillemens furent

tous gastez et perciez. Et Dieu scait qu'elle fist bien l'esbaye et de la malcontente ; et comme elle estoit ainsi atournée, elle se bouta en l'hostel, ignorant d'y avoir congnoissance. Tantost qu'elle vit la dame, elle se plaingnit
de son meschief, et n'est pas à vous dire le deul qu'elle
menoit de ceste adventure. Maintenant plaint sa robe,
maintenant son queuvrechief, et l'autre fois son tixu ;
brief qui l'oyoit, il sembloit que le monde fust finé. Et
Dangier sa meschine que enraigeoit d'engaigne, avoit
en sa main ung cousteau dont elle nettoyoit sa robbe,
le mieux qu'elle savoit : Nenny, nenny, m'amie, dit elle,
vous perdez vostre peine, ce n'est pas chose à nettoier
si en haste ; vous n'y sauriez faire autre chose maintenant qui vaulsist rien : il fault que j'aye une aultre robbe
et ung aultre queuvrechief, il n'y a point d'autre remède ; alez à l'ostel et les me apportez et vous avancez
de retourner que nous ne perdons la messe avec tout
nostre mal. La vieille, voyant la chose estre nécessaire,
n'osa desdire sa maistresse ; si print et robbe et queuvrechief soubz son manteau, et à l'ostel s'en va. Elle
n'eut pas si tost tourné les talons que sa maistresse ne
fut guydée en la chambre où son serviteur estoit, qui
voulentiers la vit en cotte simple, et en cheveux. Et
tandiz qu'ilz se deviseront, nous retournerons à parler
de la vieille qui revint à l'ostel, où elle trouva son maistre
qui n'attendit pas qu'elle parlast, mais demanda incontinent : Et qu'avez vous fait de ma femme ? et où est
elle ? — Je l'ay laissée, dit elle, chés une telle, et en
tel lieu. — Et à quel propos ? dit il. Lors elle luy monstra robe et queuvrechief, et luy compta l'adventure de
la tyne d'eaue et des cendres, disant qu'elle vient quérir
d'aultres habillemens, car en ce point sa maistresse
n'osoit partir dont elle estoit : Esse cela, dit il, nostre
dame, ce tour n'estoit pas en mon livre. Alez, alez, je

vois bien que c'est. Il eust voulentiers dit qu'il estoit
coux, et croyez que si estoit il à ceste heure ; et ne l'en
scéust oncques garder livre ne brief où plusieurs fins
tours estoient registrez. Et fait assez à penser qu'il retint si bien ce derrenier que oncques puis de sa mémoire
ne partit ; et ne luy fut nul besoing à ceste cause de
l'escripre, tant en eut fresche souvenance le peu de bons
jours qu'il vesquit.

NOUVELLE XXXVIII

PAR MONSEIGNEUR DE LAU

UNE VERGE POUR L'AUTRE

N'a guères que ung marchant de Tours, por festoier
son curé et aultres gens de bien, acheta une grosse et
belle lemproye ; si l'envoya à son hostel, et chargea
très bien à sa femme de la mettre à point, ainsi qu'elle
scavoit bien faire : Et faictes, dit il, que le disner soit
prest à douze heures, car je ameneray nostre curé et

aucuns autres qu'il lui nomma. — Tout sera prest, dit
elle, amenez qui vous vouldrez. Elle mist à point ung
grant tas de beau poisson ; et quant vint à la lamproye,
elle la souhaita aux cordeliers, à son amy, et dist en
soy mesmes : Ha frère Bernard, que n'estez vous icy ! Par
ma foy vous n'en partiriés jamais tant que eussiez tasté

de la lamproye, ou se mieulx
vous plaisoit, vous l'em-
porteriés en vostre cham-
bre ; et je ne fauldroye pas
de vous y faire compaignie.
A très grant regret mettoit
ceste bonne femme la main
à ceste lamproye, voire pour
son mary, et ne faisoit que
penser comment son corde-
lier la pourroit avoir. Tant
pensa et advisa qu'elle conclud de lui envoyer par
une vieille qui scavoit de
son secret, ce qu'elle fist,
et lui manda qu'elle viendra annuyt soupper et couchier avec luy. Quand maistre cordelier vit celle belle
lamproye et entendit la venue de sa dame, pensez qu'il
fut joyeux et bien aise ; et dit à la vieille que s'il peut
finer de bon vin, que la lamproye ne sera pas fraudée
du droit qu'elle a, puis qu'on la mengue. La vieille retourna de son messaige et dit sa charge. Environ douze
heures, vécy nostre marchant venir, le curé et plusieurs
aultres bons compaignons, pour dévourer ceste lamproye
qui estoit bien hors de leur commandement. Quant ilz
furent en l'ostel du marchant, il les mena trestouz en la
cuisine pour veoir ceste grosse lamproye dont il les vouloit festoyer ; et appella sa femme, et lui dit : Monstrez

nous nostre lamproye, je vueil savoir à ces gens si j'en eu bon marchié. — Quelle lamproye? dit elle.— La lamproye que je vous fis baillier pour nostre disner, avec cest autre poisson. — Je n'ay point veu de lamproye, dit elle, je cuyde, moy, que vous songiez. Vécy une carpe, deux brochetz et je ne scay quel aultre poisson ; mais je ne vy aujourduy lamproye. — Comment, dit il, et pensez vous que je soye yvre? — Ma foy ouy, dirent lors le curé et les autres, vous n'en pensiez pas aujourduy mains, vous estes ung peu trop chiche pour acheter lamproie maintenant. — Par dieu, dit la femme, il se farse de vous, ou il a songé d'une lamproye, car seurement je ne vys de cest an lamproye. Et bon mary de soy courroucer, qui dit : Vous avés menty, paillarde, vous l'avés mengée ou caichée quelque part, je vous promez que oncques si chière lamproye ne fut pour vous. Puis se vira vers le curé et les aultres, et juroit la mort bieu et ung cent de sermens, qu'il avoit baillié à sa femme une lamproye qui lui avoit cousté ung franc. Et eulx, pour encores plus le tourmenter et faire enraigier, faisoyent semblant de le non croire, et tenoient termes comme s'ilz fussent mal contens, et disoient : Nous estions priez de disner chés ung tel, et si avons tout laissié pour venir icy, cuidant mengier de la lamproye, mais à ce que nous voyons, elle ne nous fera jà mal. L'oste, qui enraigeoit tout vif, print ung baston, et marchoit vers sa femme pour la trop bien frotter, se les autres ne l'eussent retenu qui l'emmenèrent à force hors de son hostel, et misdrent peine de le rapaiser le mieulx qu'ilz sceurent, quant ilz le virent ainsi troublé. Puis qu'ilz eurent failly à la lamproye, le curé mist la table, et firent la meilleure chière qu'ilz sceurent. La bonne damoiselle à la lamproye manda l'une de ses voisines qui veufve estoit, mais belle femme et en bon point estoit elle, et la fist disner

avecque elle. Et quant elle vit son point, elle dist : Ma
bonne voisine, il seroit bien en vous de me faire ung
singulier plaisir ; et se tant vous vouliez faire pour moy,
il vous seroit tellement desservi que vous en deveriez
estre contente. — Et que vous plaist il que je face ? dit
l'autre. — Je vous diray, dit elle, mon mary est si très
ardant de ses besongnes que c'est une grant merveille ;
et de fait, la nuyt passée, il m'a tellement retournée que
par ma foy, je ne l'ouseroye bonnement annuyt attendre.
Si vous prie que vous voulez tenir ma place, et se jamais
puis rien faire pour vous, vous me trouverez preste de
corps et de biens. La bonne voisine, pour lui faire plaisir
et service, fut bien contente de tenir son lieu, dont elle
fut largement et beaucoup merciée. Or devés vous savoir
que nostre marchant à la lamproye, quant vint puis le
disner, il fist très grosse et grande garnison de bonnes
verges qu'il apporta secrètement en sa maison, et aux
piez de son lit il les caicha, pensant que sa femme annuyt
en sera trop bien servie. Il ne scéut faire si secrètement
que sa femme ne s'en donnast très bien garde, qui ne
s'en pensa pas mains, congnoissant assez par expérience
la cruaulté de son mary, lequel ne souppa pas à l'ostel,
mais tarda tant dehors qu'il pensa bien qu'il la trouvera
nue et couchée. Mais il faillit à son entreprise, car quant
vint sur le soir et tart, elle fist despouillier sa voisine et
couchier en sa place, en lui chargeant expressément que
elle ne respondist mot à son mary quant il viendra,
mais contreface la muette et la malade. Et si fist encores
plus, car elle estaignit le feu de léans, tant en la cuisine
comme en la chambre. Et ce fait, à sa voisine chargea
que tantost que son mary sera levé matin, qu'elle s'en
voise en sa maison ; elle lui promist que si feroit elle.
La voisine en ce point logée et couchée, la vaillante
femme s'en va aux cordeliers pour mengier la lamproye

, gaingnier les pardons, comme assez avoit de cous-
me.

Tandiz qu'elle se festoyera léans, nous dirons du mar-
iant qui après soupper s'en vint en son hostel, esprins
e yre et de mautalent à cause de la lamproye. Et pour
xécuter ce qu'en son par dedens avoit conclud, il vint
isir ses verges et en sa main les tint, cherchant par
ut de la chandelle, dont il ne scéut oncques recouvrer;
esmes en la cheminée faillit à feu trouver. Quant il vit
e, il se coucha sans dire mot, et dormit jusques sur le
ur qu'il se leva et s'abilla, et print ses verges et batit
lieutenante de sa femme en telle manière que à peu
u'il ne la craventa, en lui ramentevant la lamproye, et
mist en tel point qu'elle saingnoit de tous coustez,
esmes les draps du lit estoient tant sanglans qu'il
embloit que un beuf y fust mort; mais la povre martire
'osoit pas dire ung mot, ne monstrer le visaige. Ses
erges lui faillirent, et fut lassé, si s'en alla hors de son
ostel. Et la povre femme, qui s'attendoit d'estre fes-
oyée de l'amoureux jeu et gracieux passetemps, s'en
lla tost après en sa maison, plaindre son mal et son
nartire, non pas sans menasser et bien mauldire sa voi-
ine. Tandiz que le mary estoit allé dehors, revint des
ordeliers sa bonne femme qui trouva sa chambre de
erges toute jonchée, son lit dérompu et froissié et les
raps tout ensanglantez. Si congnéut bien tantost que
a voisine avoit eu affaire de son corps, comme elle
ensoit bien; et sans tarder ne faire arrest refist son lit
t d'aultres beaulx draps et frez le rempara, et sa chambre
nettoya. Après vers sa voisine s'en ala qu'elle trouva
n piteux point; et ne fault pas dire qu'elle ne trouvast
ien à qui parler. Au plus tost qu'elle péut en son hos-
el s'en retourna, et de tous poins se deshabilla, et ou
eau lit qu'elle avoit très bien mis à point se coucha, et

dormit très bien jusques à ce que son mary retourna de
la ville, comme changié de son courroux, pource qu'il s'en
estoit vengié, et vint à sa femme qu'il trouva ou lit faisant la dormeveille : Et qu'est cecy ma damoiselle, dit il,
n'est il pas temps de lever ? — Hemy, dit elle, est il jour?
Par mon serment je ne vous ay pas ouy lever ; j'estoie
entrée en ung songe qui m'a tenue ainsi longuement. —
Je croy, dit il, que vous songiez de la lamproye, ne faisiez pas? Ce ne seroit pas trop grant merveille, car je la
vous ay bien ramentéue à ce matin. —Par dieu, dit elle,
il ne me souvenoit de vous ne de vostre lamproye. —
Comment, dit il, l'avez vous si tost oublié? — Oublié,
dit elle, ung songe ne me arreste rien. — Et à ce songe,
dit il, de ceste poingnié de verges que j'ay usée sur vous
n'a pas deux heures. — Sur moy? dit elle. — Voire
vraiement sur vous, dit il. Je scay bien qu'il y pert largement et aux draps de nostre lit avecques. — Par ma
foy, beaux amys, dit elle, je ne scay que vous avez fait
ou songié, mais quant à moy il me souvient très bien
qu'aujourduy, au matin, vous me fistes de très bon appétit le jeu d'amours ; autre chose ne scay je, aussi bien
povez vous avoir songié de m'avoir fait autre chose,
comme vous fistes hyer de m'avoir baillié la lamproye.
— Ce seroit une estrange chose, dit il, monstrez ung peu
que je vous voye. Elle osta et si reversa la couverture
et toute nue se monstra; sans taiche ne blesséure quel
conques. Vit aussi les draps beaulx et blans sans soul-
liéure ne taiche. Si fut plus esbahy que on ne vous sauroit dire, et se print à muser et largement penser ; et en
ce point longuement se tint. Mais toutesfoys assez bonne
pièce après il dist : Par mon serment, m'amie, je vous
cuydoie à ce matin avoir très fort batue jusques au sang,
mais maintenant je voy bien qu'il n'en est rien, si ne
scay qu'il m'est advenu. — Dea, dit elle, ostez vous hors

de ceste ymaginacion de baterie, car vous ne me tou-
chastes oncques, vous le povez bien présentement veoir
et appercevoir; faictes vostre compte que vous l'avez
songé comme vous fistes hier de la lamproye. — Je
congnois, dit il lors, que vous dictes vray; si vous requiers qu'il me soit pardonné, car je scay bien que j'euz
hier tort de vous dire villennie devant les estrangiers
que je amenay céans. — Il vous est légièrement pardonné, dit elle, mais toutesfois advisez bien que vous ne
soyez plus si légier ne si hastif en voz affaires, comme
vous avés de coustume. — Non seray je, dit il, m'amie.
Ainsi qu'avez ouy, fut le marchant par sa femme trompé,
cuidant avoir songié d'avoir acheté la lamproye et fait
le surplus ou compte dessus escript et racompté.

L'UN ET L'AUTRE PAYÉ

Ung gentil chevalier des marches de Hainau, riche, puissant, vaillant, et très beau compaignon, fut amoureux d'une très belle dame assez longuement; et aussi fut tant en sa grace, et si privé d'elle que toutesfois que bon lui sembloit, il se trouvoit en ung lieu de son

hostel à part et destourné, où elle luy venoit faire compaignie ; et là devisoyent tout à leur beau loisir. Et
n'estoit ame qui sceust rien de leur très plaisant passetemps, sinon une damoiselle qui servoit ceste dame,
laquelle bonne bouche très longuement porta ; et tant
les servoit à gré en tous leurs affaires qu'elle estoit
digne d'ung très grant guerdon en recevoir. Elle aussi
avoit tant de vertu que non pas
seulement sa maistresse avoit
gaignée par le service, comme
dit est, et autrement, mais encores le mary de sa dame
ne l'aymoit pas mains que sa
femme, tant la trouvoit loyalle,
bonne et diligente. Advint ung
jour que ceste dame sentant
son serviteur le chevalier dessusdit en son chastel, devers
lequel elle ne povoit aler si tost qu'elle eust bien
voulu, à cause de son mary qui l'en destournoit, dont
elle estoit bien desplaisante, se advisa de lui mander
par la damoiselle qu'il eust encores ung peu de pacience, et que au plustost qu'elle scauroit se désarmer
de son mary qu'elle viendroit vers lui. Ceste damoiselle vint devers le chevalier qui sa dame attendoit, et
dit sa charge. Et lui qui gracieux estoit, la mercya
beaucoup de ce messaige, et la fit seoir auprès de lui,
puis la baisa deux ou troys fois très doulcement; elle
l'endura voulentiers, qui bailla couraige au chevalier
de procéder au surplus dont il ne fut pas reffusé. Cela
fait, elle revint à sa maistresse, et lui dist que son amy
n'attent qu'elle : Hélas, dit elle, je scay bien qu'il est
vray, mais Monseigneur ne se veult couchier, ilz sont
cy je ne scay quelz gens que je ne puis laisser. Dieu

les mauldie ! j'aymasse mieulx estre vers luy, il luy en-
nuye bien, ne fait pas, d'estre ainsi seul ? — Par ma
foy croyez que ouy, dit elle, mais l'espoir de vostre
venue le conforte et attend tant plus aise. — Je vous
en croy, mais toutesfois il est là seul, sans chandelle,
et sont plus de deux heures qu'il y est ; il ne peult estre
qu'il ne soit beaucoup ennuyé. Si vous prie, m'amie,
que vous retournez vers luy encores une fois pour m'excuser, et lui faictes compaignie une pièce ; et entretant,
se Dieu plaist, le dyable emportera ces gens qui nous
tiennent icy. — Je feray ce qu'il vous plaira, ma dame,
dit elle ; mais il me semble qu'il est si content de vous
qu'il ne vous fault jà excuser, et aussi si je y aloys vous
demoureriez icy toute seule de femmes, et pourroit
adoncques demander Monseigneur après moy, et on ne
me sauroit où trouver. — Ne vous chaille de cela, dit
elle, j'en feray bien s'il vous demande, il me desplaist
que mon amy est seul ; alez veoir qu'il fait, je vous en
prie. — Je y vois, puis qu'il vous plaist, dit elle. S'elle
fut bien joyeuse de ceste ambassade il ne le fault jà demander ; mais pour couvrir sa voulenté, elle en fit l'excusance et le reffus à sa maistresse. Elle fut tantost vers
le chevalier attendant, qui la receut joyeusement, et
elle lui dit : Monseigneur, ma dame m'envoye encores
icy se excuser devers vous pource que tant vous fait attendre, et croyez qu'elle en est la plus courroucée. —
Vous lui direz, dit il, qu'elle face tout à loisir, et qu'elle
ne se haste rien pour moy, car vous tiendrez son lieu.
Lors de rechief la baise et acole, et ne la souffrit partir
tant qu'il eust besongnié deux fois qui guères ne lui
coustèrent; car alors il estoit frez et jeune homme et fort
à cela. Ceste damoiselle print bien en pacience sa bonne
adventure, et eust bien voulu avoir souvent une telle
rencontre, sauf le préjudice de sa maistresse. Et quant

int au partir, elle pria au chevalier que sa maistresse
'en scéust rien. Vous n'avez garde, dit il. — Je vous
n requiers, dit elle. Et puis s'en vint à sa maistresse qui
emanda tantost que fait son amy ? Il est là, dit elle, et
ous attend. — Voire, dit elle, et est il point mal con-
ent ? — Nenny, dit elle, puis qu'il a eu compaignie,
l vous scait très bon gré que vous m'y avés envoiée ;
t se ceste attente estoit souvent à faire, il vouldroit
ien m'avoir pour deviser et passer temps ; et par ma foy,
e y vois voulentiers, car c'est le plus plaisant homme
e jamais ; et Dieu scait qu'il fait bon ouyr maudire ces
ens qui vous retiennent, excepté Monseigneur, à lui ne
ouldroit il touchier. — Sainct Jehan je vouldroye, dit la
ame, que luy et la compaignie feussent en la rivière, et je
usse là dont vous venez. Tant passa le temps que Mon-
eigneur, Dieu mercy, se deffist de ses gens, et vint en
a chambre, si se déshabilla et se coucha, et ma dame
e mist en cotte simple, et print son atour de nuyt, et
es heures en sa main, et commence dévotement, Dieu
e scait, dire ses sept pseaulmes et patenostres ; mais
Monseigneur, qui estoit plus esveillé que un rat, avoit
rant fain de deviser, si vouloit que ma dame laissast
es oraisons jusques à demain, et qu'elle parlast à lui :
Ha ! Monseigneur, dit elle, pardonnez moy, je ne puis
ous entretenir maintenant ; Dieu va devant, vous le
avez ; je n'auroye meshuy bien, ne de sepmaine, se je
'avoye dit le tant peu de service que je lui scay faire ;
t encores de mal venir je n'euz piéça tant à dire que
ay maintenant. — Ha hay, dit Monseigneur, vous
'affolez bien de ceste bigoterie ; et est ce à faire à
ous de dire tant d'eures que vous faictes ? Ostez, ostez,
aissez les dire aux prestres. Ne diz je pas bien, hau,
ehannette, dist il à la damoiselle dessus dicte. — Mon-
eigneur, dit elle, je n'en scay que dire, sinon puis que

ma dame a de coustume de servir Dieu qu'elle parface.
— Ha ! dea, dit ma dame, Monseigneur, je voy bien que
vous estes avoyé de plaidier ; et j'ay voulenté de dire
mes heures, et ainsi nous ne sommes pas bien tous
deux d'ung accord. Si vous lairay Jehannette qui vous
entretiendra, et je m'en iray en ma chambre la derrière tencer à Dieu. Monsei-

gneur fut content. Si s'en
alla madame les grands ga-
loz devers le chevalier son
amy, qui la recéut Dieu
scait à grant lyesse et à
grant révérence, car l'onneur qu'il luy fist n'estoit
pas maindre qu'à genoulz
ploiez, et enclinez jusques
à terre. Mais vous devez scavoir que tandiz que ma
dame achevoit ses heures avec son amy, Monseigneur
son mary, ne scay de quoy il lui sourvint, pria Jehannette qui lui faisoit compaignie, d'amours à bon escient.
Et pour abbrégier, tant fist par promesses et par beau
langaige, qu'elle fut contente d'obéir ; mais le pis fut que
ma dame, au retour qu'elle fist de son amy lequel l'a-
voit acolée deux fois à bon escient, avant son partir,
trouva Monseigneur son mary et Jehannette sa chamberière en tout tel ouvraige qu'elle venoit de faire, dont
elle fut bien esbahie, et encores plus Monseigneur et
Jehannette qui se trouvèrent ainsi surprins. Quant ma
dame vit ce, Dieu scait comment elle salua la compaignie, jà soit qu'elle eust bien cause de soy taire ; et si se
print à la povre Jehannette par si très grant courroux
qu'il sembloit qu'elle eust ung dyable ou ventre, tant lui
disoit de villennes parolles. Encores fist elle pis et plus,
car elle print ung grant baston et l'en chargea trop

bien le doz. Voyant ce, Monseigneur, qui en fut mal
content et desplaisant, se leva sur piez et batit tant ma
dame qu'elle ne se povoit sourdre. Et quant elle vit
qu'elle avoit puissance de sa langue, Dieu scait s'elle la
mit en euvre, mais adreçoit la pluspart de ses motz veni-
meux sur la povre Jehannette qui n'en péut plus souffrir.
Si dist à Monseigneur le gouvernement de ma dame, et
dont elle venoit à ceste heure de dire ses oraisons et
avecques qui. Si fut la compaignie bien trublée, Monseigneur tout le premier qui se doubtoit assez et ma
dame qui se treuve affolée et batue et de sa chamberière encusée. Le surplus de ce mesnaige bien troublé
demeure en la bouche de ceulx que le scaivent, si n'en
fault jà plus avant enquérir.

NOUVELLE XL

PAR MESSIRE MICHAULT DE CHANGY

LA BOUCHÈRE LUTIN DANS LA CHEMINÉE

Il advint naguères à Lisle, que ung grant clerc et prescheur de l'ordre de Sainct Dominique, convertit, par sa saincte et doulce prédication, la femme d'ung bouchier par telle et si bonne façon que elle l'amoit plus que tout le monde ; et n'avoit jamais au cueur bien

ne en soy parfaicte lyesse s'elle n'estoit emprès lui.
Mais maistre moyne en la parfin s'ennuya d'elle et tant
que plus nullement n'en vouloit, et eust très bien voulu
qu'elle se fust déportée de si souvent le visiter; dont
elle estoit tant mal contente que plus ne povoit, mesmes
le reboutement qu'il luy faisoit trop̄ plus avant en son
amour l'enracinoit. Damp moyne ce voyant, lui deffendit sa chambre, et chargea très expressément à son clerc
qu'il ne la souffrist plus. S'elle fut plus que par avant
mal contente, ce ne fut pas de merveilles, car elle estoit ainsi que forcenée. Et se vous me demandez à quel
propos damp moyne ce faisoit, je vous respons que ce
n'estoit pas pour dévocion ne pour voulenté qu'il eust
de devenir chaste; mais la cause estoit qu'il en avoit ra-
cointée une plus belle et plus jeune beaucoup, et plus
riche qui desjà estoit tant privée qu'elle avoit la clef de
sa chambre. Tant fist toutesfois que la bouchière ne venoit pas vers lui comme elle avoit de coustume; si avoit
trop meilleur et plus séur loisir sa dame nouvelle de
venir gaingnier les pardons en sa chambre et paier la
disme, comme les femmes d'Ostelerie, dont cy dessus
est touchié. Ung jour fut prins de faire bonne chière à
ung disner, en la chambre de maistre moyne, où sa
dame promist de comparoir et faire apporter sa porcion,
tant de vin comme de viande. Et pource que aucuns de
ses frères de léans estoient assez de son mestier, il en in-
vita deux ou trois tout secrètement; et Dieu scait la
grant chière qu'on fist à ce disner qui ne se passa point
sans boire d'autant. Or devez vous savoir que nostre
bouchière congnoissoit assez les gens de ces prescheurs
qu'elle veoit passer devant sa maison, lesquelz portoient
puis du vin, puis des pastez, et puis des tartres, et tant
de choses que merveilles. Si ne se peut tenir de demander quelle feste on fait à leur hostel? Et il lui fut res-

pondu que ces biens sont pour ung tel, c'est assavoir
son moyne, qui a gens de bien au disner : Et qui sont
ilz? dit elle. — Ma foy je ne scay, dit l'autre; je porte
mon vin jusques à l'uys tant seulement et là vient nostre
maistre qui me descharge; je ne scay qui y est. — Voire,
dit elle, c'est la secrète compaignie. Or bien allez vous
en et les servez bien. Tantost après passa ung aultre
serviteur qu'elle interrogua pareillement, qui lui dist
comme son compaignon, et encores plus avant, car il
dist : Je pense qu'il y a une damoiselle que ne veult pas
estre véue ne congnéue. Elle pensa tantost ce qui estoit, si cuida bien enragier tant estoit mal contente, et
disoit en soy mesmes qu'elle fera le guet sus celle qui
lui faisoit tort de son amy, et qui luy a baillé le bont.
Et s'elle la peult rencontrer ce ne sera pas sans lui dire
et chanter sa leçon, et esgratiner le visaige. Si se mist
au chemin en intencion de exécuter ce qu'elle avoit
conclud. Quant elle fut venue au lieu désiré, moult lui
tardoit de rencontrer celle qu'elle hait plus que personne; si n'eut pas tant de constance que d'attendre
qu'elle saillist de la chambre où elle avoit faicte mainte
bonne chose; mais s'advisa de prendre une eschielle que
ung couvreur de tuille avoit laissée près de son ouvraige,
tandis qu'il estoit alé disner, et elle dréça ceste eschielle
à l'endroit de la cheminée de la cuisine de l'ostel, où
elle vouldroit bien estre pour saluer la compaignie, car
bien scavoit que aultrement n'y pourroit entrer. Ceste
eschielle mise à point comme elle la voulut avoir, si
monta jusques à la cheminée, à l'entour de laquelle elle
lia très bien une moyenne corde qu'elle trouva d'aventure. Et cela fait, très bien comme il lui sembloit, elle
se bouta dedens le bouhot de la dicte cheminée, et se
commença à descendre et ung peu avaler; mais le pis
fut qu'elle demoura en chemin, sans soy pouvoir avoir,

ne monter, ne avaler, quelque peine qu'elle y mist, et ce à l'occasion de son derrière qui estoit beaucoup gros et pesant; et aussi sa corde qui rompit, pour quoy elle ne se povoit en nulle manière remonter ne resourdre à mont. Si estoit, Dieu le scait, en merveilleux desplaisir, et ne savoit que faire ne que dire. Si s'advisa qu'elle attendroit le couvreur, et qu'elle se mettra en sa mercy, et l'apellera quant il viendra requerre son

eschielle et sa corde. Elle fut bien trompée, car le couvreur ne vint jusques à lendemain bien matin, pource qu'il fist trop grande pluye dont elle eut bien sa part, car elle fut percée et baignée jusques à la peau. Quant vint sur le soir, bien tart, nostre bouchière estant dans la cheminée, ouyt gens deviser en la cuisine; si commença à huchier, dont ilz furent bien esbahiz et effroyez, et ne scavoient qui les huchoit ne où c'estoit. Toutesfois quelque esbahyssement ne paour qu'ilz eus-

sent, ilz escoutèrent encores ung peu : si ouyrent la voix
du par avant, arrière huchier très aigrement. Si cui-
dèrent que ce fut ung esprit, et le vindrent incontinent
annuncer à leur maistre qui estoit en dortouer; lequel
ne fut pas si vaillant de venir veoir que c'estoit, mais il
mist tout à demain. Pensez la belle pacience que ceste
bonne femme avoit, qui fut tout au long de la nuyt en
ceste cheminée. Et de sa bonne adventure, il ne pléut
long temps à si fort, ne si bien qu'il fist cest enuyt.
Lendemain, assez matin, nostre couvreur de tuylle revint à l'euvre pour recouvrer la perte que la pluye luy
avoit faicte le jour devant. Il fut esbahy de veoir son eschielle ailleurs qu'il ne l'avoit laissée, et la cheminée
lyée de la corde : si ne scavoit qui ce avoit fait ne à quel
propoz. Puis s'advisa d'aler quérir sa corde, et monta à
mont son eschielle, et vint jusques à la cheminée, et
destaicha sa corde; et comme Dieu voulut, bouta sa
teste dedens le boullot de la cheminée, où il vit nostre
bouchière plus simple qu'un chat baigné, dont il fut très
esbahy : Et que faictes vous icy, dame? dist il; voulez
vous desrober les povres religieux? — Helas! mon amy,
dit elle, par ma foy, nenny. Je vous requier, aidez moy
à saillir d'icy, et je vous donneray ce que me vouldrez
demander. — Dea, je m'en garderay bien, dit le couvreur, si je ne scay pour quoy vous y venez. — Je le
vous diray, puis qu'il vous plaist, dit elle; mais je vous
prie, qu'il n'en soit nouvelle. Lors lui compta tout du
long les amours d'elle et du moyne, et la cause pour
quoy elle venoit là. Le couvreur, ouyant ces parolles,
eut pitié d'elle, si fist tant à quelque peine et quelque
meschief que ce fust, moyennant sa corde, qu'il la tira
dehors, et la mena en bas. Et elle luy promist que si
portoit bonne bouche, qu'elle luy donneroit de la chair
et de beuf et de mouton assez pour fournir son mesnaige

pour toute l'année, ce qu'elle fist. Et l'autre tint si secret son cas que chascun en fut adverty.

NOUVELLE XLI

PAR MONSEIGNEUR DE LA ROCHE

L'AMOUR ET L'AUBERGON EN ARMES

Ung gentil chevalier de Haynault, saige, subtil et très grant voyagier, après la mort de sa très bonne et saige femme, pour les biens qu'il avoit véuz et trouvez en mariaige ne scéust passer son temps sans soy lyer comme il avoit esté par avant. Si espousa une très belle, jeune et gente damoiselle, non pas des plus subtilles du monde; car, à la vérité dire, elle estoit ung peu lourde en la taille, et c'estoit ce en elle qui plus plaisoit à son mary, pource

qu'il espéroit par ce point la mieulx duire et tourner en
la façon qu'avoir la vouldroit. Il mist sa cure et son estude
à la façonner, et de fait elle lui obéissoit et complaisoit
comme il le désiroit, si bien qu'il n'eust scéu mieulx demander. Et entre aultres choses, toutesfois qu'il lui vouloit faire l'amoureux jeu, qui n'estoit pas si souvent qu'elle
eust bien voulu, il luy faisoit vestir ung très beau haubregon, dont elle estoit bien esbaye; et de prinsault lui
demanda bien à quel propos il la faisoit armer. Et il lui
respondit qu'on ne se doit point trouver à l'assault amoureux sans armes. Elle fut contente de vestir ce haubregon; et n'avoit autre regret sinon que Monseigneur n'a-
voit l'assault plus à cueur, combien que ce lui estoit
assez grant peine se aucun plaisir n'en fust ensuy. Et se
vous demandez à quel propos son seigneur ainsi la gouvernoit, je vous respons que la cause qui à ce faire le
mouvoit estoit affin que ma dame ne désirast pas tant
l'assault amoureux pour la peine et empeschement de ce
haubregon. Mais combien qu'il feust bien saige, il s'a-
busa de trop; car se le haubregon à chascun assault lui
eust quassé et doz et ventre si ne eust elle pas reffusé le
vestir, tant estoit doux et plaisant ce qui s'en ensuivoit.
Ceste manière de faire dura beaucoup, et tant que Monseigneur fut mandé pour servir son prince en la guerre,
et en autres assaulx qui ne sont pas semblables à celui
dessusdit. Si print congié de ma dame et s'en alla où il
fut mandé, et elle demoura à l'ostel en la garde et conduite d'ung ancien gentil homme et d'aucunes damoiselles qui la servoient. Or devez vous savoir que en cest
hostel avoit ung gentil compaignon clerc qui très bien
chantoit et jouoit de la harpe, et avoit la charge de la
despense. Et après le disner s'esbatoit voulentiers de la
harpe, à quoy ma dame prenoit très grant plaisir, et
souvent se rendoit vers lui au son de la harpe. Tant y

ala et tant s'i trouva que le clerc la pria d'amours; et
elle désirant de vestir son haubergon, ne l'escondit pas,
ainçois lui dist : Venez vers moy à tele heure et en telle

chambre, et je vous feray response telle que vous serez
content. Elle fut beaucoup mercyée, et à l'eure assignée,
nostre clerc ne faillit pas de venir heurter en la chambre
où ma dame lui avoit dit, laquelle l'attendoit de pié quoy,
le bon haubergon en son doz. Elle ouvrit la chambre, et

Monseigneur fut mandé pour servir son prince en la guerre.

(NOUVELLE XLI.)

le clerc la vit armée, si cuida que ce fust aucun qui fust
ambusché léans pour lui faire quelque desplaisir ; et à
ceste occasion il fut si très subitement féru et espoventé
que de la grant paour que il en eut, il chéut à la reverse
par telle manière qu'il descompta ne sçay quans degrez
si très roidement qu'à peu qu'il ne se rompit le col.
Mais toutesfois il n'eut garde, tant bien lui ayda Dieu
et sa bonne querelle.

Ma dame, qui le vit en ce dangier, fut très desplaisante et mal contente, si vint en bas et lui aida à sourdre,
et lui demanda dont lui venoit ce paour. Et il la lui
compta, et dist que vraiement il cuydoit estre decéu.
Vous n'avez garde, dit elle, je ne suis pas armée pour
vous faire mal ; et en ce disant, montèrent arrière les
degrez, et entrèrent en la chambre. Ma dame, dist le
clerc, je vous requiers, dictes moy, s'il vous plaist, qui
vous meut de vestir ce haubergon. Et elle, comme ung
peu faisant la honteuse, lui respondit : Et vous le savez
bien. — Par ma foy, saulve vostre grace, ma dame, dit il,
se je le scéusse je ne le demandisse pas. — Monseigneur,
dit elle, quant il me veult baisier et parler d'amours,
il me fait en ce point habillier, et je sçay bien que vous
venez icy à ceste cause ; et pour ce je me suis mise en
ce point. — Ma dame, dit il, vous avez raison ; et aussi
vous me faictes souvenir que c'est la manière des chevaliers d'en ce point faire habillier leurs dames. Mais les
clercs ont toute autre manière de faire, qui à mon advis
est trop plus belle et plus aisée. — Et quelle est elle,
dist la dame, monstrez la moy ? — Et je la vous monstreray, dit il. Lors la fist despouiller de son haubergon
et du surplus de ses habillements jusques à la belle chemise, et lui pareillement se déshabilla et se despouilla,
et se misdrent dedens le beau lit paré qui là estoit ; et puis
se desarmèrent de leurs chemises et passèrent temps

deux ou trois heures bien plaisamment. Et avant le départir, le gentil clerc monstra bien à ma dame la coustume des clercs, laquelle beaucoup loua et prisa trop
plus que celle des chevaliers. Assez et souvent depuis se
rencontrèrent en la façon dessus dicte, sans qu'il en fust
nouvelle, quoy que ma dame fust peu subtille. A certain
temps après, Monseigneur retourna de la guerre, dont
ma dame ne fut pas trop joyeuse en son par dedens,
quelque semblant qu'elle monstra au par dehors. Et vint
à l'eure de disner ; et pource que on sçavoit sa venue, il
fut servi, Dieu sçait comment. Ce disner se passa; et quant
vint à dire grâces, Monseigneur se mit à son reng, et
ma dame print son quartier. Tantost que graces furent
achevées et dictes, Monseigneur, pour faire du mesnagier
et du gentil compaignon, dist à ma dame : Allez tost en
vostre chambre et vestez vostre haubergon. Et elle se recordant du bon temps qu'elle avoit eu avec son clerc, respondit tout subit : La coustume des clercs vault myeulx.
—La coustume des clercs ! dit il. Et sçavez vous leur coustume? Si commença à soy fumer, et couleur changier,
et se doubta de ce qui estoit vray, combien qu'il n'en
sceut oncques rien, car il fut tout à coup mis hors de son
doubte. Ma dame ne fut pas si beste qu'elle n'aperceust
bien que Monseigneur n'estoit pas content de ce qu'elle
avoit dit, si s'advisa de changier le vers et dit : Monseigneur, je vous ay dit que la coustume des clercs vault
mieulx, et encores le dis je. — Et quelle est elle? dit il.
— Ilz boivent après graces, dit elle. — Voire dea, dit il,
sainct Jehan ! vous dictes vray, c'est leur coustume
vraiement qui n'est pas mauvaise, et pource que vous la
prisez tant nous la tiendrons doresenavant. Si fist apporter du vin et burent, et puis ma dame alla vestir son
haubergon dont elle se feust bien passée, car le gentil
clerc lui avoit monstré aultre façon de faire qui trop

mieulx lui plaisoit. Comme vous avez ouy, fut Monseigneur par ma dame en sa response abusé. Ainsi fault
dire que le sens subit qui lui vint en mémoire à ceste fois,
lui descendit de la vertu du clerc, qui depuis lui monstra
la façon d'aultres tours dont Monseigneur en la parfin
en demoura noz amys.

NOUVELLE XLII

RACOMPTÉE PAR MÉRIADECH

LE MARI CURÉ

L'an cinquante derrenier passé, le clerc d'ung villaige du dyocèse de Noyon, pour impetrer et gaignier les pardons qui furent à Romme, qui sont telz que chascun scait, se mist à chemin, en la compaignie de plusieurs gens de bien de Noyon, de Compiengne, et des lieux

voisins. Mais avant son partement disposa bien et séurement de ses besoingnes ; premièrement de sa femme
et de son mesnaige, et le fait de sa coustrerie recommanda à ung jeune et gentil clerc pour la desservir
jusques à son retour. En assez briefve espace de temps
lui et sa compaignie vindrent arriver à Romme, et firent
chascun leur dévocion et pélerinaige le mains mal qu'ilz
scéurent ; mais vous debvez savoir que nostre clerc
trouva d'aventure à Romme ung de ses compaignons
d'escole du temps passé, qui estoit ou service d'ung gros
cardinal, et en grant auctorité, qui fut très joyeux de
l'avoir trouvé pour l'accointance qu'il avoit à lui, et lui
demanda de son estat. Et l'autre lui compta tout du
long tout premier comment il estoit hélas ! marié, son
nombre d'enfans, et comment aussi il estoit clerc d'une
paroisse. Ha ! dit son compaignon, par mon serment il
me desplaist bien que vous estes marié. — Pourquoy ?
dit l'autre. — Je vous diray, dit il, ung tel cardinal m'a
chargié expressément que je lui treuve ung serviteur
pour estre son notaire, qui soit de nostre marche ; et
croiez que ce seroit trop bien vostre fait, pour estre tost
et largement pourvéu, se ce ne fust vostre mariaige qui
vous fera repatrier, et comme j'espoire, plus grans biens
perdre, que vous n'y aurez. — Par ma foy, dit le clerc,
mon mariaige n'y fait rien, mon compaignon, car à vous
dire la vérité, je me suis party de nostre pays soubz umbre
du pardon qui est à présent. Mais croyez que ce n'a pas
esté ma principale intencion, car j'ay conclud d'aler
jouer deux ou troys ans par pays ; et ce pendant se
Dieu vouloit prendre ma femme, jamais je ne fuz si eureux. Et pourtant je vous requiers et prie que vous songiez de moy et soyez mon moyen vers ce cardinal que
je le serve ; et, par ma foy, je feray tant que vous n'aurez jà reprouche pour moy ; et se ainsi le faictes vous

I.   40

me ferez le plus grant service que jamais compaignon
fist à autre.— Puis que vous avez ceste voulenté, dit son
compaignon, je vous serviray à ceste heure, et vous
logeray pour avoir bon temps se à vous ne tient. — Et,
mon amy, je vous mercye, dit l'autre. Pour abbrégier,
nostre clerc fut logié avec ce cardinal, laquelle chose
il manda à sa femme, et son intencion, que n'est pas de
retourner par delà si tost qu'il lui avoit dit au partir.
Elle se conforta, et lui rescripvit qu'elle fera du mieulx
qu'elle pourra. Ou service de ce cardinal se conduisit et
maintint gentement nostre bon clerc, et fist tant que en
peu de temps il gaingna de l'argent avec son maistre,
lequel n'avoit pas peu de regret qu'il n'estoit habille à
tenir bénéfices, car largement l'en eust pourvéu. Pendant le temps que nostre dit clerc estoit ainsi en grace,
comme dit est, le curé de son villaige alla de vie à tres-
pas, et ainsi vaqua son bénéfice qui estoit ou moys du
pape, dont le coustre, tenant le lieu de son compaignon
estant à Romme, se pensa qu'au plus tost qu'il pourroit
qu'il courroit à Romme et feroit tant à l'ayde de son
compaignon qu'il auroit ceste cure. Il ne dormit pas,
car en peu de jours, après mainte peines et travaulx,
tant fist qu'il se trouva à Romme, et n'eut oncques bien
tant qu'il eut trouvé son compaignon, lequel servoit ung
cardinal. Après grosses recongnoissances d'ung cousté
et d'aultre, le clerc demande de sa femme, et l'autre lui
cuidant faire ung singulier plaisir, et affin aussi que la
besongne dont il le veult requérir aucunement en vaille
mieulx, lui respondit qu'elle estoit morte ; dont il mentoit, car je tien qu'à ceste heure elle scauroit bien ten-
cier son mary : Dictes vous donc que ma femme est
morte, dit le clerc, et je pric à Dieu qu'il lui pardonne
ses péchiez. — Ouy vraiement, dit l'autre, la pestilence
de l'année passée avec plusieurs aultres l'emporta. Or

faignit il ceste bourde qui depuis lui fut chier vendue,
pource qu'il scavoit que le clerc n'estoit party de son
pays qu'à l'intencion de sa femme qui estoit trop peu pai-
sible, et que plus plaisantes nouvelles d'elle ne lui pourroit on apporter que de sa mort. Et à la vérité ainsi en
estoit il, mais le rapport fut faulx. Et qui vous amaine
en ce pays ? dit le clerc, après plusieurs et diverses parolles. — Je le vous diray, mon compaignon et mon
amy. Il est vray que le curé de nostre ville est trespassé,
si viens vers vous affin que par vostre moyen je puisse
parvenir à son bénéfice. Si vous prie tant que plus ne
puis, que me vueillez aider à ce besoing. Je scay bien
qu'il est en vous de le me faire avoir, à l'ayde de Monseigneur vostre maistre. Le clerc, pensant sa femme
estre morte et la cure de sa ville vaquer, conclud en soy
mesmes que il happera ce bénéfice pour luy, et d'autres
encores, s'il y peut parvenir. Mais toutesfois il ne le dist
pas à son compaignon, ainçois lui dit qu'il ne tiendra
pas en luy qu'il ne soit curé de leur ville, dont il fut
beaucoup mercié. Tout autrement en alla, car à lendemain nostre saint père, à la requeste du cardinal maistre
de nostre clerc, lui donna ceste cure. Si vint ce clerc à
son compaignon, quant il sceut ces nouvelles et lui dit :
Ha ! mon compaignon, vostre fait est rompu dont me
desplaist bien. — Et comment ? dit l'autre. — La cure
de nostre ville est donnée, dit il, mais je ne scay à qui.
Monseigneur mon maistre vous a cuidé aider, mais il
n'a pas esté en sa puissance de faire vostre fait. Qui fut
bien mal content ce fut celui qui estoit venu de si loing
perdre sa peine et despendre son argent, et dont ce ne
fut pas dommaige. Si print congié piteusement de son
compaignon et s'en retourna en son pays, sans soy vanter de la bourde qu'il a semée. Or retournons à nostre
clerc qui estoit plus gay que une millaine de la mort

de sa femme, et de la cure de leur ville que nostre sainct
père le pape, à la requeste de son maistre, lui avoit
donnée pour récompense. Et disons comment il devint
prestre à Romme, et y chanta sa bien dévote première
messe, et print congié de son maistre, pour une espace
de temps à venir par deçà à leur ville prendre la pos-
session de sa cure. A ceste entrée qu'il fist à leur ville,

de son bon eur la première personne qu'il rencontra ce
fut sa femme, dont il fut bien esbahy, je vous en asséure, et encores beaucoup plus courroucé : Et qu'esse
cy, dit il, m'amie ? et on m'avoit dit que vous estiez
trespassée. — Je m'en suis bien gardée, dit elle ; vous
le dictes, ce croy je, pource que l'eussiez bien voulu ;
et vous l'avez bien monstré qui m'avez laissée l'espace
de cinq ans, à tout ung grant tas de petis enfans. —

M'amye, dit il, je suis bien joyeux de vous veoir en bon
point, et en loue Dieu de tout mon cueur ; maudit soit
cellui qui m'en raporta autres nouvelles. — Ainsi soit
il, dit elle. — Or je vous diray, m'amie, je ne puis arrester pour maintenant, force est que je m'en aille hastivement devers Monseigneur de Noyon pour une besongne qui lui touche, mais au plus brief que je pourray
je retourneray. Il se partit de sa femme et prent son
chemin devers Noyon, mais Dieu scait s'il pensa en chemin à son povre fait : Hélas ! dit il, or suis je homme
deffait et deshonnouré : prestre, clerc et marié tout ensemble ; je croy que je suis le premier maleureux de

cest estat. Il vint devers Monseigneur de Noyon qui fut
bien esbahy d'ouyr son cas ; et ne le scéut conseiller et
l'envoya à Romme. Quant il fut venu, il compta à son
maistre, tout du long et du lé, la vérité de son adventure, qui en fut très amèrement desplaisant. A lendemain il compta à nostre sainct père, en la présence du
colliège des cardinaux et de tout le conseil, l'adventure
de son homme qu'il avoit fait curé. Si fut ordonné qu'il
demourera prestre et marié et curé aussi. Et demoura
avec sa femme en la façon que ung homme marié hon-
nourablement et sans reprouche demeure, et seront ses
enfans légitimez et non bastars, jà soit ce que le père
soit prestre. Mais au surplus, s'il est scéu ne trouvé qu'il

aille aultre part que à sa femme il perdra son bénéfice.
Ainsi qu'avez ouy fut ce povre clerc puny par la façon
que dist est et par le faulx donner à entendre de son
compaignon ; et fut content de venir demourer à son
bénéfice ; et qui plus est et pis, demourer avec sa femme,
dont il se fust bien passé se l'Eglise ne l'eust crdonné.

NOUVELLE XLIII

PAR MONSEIGNEUR DE FIENNES

LES CORNES MARCHANDES

N'a guères que ung bon homme, laboureur et marchant et tenant sa résidence en ung bon villaige de la chastellenie de Lille, trouva façon et manière, au pourchas de lui et de ses bons amys, d'avoir à femme une très belle jeune fille qui n'estoit pas des plus riches ; et aussi n'estoit son mary, mais estoit homme de grant diligence, et qui fort tiroit d'acquérir et gangnier. Et elle d'aultre part mettoit peine d'accroistre le mesnaige

selon le désir de son mary qui à ceste cause l'avoit beaucoup en grace, lequel à mains de regret, aloit souvent
çà et là es affaires de ses marchandises, sans avoir
doubte ne suspicion qu'elle fist aultre chose que bien.
Mais le povre homme sus ceste fiance l'abandonna et
tant la laissa seule, que ung gentil compaignon s'approucha d'elle qui, pour abbrégier, fist tant à peu de jours
qu'il fut son lieutenant, dont guères ne se doubtoit celui
qui cuidoit avoir du monde la meilleure femme, et qui
plus pensoit à l'accroissement de son honneur et de sa
chevance. Ainsi n'estoit pas, car elle abandonna tost
l'amour qu'elle lui devoit, et ne lui challoit du prouffit
ne du dommaige ; ce seulement lui suffisoit qu'elle se
trouvast avec son amy, dont il advint ung jour ce qui
s'ensuit. Nostre bon marchant dessusdit estant dehors,
comme il avoit de coustume, sa femme le fist tantost
savoir à son amy, qui n'eust pas voulentiers failly en
son mandement, mais y vint tout incontinent. Et affin
qu'il ne perdist temps, au plustost qu'il sceust s'approucha de sa dame, et luy mist en termes plusieurs et divers
propos ; et pour conclusion, le désiré plaisir ne lui fut
pas escondit, non plus que es autres dont le nombre
n'estoit pas petit. De mal venir, et pour une partie et
pour l'autre, tout à ceste belle heure que ces armes se
faisoient, vécy bon mary d'arriver qui treuve la compaignie en besongne, dont il fut bien esbahy, car il n'eust
pas pensé que sa femme fust telle : Qu'esse cy. dit il, par
la mort bieu je vous turay tout roide. Et l'autre qui se
treuve surprins et en meffait présent achopé, ne scavoit
sa contenance ; mais pource qu'il le sentoit diseteux et
fort convoiteux, il lui dist tout subit : Ha Jehan, mon
amy, je vous crie mercy, pardonnez moy se je vous ay
rien meffait, et par ma foy je vous donneray six rasières
de blé. — Par dieu, dit il, je n'en feray rien, vous pas-

serez par mes mains et auray la vie de vostre corps, se
je n'en ay douze rasières. Et la bonne femme qui ouyoit
ce débat, pour y mettre le bien comme elle estoit tenue,
se advança de parler et dit à son mary : Et Jehan, beau
sire, je vous requiers, laissez le achever ce qu'il a commencé, et vous en aurés huit rasières. N'aura pas, dit

elle, en se virant devers son amy ? — J'en suis content,
dit il, mais par ma foy, à ce que le blé est chier, c'est
trop. — Esse trop, dit le vaillant homme, et par la mort
bieu, je me repens bien que je n'ay dit plus hault, car
vous avez forfait une amende ; s'elle venoit à la congnoissance de la justice elle vous seroit beaucoup plus hault
tauxée ; pourtant faictes vostre compte que j'en auray
douze rasières, ou vous passerez par là. — Et vrayement,
dit sa femme, Jehan vous avez tort de me desdire, il me
semble que vous devez estre content à ces huyt rasières,
et pensez que c'est ung grant tas de blé. — Ne m'en par-

lez plus, dit il, j'en auray douze rasières, ou je le turay et vous aussi. — Ha dea, dit le compaignon, vous estes ung fort marchant ; et au mains puis qu'il faut que vous ayez tout à vostre dit, j'auray terme de payer. — Cela veulz je bien, dit il, mais j'auray mes douze rasières. La noise s'appaisa ; si fut prins jour de paier à deux termes, les huit rasières à lendemain, et le surplus à la sainct Remy prouchainement venant, par tel convenant qu'il leur laissa achever ce qu'ilz avoient encommencé. Ainsi se partit ce vaillant homme de sa maison, joyeux en son couraige, pour ces douze rasières de blé qu'il doit avoir. Et sa femme et son amy recommencèrent de plus belle. Du paier c'est à l'adventure, combien toutesfois qu'il me fut dit depuis que le blé fut payé au jour et terme dessus dit.

NOUVELLE XLIV

PAR MONSEIGNEUR

DE LA ROCHE

LE CURÉ COURTIER

Comme il est largement aujourduy de prestres et cu-
rez qui sont si gentilz compaignons que nulles des folies
que font les gens laiz ne leur sont impossibles ne diffi-
ciles, avoit n'a guères en ung bon villaige de Picardie ung
maistre curé qui faisoit raige de aymer par amours. Et
entre les autres femmes et belles filles, il choisit et cher-

cha une très belle jeune et gente fille à marier ; et ne fut
pas si peu hardy qu'il ne luy comptast tout du long son
cas. De fait son bel et asséuré langaige, cent milles promesses et autant de bourdes la menèrent à ce qu'elle estoit comme contente d'obéir à ce curé qui n'eust pas
esté pour lui un petit dommaige, tant estoit belle, gente
et de plaisant manière ; et n'avoit en elle que une faulte,
c'estoit qu'elle n'estoit pas des plus subtiles du monde.
Toutesfois je ne scay dont lui vint cest advis ne manière
de respondre ; elle dist ung jour à son curé qui chaul-
dement poursuivoit la besongne, qu'elle n'estoit pas conseillée de faire ce qu'il requéroit tant qu'elle fust mariée ; car se d'aventure, comme il advient chascun jour,
elle faisoit ung enfant, elle seroit à tousjoursmais deshonnourée et reprouchée de son père, de sa mère, de
ses frères, et de tout son lignaige ; laquelle chose elle ne
pourroit pour rien souffrir, et n'a pas cueur de soustenir
le desplaisir que porter lui fauldroit à ceste occasion :
et pourtant hors de ce propos, si je suis quelque jour
mariée, parlez à moy et je feray ce que je pourray pour
vous et non aultrement, je le vous dy une fois pour
toutes. Monseigneur le curé ne fut pas trop joyeux de
ceste responce absolue ; et ne scait penser de quel couraige, ne à quel propos elle dit ces parolles ; toutesfois
lui qui estoit prins ou las d'amour et féru bien à bon escient, ne veult pas pourtant sa queste abandonner, si
dist à sa dame : Or çà, m'amie, estez vous en ce fermée
et conclue de riens ne faire pour moy, si vous n'estes
mariée ? — Certes ouy, dit elle. — Et se vous estiez mariée, dit il, et j'en estoie le moyen et la cause, en auriez
vous après congnoissance en me tenant loyaulment et
sans faulser ce que m'avés promis ? — Par ma foy, dit
elle, ouy, et de rechief le vous prometz. — Or bien grant
mercy, dit il, faictes bonne chière, car je vous prometz

séurement qu'il ne demourera pas à mon pourchaz ne à
ma chevance que vous ne le soyez, et de brief, car je
suis séur que vous ne le désirez pas tant comme je fais ;
et affin que vous voyez à l'oeil que je suis celui qui vouldroye emploier corps et biens en vostre service, vous
verrez comment je me conduiray en ceste besongne. —
Or bien, dit elle, Monseigneur le curé, l'on verra comment vous ferez. Sur ce fist la départie ; et bon curé qui
avoit le feu d'amours, ne fut depuis guères aise tant
qu'il eust trouvé le père de sa dame. Et se mist en langaige avec lui de plusieurs et diverses matières ; et en
la fin il vint à parler de sa fille, et luy va dire bon curé :
Mon voisin, je me donne grant merveille, aussi font plusieurs, voz voisins et amys, que vous ne mariez vostre
fille ; et à quel propos la tenez vous tant d'emprès vous,
et si savez toutesfois que la garde est périlleuse. Non
pas, Dieu m'en vueille garder, que je dye ou vueille dire
qu'elle ne soit toute bonne : mais vous en voyez tous les
jours mesvenir puis qu'on les tient oultre le terme déu.
Pardonnez-moy toutesfois que si féablement vous euvre et
descouvre mon couraige ; car l'amour que je vous porte,
la foy aussy que je vous dois, en tant que je suis vostre
pasteur indigne, me semonnent et obligent de ce faire. —
Par dieu ! Monseigneur le curé, dit le bon homme, vous
ne me dictes chose que je ne congnoisse estre vraie ; et
tant que je puis vous en mercye ; et ne pensez pas ce que
je la tiens si longuement avec moy c'est à regret ; car
quant son bien viendra, par ma foy, je me travailleray
pour elle ayder comme je doy. Vous ne voulez pas,
aussi n'est ce pas la coustume, que je lui pourchasse
ung mary, mais s'il en vient ung qui soit homme de
bien je feray comme un bon père doit faire. — Vous
dictes très bien, dit le curé, et par ma foy, vous ne povez mieulx faire que de vous en despeschier, car c'est

grant chose de veoir ses enfans aliez en la pleine vie.
Et que diriez vous d'ung tel, le filz d'ung tel vostre voisin ? par ma foy, il me semble bon homme, bon mes-
naigier et ung grant laboureur. — Saint Jehan, dit le
bon homme, je n'en dy que tout bien ; quant à moy je
le congnois pour ung bon jeune homme et ung bon la-

boureur. Son père et sa mère et tous ses parens sont
gens de bien ; et quant ilz feroient ceste honneur à ma
fille de la requérir à mariaige pour lui, je leur respon-
droie tellement qu'ilz deveroient estre contens par raison. — Ainsi m'aïst Dieu, dit le curé, on ne peult jamais
mieulx, et pléust à Dieu que la chose en fust ores bien
faicte ainsi que je le désire ; et pource que je scay à la
vérité que ceste aliance seroit le bien des parties, je m'y
vueil emploier ; et sur ce adieu vous dy. Se ce maistre
curé avoit bien fait son personnaige au père de sa dame,
il ne le fist pas mains mal au père du jeune homme ; et
lui va faire une grant premisse, que son filz estoit en aage

de marier, et qu'il le déust piéça estre ; et cent mille
raisons lui amaine par lesquelles il dit et veult conclure
que le monde est perdu, se son filz n'est hastivement
marié : Monseigneur le curé, ce dist le second bon
homme, je scay que vous dictes au plus près de mon couraige ; et en ma conscience, se je fusse aussi bien à l'avant
comme j'ay esté puis ne scay quans ans, il ne fust pas à
marier ; car c'est une des choses en ce monde que plus je
désire, mais faulte d'argent l'en a retardé, et c'est force
qu'il ait patience jusques à ce que nostre seigneur nous
envoye plus de bien que encore n'avons. — Ha dea, dit le
curé, je vous entens bien, il ne vous fault que de l'argent.
— Par ma foy non, dit il, se j'en eusse comme autrefois
j'ay eu, je lui querroye tantost femme. — J'ay regardé
en moy, dist le curé, pource que je vouldroye le bien et
avancement de vostre filz, que la fille d'ung tel seroit
bien sa charge ; elle est bonne fille, et a son père très
bien de quoy, et tant en scay je qu'il la veult très bien
aider, et qui n'est pas peu de chose, c'est ung saige
homme, et de bon conseil, et bon amy, et à qui vous
et vostre filz aurez grant recours et très bon secours.
Qu'en dictes vous ? — Certainement, dit le bon homme,
pléust à Dieu que mon filz fust si eureux que d'avoir
aliance en si bon hostel ; et croyez que se je sentoye en
aucune façon qu'il y péust parvenir, et je feusse fourny
d'argent aussi bien que je ne suis mie pour l'eure, je y
amploiroye tous mes amys, car je scay tout de vray qu'il
ne pourroit en ceste marche mieulx trouver. — Je n'ay
pas donc, dit le curé, mal choisi. Et que diriez vous se
je parloye au père de ceste besongne, et je la condui-
soye tellement qu'elle sortist à effect, ainsi que la chose
le requiert, et vous faisoye encores avec ce, le plaisir de
vous prester vingt frans jusques à ung terme que nous
adviserons ? — Par ma foy, Monseigneur le curé, vous

me offrez mieulx que je ne vaulx ne que en moy n'est
de desservir. Mais se ainsi le faictes, vous me obligerez
à tousjoursmais en vostre service. — Et vraiement, dit
le curé, je ne vous ay dit chose que je ne face; et faictes
bonne chière, car j'espère, comme je croy bien, ceste
besongne mener à fin. Pour abbrégier, maistre curé, espérant de jouyr de sa dame quant elle seroit mariée,
conduisoit les besongnes en tel estat que par le moyen
des vingt frans qu'il presta, ce mariage fut fait et passé,
et vint le jour des nopces. Or est il de coustume que
l'espousé et l'espousée se confessent à tel jour. Si vint
l'espousé premier, et se confessa à ce curé; et quant il
eut fait, il se tira ung peu arrière de luy, disant ses
oroisons et patenostres. Et vécy l'espousée qui se met à
genoulx devant le curé et se confesse. Quant elle eut
tout dit, il parla voire si hault que l'espousé, lequel
n'estoit pas loing, l'entendit tout du long, et dist :
M'amye, je vous prie qu'il vous souvienne maintenant,
car il est heure, de la promesse que me féistes naguères; vous me promistes que quant vous seriés mariée
que je vous chevaulcheroie; or l'estes vous, Dieu mercy,
par mon moyen et pourchas, et moyennant mon argent
que j'ay presté. — Monseigneur le curé, dist elle, je
vous tiendray ce que je vous ay promis, se Dieu plaist,
n'en faictes nulle doubte. — Je vous en mercie, dist le
curé; puis luy bailla l'absolution, après ceste dévote
confession, et la laissa aller. Mais l'espousé, qui avoit
ouy ces parolles, n'estoit pas bien à son aise. Toutesfoiz
il n'estoit pas heure de faire le courroucié. Après que
toutes les solennités de l'église furent passées, et que
tout fut retourné à l'ostel, et que l'eure du coucher
approuchoit, l'espousé vint à ung sien compaignon qu'il
avoit, et luy pria très bien qu'il luy fist garnison d'une
grosse poignée de verges, et qu'il la mist secrètement

soubz le chevet de son lit. Quant il fut heure l'espousée
fut couchée, comme il est de coustume, et tint le coing du
lit, sans mot dire. L'espousé vint assez tost après et se
met à l'autre bort du lit sans l'approucher, ne mot dire ;
et à lendemain se lieve sans aultre chose faire, et cache
ses verges dessoubz son lit. Quant il fut hors de la
chambre, vécy bonnes matrones qui viennent, et ne fut
pas sans demander comment c'est portée la nuyt, et
qu'il luy semble de son mary : Ma foy, dist elle, véla sa
place, là loing, monstrant le bort du lit, et vécy la
mienne ; il ne me approucha annuyt de plus près et aussi
n'ay je luy. Elles furent bien esbayes et y pensèrent
plus les unes que les autres ; toutesfois elles s'accordèrent
à ce qu'il l'a laissée par dévocion, et n'en fust plus parlé
pour ceste foiz. La segonde nuytée vint, et se coucha
l'espousée en sa place du jour de devant, et le mary arrière en la sienne, fourny de ses verges ; et ne luy fist
aultre chose, dont elle n'estoit pas contente. Et ne faillit pas à lendemain à le dire à ses matrosnes, lesquelles
ne scavoient que penser. Les aulcunes dient : J'espoire
qu'il n'est pas homme, si le fault esprouver, car jusques
à la quatriesme nuyt il a continué ceste manière. Si
fault dire qu'il y a à dire en son fait ; pourtant se la
nuyt qui vient il ne vous fait aultre chose, dirent elles à
l'espousée, tirés vous vers luy, si l'acolés et baisiés, et
luy demandés se on ne fait aultre chose en mariaige.
Et s'il vous demande quelle chose vous voulez qu'il vous
fasse, dictes lui que vous voulez qu'il vous chevauche,
et vous orrez qu'il vous dira. — Je le feray, dit elle.
Elle ne faillit pas ; car quant elle fut couchée en sa place
de tousjours, le mary reprint son quartier et ne s'avançoit aultrement qu'il avoit fait les nuytz passées. Si se
vira tost devers lui et le prent à bons bras de corps et
lui commença à dire : Venez çà, mon mary, esse la

I.   42

bonne chière que vous me faictes? Vécy la cinquiesme
nuyt que je suis avecques vous, et si ne m'avez daignié
approuchier; et par ma foy si j'eusse cuidé qu'on ne fist
autre chose en mariaige, je ne m'y fusse jà boutée. —
Et quelle chose, dit il lors, vous a l'en dit qu'on fait
en mariaige? — On m'a dit, dist elle, qu'on y chevauche
l'ung l'autre, si vous prie que me chevauchiez. — Chevauchier, dit il, cela ne vouldroye je pas faire encores,
je ne suis pas si mal gracieux. — Hélas, dit elle, je vous
prie que si faciez, car on le fait en mariaige. — Le
voulez vous? dit il. — Je vous en requiers, dist elle; et
en le disant le baisa très doulcement. — Par ma foy,
dit il, je le fais à grant regret, mais puis que vous le
voulez je le feray, combien que vous ne vous en louerez
jà. Lors prent, sans plus dire, ses verges de garnison,
et descouvre ma damoiselle et l'en bastit et dos et
ventre tant que le sang en sailloit de tous coustez. Elle
crye, elle pleure, elle se demaïne, c'est grant pitié que
de la veoir; elle mauldit qui oncques lui fist requerre
d'estre chevauchée : Je le vous disoye bien, dit lors
son mary. Après la prent entre ses bras, et la roucina
très bien et lui fist oublier la douleur des verges : Et
comment appelle on, dit elle, cela que vous m'avez
maintenant fait? — On l'appelle, dit il, souffle en cul.
— Souffle en cul, dit elle, le nom n'est pas si beau que
chevauchier; mais la manière de le faire vault trop
mieulx que chevauchier. C'est assez puisque je le scay,
je scauray bien doresenavant duquel je vous doy requerre. Or devez vous savoir que Monseigneur le curé
tendoit tousjours l'oreille quant sa nouvelle mariée viendroit à l'église, pour lui ramentevoir ses besongnes, et
lui faire souvenir de sa promesse. Le jour qu'elle y vint,
Monseigneur le curé se pourmenoit et se tenoit près
du benoistier; et quant elle fut près, il lui bailla de

l'eaue benoiste, et lui dit assez bas : M'amie, vous m'avés
promis que je vous chevaucheroye quant vous seriez
mariée; vous l'estes, Dieu mercy, voire et par mon
moyen, si seroit heure de penser quant ce pourroit
estre. — Chevaucher, dit elle, par dieu j'aymeroye plus
chier que vous fussiez noyé, voire pendu ; ne me parlez
plus de chevauchier, je vous prie. Mais je suis contente
que vous soufflez ou cul, si vous voulez. — Et je feray,
dist le curé, votre fièvre quartaine, paillarde que vous
estes, qui tant estes orde et sale et malhonneste; ay je
tant fait pour vous pour estre guerdonné de vous souffler ou cul. Ainsi mal content se partit Monseigneur le
curé de la nouvelle mariée, laquelle s'en va mettre en
son siège pour ouyr la dévote messe que le bon curé
vouloit dire. En la façon qu'avez dessus ouy, perdit
Monseigneur le curé son adventure de jouyr de sa dame,
dont il fut cause et nul autre, pource qu'il parla trop
hault à elle le jour qu'il la confessa; car son mary qui
ce ouyoit le empescha en la façon qu'est dit dessus, par
faire acroire à sa femme que rouciner s'appelle souffle
en cul.

NOUVELLE XLV

PAR MONSEIGNEUR DE LA ROCHE

—

L'ÉCOSSOIS LAVENDIÈRE

Combien que nulles des nouvelles
hystoires précédentes n'ayent touché
ou racompté aucun

cas advenu es marches d'Ytalie, mais seulement font mencion des advenues en France, Alemaigne, Angleterre,
Flandres, Breban, etc., si se extenderont elles toutesfois,
à cause de la fresche advenue, à ung cas à Romme advenu
qui fut tel. A Romme avoit ung Escossoys, de l'aage d'environ vingt à vingt et deux ans, lequel par l'espasse de

quatorze ans se maintint et conduisit en estat et habillement de femme sans ce que en dedens le dit temps il
fut venu à la congnoissance publique des hommes ; et
se faisoit appeler donc Marguerite, et n'y avoit guères
bon hostel à la ville de Romme où il n'eust son recours
et congnoissance. Espécialement il estoit bien venu
des femmes comme entre les chamberières, meschines
et aultres femmes de bas estat, et aussi des aucunes

des plus grandes de Romme. Et affin de vous descouvrir l'industrie de ce bon Escossoys, il trouva façon
d'aprendre à blanchir les draps linges, et s'appelloit
la lavendière ; et soubz ceste umbre, hantoit, comme
dessus est dit, es bonnes maisons de Romme, car il
n'y avoit femme qui scéust l'art de blanchir draps
comme il faisoit. Mais vous devez scavoir que encores
scavoit il bien plus ; car puis qu'il se trouvoit quelque
part à descouvert avec quelque belle fille, il luy monstroit qu'il estoit homme. Il demouroit bien souvent
au coucher, à cause de faire la buyée, ung jour, deux
jours, es maisons dessus dites ; et le faisoit on coucher
avec la chamberière ou meschine, et aucunes foiz avec
la fille ; et bien souvent et le plus, la maistresse, se son
mary n'y estoit, vouloit bien avoir sa compaignie. Et
Dieu scait s'il avoit bien le temps, et moyennant le la-
beur de son corps, il estoit bien venu par tout ; et n'y
avoit bien souvent meschine ne chamberière qui ne se
combastit pour luy bailler la moitié de son lit. Les bour-
goys mesmes de Romme, à la relacion de leurs femmes,
le veoient très voulentiers en leurs maisons ; et s'ilz
aloient quelque part dehors, très bien leur plaisoit que
donc Marguerite aydast à garder le mesnaige ¡avec leurs
femmes ; et qui plus est la faisoient mesme coucher
avecques elles, tant la sentoient bonne et honneste,
comme dessus est dit. Par l'espace de xiiij ans continua
donc Marguerite sa manière de faire. Mais fortune
bailla la congnoissance de l'embusche de son estat par
une jeune fille qui dist à son père qu'elle avoit couché
avec elle et l'avoit assaillie, et lui dist véritablement
qu'elle estoit homme. Ce père fist prendre donc Marguerite à la relation de sa fille ; elle fut regardée par
ceulx de la justice, qui trouvèrent qu'elle avoit tous
telz membres et oultilz que les hommes portent, et que

vrayment elle estoit homme et non pas femme. Si ordonnèrent que on le mettroit sur ung chariot, et que on le meneroit par la ville de Romme, de carefourc en carefourc, et le monstreroit on, voyant tout chascun ses génitoires. Ainsi en fut fait, et Dieu scait que la povre donc Marguerite estoit honteuse et surprinse. Mais vous devez scavoir que comme le chariot vint en ung carefourc et qu'on faisoit ostencion des denrées de donc Marguerite, ung Roumain qui le vit dist tout haut : Regardés quel galioffe ; il a couché plus de vingt nuytz avec ma femme. Si le dirent aussi plusieurs aultres comme luy ; plusieurs ne le dirent point qui bien le scavoient ; mais pour leur honneur ilz s'en turent en la façon que vous ouez. Ainsi fut pugny nostre povre Escossoys qui la femme contrefist ; et après ceste pugnicion il fut banny de Romme, dont les femmes furent bien desplaisantes : car oncques si bonne lavendière ne fut, et avoient bien grant deul que si meschamment perdu l'avoient.

TABLE

ÉVREUX, IMPRIMERIE DE CHARLES HÉRISSEY.

www.ingramcontent.com/pod-product-compliance
Lightning Source LLC
Chambersburg PA
CBHW060933030726
47503CB00003B/574